U0729891

全新修订
第2版

年轻人干销售去

文建祥◎著

天津出版传媒集团
天津人民出版社

谨以此书献给在路上的年轻人

目录

楔子　人生是变易，也是交易

日月为“易”，阴阳交替。易，又是“变易”。阴阳变化，互通有无，也是“交易”。商业是互通有无的事业，世界因此而生机勃勃。

“女士们，先生们，感谢组委会把这个殊荣颁给中国，感谢诸位对中国近年经济发展的热切关注。感谢大家能给我这个机会，通过这个奖，我们可以向世界展现中国近年来销售行业的发展，以及对世界经济繁荣所做出的贡献！”

2015 年秋，哈佛商学院礼堂。这个声音来自一个中国男人。浑厚男中音，流利的美式英文，如果闭眼聆听，根本听不出这是从一个中国人的嘴巴里发出的。

高鼻子蓝眼睛的观众们出神地端详着台上这个小个子亚洲人，只听他继续幽默风趣地说：“各位尊贵的朋友们，感谢你们不仅能支持黑皮肤的总统，还能给一个黄皮肤的推销员鼓励和喝彩。我相信，我的演讲不会比你们以往聆听的各类演讲更具催眠效果。善意地提醒正在秋意绵绵中跟困意做斗争的朋友们，你们来着了（你们赚了）！”

台下爆发出一阵热烈的掌声和笑声。有几个打哈欠的也赶紧用书捂嘴，睁大眼睛，看着发生了什么。

“大家来参加这个盛会，这种行为本身就证明了中国古代文化的一个观念‘易’。《易经》是一部伟大而神秘的经典，是中华先民对世界文化的伟大贡献。这是一部全世界都在研究、但最专业的《易经》专家也不敢说分析透彻的千古奇书。日月为易，即阴阳（交替）。诸位不妨从一个侧面来理解，易，即‘变易’。阴阳变化，互通有无，也是‘交易’。商业正是互通有无的事业，世界也因此而生机勃勃！”

观众们似懂非懂。他们看见台上这个男子举手投足都透着睿智和洒脱，言语、动作充满激情，神采飞扬，对于这样的分享他们乐于接受，鼓掌欢迎。而此刻，台上这个英文流利、谈吐优雅的中国男人，脑海中闪过自己 20 年前第一次见客户的一幕：

深圳的夏天，溽热难熬，那是他第一天试工。师父是一位年轻的小伙子，精神抖擞，一路上跟他讲着见客户应该说哪些话，应该怎么说，并且示范给他看。他一路用心记。下午三点，师父希望他可以锻炼一下：“方宝，五步八点现在你都记住了吗？”

“记住了。”他背书似的念了一遍，师父认可了，让他去见客户。可是师父催促几次，他都因为胆怯而畏缩。眼看落日熔金，夏天的傍晚，热气不散，但光线不再刺眼，路边宽大肥厚的热带阔叶植物带来阴凉。

因他一再退缩，师父正色道：“今天不是让你成交，只是让你试一下，你都不敢。那今天试工到此结束，你可以回去了。”

阳光晒在脸上，滚烫滚烫的，方宝想：“这怎么赶我走了呢？行……试就试嘛，反正死不了！”他鼓起勇气迎了上去。

人生需要勇气，他一定要在这个地方谈一谈中国人的勇气，他就是用这股力量一路走到了今天，走到这个梦想中的领奖台。他看了一眼天花板上高悬的丹麦设计大师 Markovian 的工艺繁复、熠熠生辉的连环百合吊灯，接着说：

“朋友们，当一个人在孤立无援、陷入绝境的时候，才会激发出一往无前的勇气与潜能，而这将成就一切。我们中国人是这样的，我相信在座的诸位，美国梦的践行者们，你们也认同这一点。自 1776 年以来，在自由女神的引领下，世世代代的美国人都深信不疑，只要经过坚持不懈的努力奋斗便能获得更好的生活！人们必须通过自己的勇气、勤奋、创意和决心争取自己想要的生活！两百年来，‘美国梦’一直激励着世界各地的青年人创造自己的人生，美国也因此成为全球成功人士的摇篮。而今天，我们中国人一样找回了我们自己的梦，置之死地而后生的力量将促使我们从一个胜利走向另一个更大的胜利！”

说到这里，他振臂一挥，气势饱满，引得台下掌声潮水一般在耳边响起，没有人知道，多年的销售生涯给他带来多么巨大的改变。

他忘不了第一次跟师父出去试工的情景。他永远记得那一天火辣的太阳，和面前那个女人莫名其妙、略带嘲讽的眼睛。他想尽力说清楚，可是嗫嚅了半天，一句话也说不出来。最后是师父解围的。那个女人一边走，一边说：“还有这样的推销员！”

他可以随时随地调整自己的心态，他想着为了不至于在这个辉煌的时刻忘乎所以，需要用过去的磨难和尴尬，平衡一下。这是掌声喧哗的一瞬间，他的脑海闪现出的画面，后面无数的画面，像电影一下纷至沓来，千滋百味，一言难尽，苦尽甘来，只有感恩。他不知道为什么在这个生命中最辉煌的时刻会如此感慨万端，但是他必须打住，完成这个即席演讲。等掌声落下，他继续朗声说道：

“回望中国近年来销售行业的变化，身处变革洪流之中的我们看到，正有越来越多的青年人抛弃了陈腐的历史包袱，在改革开放的新时代投入商业，实现自我价值，而这也使得中国制造成为国际市场的新宠儿，这也是我们今天这个大奖的里程碑式的意义。

“我们中国人，勤劳勇敢，积极进取，和平发展，团结世界，我们有着生生不息、历久弥新的文化根源，我们有着奋发向上的创造激情，我们有理由相信，焕发了生机的中国人必将会为世界的多元化发展增添更为鲜艳夺目的光彩。而最终，我们通过这个修身齐家治国平天下的过程，实现我们自身生命的华丽蜕变，体悟大道，天人合一！未来的世纪，是东方灵性传统与西方科技文化互动激荡多元融合的伟大时代，让我们一起期待和见证这中国人自古以来就孜孜以求的大同世界早日到来！”

这个声音回荡在哈佛商学院礼堂的上空，一个曾培养了 6 位美国总统、33 位诺贝尔奖奖金获得者、32 位普利策奖获得者、数十家跨国公司总裁的大学，今天迎来了一位中国人，而且是一位推销界的精英。观众席爆发出雷鸣般的掌声，他们频频点头，他们都是商界精英，身家过亿的富豪，他们为什么会对这么一位小个子中国人如此热情呢?

在他们看来，中国在世界的地位正如东方红日冉冉上升，值得他们关注，从 2008 年的北京奥运会开始，世界张大眼睛密切关注中国，2012 年瑞典文学院将诺贝尔文学奖颁给了中国本土作家莫言；2013 年，PPR 集团董事长兼首席执行官弗朗索瓦－亨利·皮诺，代表其家族把中国流失海外一百五十余年的圆明园十二生肖兽首铜像中的鼠首和兔首，无偿归还中国政府；顺承盛世华彩，2015 年，美国哈佛商学院将世界优秀推销员奖授予中国广东企业家方宝。

演讲结束，台下掌声雷动，久久不息。台下还有在哈佛学习的中国老板，留学生，他们无不春风满面，一扫往日的严肃淡定，跟方博士握手寒暄。跟方博士一起来的学生们也都向老师祝贺，一个个轮流过来热烈拥抱：“方博士，这次说得太好了，长中国人志气。牛！”

“方老师，你这也算是功德圆满了。”

方宝笑容可掬：“呵呵，还不是大家帮衬，哪有一个人的成功呢？我是真心希望这次能打开国际市场，在世界各地都卖中国货，让中华文化再度影响世界，让更多对销售行业有偏见的人都能重新审视自己的观念，因为它的确可以从内到外塑造一个人。我们有了一大批像你们这样踏踏实实的实干家，中国的未来还有什么梦想是不能实现的吗？”

说是学生，其实都是方宝当年带出来的业务干将，如今一个个也都是身家千万，有名车豪宅，在各地做经理，方宝应邀到大学传授销售技巧、团队管理和心态修炼等的课程，他们跟方宝来继续学习深造。主办方邀请参会者到餐厅用餐，方宝博士和学生们一起边吃边聊，觥筹交错之间，又谈到中国传统文化在世界文化面前如何建立自信心。

方博士说："我们常说苟日新，日日新，又日新，世界是发展变化的，我来总结一下中国的四重天的推演，你们看有没有道理啊。'一大'为天，最初是封建帝制，皇帝天下第一，说一不二，在公司里面当然一把手就是皇帝，老板说了算，所以说老板是天。后来推翻帝制，就是'二人'为天，就是要讲究民主自由平等了，我们当年打工是要押身份证，还交押金，扣半个月工资的，现在呢？没有了吧？而且现在规定要五险一金的，是不是？"

"必须的。"学生们噼啪碰杯，琼浆玉液瞬间入喉。

有的学生在湖蓝色天鹅绒桌布上比画着，似有所悟地说："这个说法有点意思。然后呢？"

方博士接着说："再后来，无产阶级解放了，劳动人民当家做主了，'工人'为天，咱们工人有力量，工人阶级是领导阶级嘛，所以工人最高。"

"那现在呢？"

"现在？哈哈，现在肚子饿了，先吃饭，民以食为天——你们不饿啊？"

方博士关键时刻卖关子了，右手用刀切下一小片牛排，左手持叉送进嘴里慢慢咀嚼。大家兴致勃勃，还想听下去，有几个听得懂中文的老外也在旁边想一探究竟。

一个跟随方博士多年的学生王东熟悉老师的思路，看他们好奇，就忍不住说："这是我们中国的拆字游戏，你看——"他用食指蘸水在桌布上写：

干

人

上下排列的两个字，因为水的晕染扩大，迅速在布上扩展成一个大大的“天”字。

几个外国食客瞪大眼睛好奇地看着。王东说：“‘干人’是天，能干活，会干活的人是No.1。也就是你们美国人说的，能够脚踏实地身体力行努力奋斗的，才是最厉害的！”说完抬头问老师：“我说得对不对，博士？”

方宝手捏餐巾纸擦嘴，笑而不答。

老外伸出大拇指，用蹩脚的中文说：“我知道，知行合一是你们中华传统文化中最宝贵的精神财富，你们是一群斗志昂扬的行动者，用你们的热忱和信仰改变了中国的形象。你们真棒！”

方博士微笑点头，以示谢意，心想，人们只看到这结果的丰硕圆满，谁知道一路走来的风风雨雨，各种波折，然后才精彩纷呈呢？

人生就是一场修行。往事一幕幕涌上心头。

CHAPTER ONE

走投无路干销售

1995 年 9 月 28 日，是方宝生命中最黯淡无光的一天，他要告别这个无奈的世界。本想来深圳寻找更大的幸福，现在连最初的幸福也失去了，阿蓉再也不回来了，去享受她的幸福生活去了。既然她如此绝情，一走了之，那就请把我们之间多年的爱情一起带走吧。

老婆跟有钱人跑了

他最后睁大眼睛看了一眼这个令人绝望的地方：

深圳宝安区光明农场，陶瓷厂的宿舍区，一排排的铁皮屋，阳光把铁皮晒得发烫，里面像蒸笼。当初是阿蓉的哥哥带他们来这里的。一个同村的小包工头，把宿舍区的房子包下来，再分给这些老乡们。

这个包工头很不地道，本来说好的，房租交给他，由他一起给房东。阿蓉的哥哥给了他一次，他居然不认账，跟房东说没给，找方宝要了一次，又没给房东。房东自己跑来跟他们要，阿蓉的嫂子跑去跟包工头理论，还被骂了一顿。

从乡下来到城里，本想多挣些钱，过安稳日子，谁承想一出来就这么不顺心。这都不算什么，现在，又有更绝望的事情。

陶瓷厂的活又累又脏，没到饭点就饿得肚子咕咕叫。那时候他们经常吃一种当地最常见的菜叫“西洋菜”，长满白须，让方宝想起老家的“革命草”。吃这种又苦又涩的菜是家常便饭，给他们吃的最好的是，油炸豆腐放点肉块，上面还带着皮毛，不知是什么肉。那是最好的生活。

阿蓉三个月前在食堂吃饭时，在碗里扒拉出一条绿汪汪的菜青虫，她再也坐不住了，忍着泪花摔了盘子，气冲冲跑出去，说什么也不肯回陶瓷厂上班了。一个远房亲戚介绍她去南山区的一家饭店做服务员，那边工资高，活儿也轻松。

方宝不忍心她跟着受这样的苦，所以，特意请了一天假送她去南山。

回来后，老杜骂方宝死脑筋，那么漂亮的老婆不留在身边好好看着，也不怕给人拐跑了。方宝冲他一乐，自信满满地告诉他：“阿蓉绝不是那种人。”

日子一天天过去，一开始他打电话，老婆还耐心地跟他拉拉家常，聊一聊饭店的事情，可是最近一段，她打电话都心不在焉，没说两句就说忙，把电话挂了。他猜到了些什么，又不愿意深想。方宝临下班，感觉肚子翻滚，就提前回来上厕所。工友们随后回来，坐在外面的碎石堆上闲聊八卦，方宝听到他们提到自己的名字。

“方宝老婆多久没回来了？”

“两个多月了吧？”

“咳，你还不知道吧？听说跟饭店老板对上眼儿啦！昨天傍晚我看见她偷偷回来把包袱都拿走了。”

“别瞎说，小心被他听见了。”这是老杜的声音。

“瞒得了一时，瞒得了一世哦？”

咣当！方宝推开厕所的木门走出来，吼道：“你们说啥？”

他们支支吾吾，顾左右而言他：“没……没说你。”

“这天真热啊！”老杜坐立不安。

他们一定是胡说八道！

方宝心里说，我不相信！我不相信她会这么绝情地不说一句话就离开！这一定不是真的！方宝无论如何想不通，那么美好的一幕幕往事，她怎么可以全部忘记，对自己选择并坚守了这么久的爱情弃之如敝屣。

他被愤怒和不解驱使着，赶到南山区的那个酒店，方宝对自己有信心，也因为他对自己太有信心，所以信赖她，但有时候，背叛正是因为过于信赖才发生。

他到饭店找她，饭店里的服务员个个支支吾吾的，最后一个做清洁的大妈把他拉到一旁说：“你媳妇跟人跑啦。”正如杜永泽所猜测的，她走了，跟着一个有钱的老板走了。

他也不想让任何人知道，虽然他是最后一个知道的。他也不知道自己生命所为何来。他要死，他只能死，没有了阿蓉的日子，还有什么意义呢？是她给他的生活赋予了意义，是她为他的生命注入了价值，他不知道没有她的日子，该怎么过？为什么过？

他冷，他感到好冷。他在身上裹上了毯子、床单，以为这样会暖和一点儿，可还是不行，全身就像一块凉粉一样颤巍巍抖个不停。他觉得自己就好像是躺在冰窖里头。老杜看方宝神色不对劲，急忙问："出了什么事？"但方宝的牙齿直打咯咯，一句话也说不出来。

黄昏的阳光刺眼而耀目，绝望中的方宝把自己关在闷热的简易铁皮屋里，心里愤愤不平。在38℃的高温闷热天气里，他无力地躺在硬板床上，裹在棉被里面，浑身发冷。他听到那些话的一瞬间，感觉好大的太阳，怎么一下子天就黑下来了，脊椎骨发紧，像谁把一瓢冰水兜头泼下，冰碴子顺着脊髓一路钻下来，寒气袭人，他一直发抖。

生活就是吃饱肚子吗？为了吃饱肚子就要吃发霉的饭菜干这又脏又累的活计吗？他知道不应该这样，他知道自己跟老婆从家里跑出来打工，可不是为了这样的生活，可是还能怎样呢？他这么想，可是他不知道老婆不这么想，老婆有办法……可是现在呢？现在所有人都知道老婆跟人跑了，没有人知道方宝被这件事伤害得有多深，除了老杜。

海誓山盟的爱情，抵不过金钱的诱惑

老杜名叫杜永泽，是跟方宝一起光屁股玩到大的兄弟。

他在乡下老家跟方宝一起度过了贫穷而难忘的童年岁月。他们一起上小学，当上红小兵时，光荣地坐在同班同学面前，杜永泽可以感到旁边方宝身上散发出的深深的自卑。都是一名红小兵了，方宝居然还穿着几年前的开裆裤，更让他无地自容的是还时不时地露出小鸡鸡，虽然方宝用双腿尽力夹住，但只要一抬腿仍然会露出。

杜永泽问方宝："为什么不让你妈买布做条新裤子？"

小方宝低着头说："没钱。"

大个子李向阳老拿这个取笑方宝。都上三年级了，方宝仍然穿着因姐姐长大了穿不下的女裤。那时的女裤与男裤有着明显的区别，男裤在正面开口钉纽扣，女裤则是在侧面开口钉纽扣。小方宝为了怕同学们笑他穿女裤，每次小便时故意假装是大便，然后蹲下来脱下裤子。在方宝的记忆里自己从未穿过新衣裤，他从小就是穿哥哥姐姐穿剩的旧衣裤长大的。

贫穷不仅体现在穿衣，更体现在吃饭上。为了省钱，全家人每天只吃两餐饭，为了全家人能填饱肚子，米饭中必须加入一些野菜、红薯，不然粮食是不够全家人吃一年的。至于菜，特别是肉食荤菜那就更是想都不敢想了。

穷则思变，方宝从小学开始就会想尽一切办法做点小生意。杜永泽看见方宝每天上学路上拾鸡粪与猪粪，就问他："弄这干啥？多脏啊！"

"脏？送到生产队可记一二分工分啊。"

有一年大过年的，方宝突发奇想，大年初一一大早轻轻敲开村民的家门，给主人送发财的财神年画，同时送上一句句恭喜发财、祝福新年吉利的话，使得街坊邻居叔叔阿姨们喜出望外地夸奖，说这孩子既聪明又懂事，小方宝心里美滋滋的。初一、初二、初三三天，他靠自己居然赚到了30块钱！这可是20世纪70年代的30块啊！

杜永泽感到方宝身上的某种脚踏实地的做事风格，他们成了挺要好的伙伴。到了四年级，小方宝跟小杜一起将自家自留地的甘蔗一根切成4段，背到集市去卖，一段甘蔗卖5分钱，一根甘蔗就可卖2毛钱！

杜永泽说："这下好了，我们去看电影吧！"

"看电影？在哪里？"

"就在村口大队里面，有人把门，一毛钱一张票，去不去？"

方宝黑眼珠一转："你去看吧，我有点事。这钱分你一半。"

"你又干吗？"

"看电影的人，是不是很闲？"

"应该是吧。谁像你这么不安生啊？"

"你想不想再挣钱？"

"想啊，你还要干吗？"

方宝说："有了卖甘蔗的这笔钱，我是这么想的：红糖 3 毛 4 分一斤，我们再买来生姜，捣烂，跟红糖混在一起熬，掌握这个火候是个手艺，可是我会！边熬边搅，熬好了，抻成长条，然后用剪刀剪成一颗一颗菱角形的姜糖。2 分钱一颗。能赚不少钱呐！"

"那我不看电影了，跟你干！"

那天晚上在露天电影场，方宝自制的姜糖卖得很火。为了最大限度减少成本，增加收益，方宝和杜永泽是翻墙而入的，这可以让他每晚再节省两毛钱电影票。他们干得兴致勃勃，方宝在后面忙着卖姜糖，杜永泽过来说：

"喂！你看见没？那个坐第一排、穿白连衣裙的长头发妞？"

"看见了，咋啦？"

"她谁呀？"

"管她谁呢，买糖就行！"

杜永泽就走过去，递出一颗姜糖请她吃。她正跟身边的女伴说话，抬眼看了看他，伸手接过，说："谢谢啊。"

转眼他们上了初中，当时白糖是紧俏物资，很难买到，没有国营商店的证明是很难从糖厂批发到的。但是方宝叫上杜永泽来到离家 50 公里外的糖厂，对负责看厂子的老头说："我家里面开了很大的铺子，现在是来拿样品的。"然后随便留了一串电话号码，这样就以批发价拿了两袋白糖。回家他们又将白糖零售出去，赚其中的差价。

方宝自我开创的营销之路，不仅解决了自己上学的学费、书本费，对家中有了一些帮助，也让他赢得了爱情。杜永泽因此耿耿于怀。

自从那次露天电影院见过那个白衣长发的女生以后，杜永泽就开始做梦。似乎一夜之间，村里的男孩子们的喉结开始突起，女孩子们学会了羞涩。春天来了，男孩女孩们在上学、放学的路上，开始有意无意地打闹嬉戏。杜永泽知道，这跟以前男孩子们野马飞奔般的追打撕闹是不同的。在男孩子们私下的热烈讨论中，提到最多的是一个叫阿蓉的长发女孩，而杜永泽知道，那就是让自己失眠的那个女生。

他们家乡的孩子由于普遍的贫穷，差不多上到中学就辍学，开始忙着帮家人照顾庄稼，打理杂事。这一段时间，很多人都在追阿蓉，都到她家的地里帮着收秋。经常是十几个男孩子帮她家干活，方宝也在其中。而方宝觉得自己个子小，家里也穷，他只有靠自己的踏实肯干来积极表现，他做小生意，还能写诗，不久前还有一首诗在杂志上发表了。所以阿蓉在众多的爱慕者中选中了这个能写诗和做生意的小个子男生。每次大家忙完农活，阿蓉家里是管饭的，阿蓉有意无意坐在方宝的旁边，大方地给方宝夹菜。方宝受宠若惊。

一天傍晚，阿蓉忙完了活，正跟家人一起吃饭，只听外面蛐蛐儿叫，然后她不动声色地扫视了一眼对面的爸妈和旁边的哥嫂，摸一下嘴，站起身说："我吃饱了。"

"你这是要干啥去？"

妈妈关心地问。

"出去走走。"

哥哥放下碗说："走啥走，白天还不够累啊？"

"你管我！"

阿蓉说着一扭身子就出门了。

老爹向哥哥大眼一瞪："还不快跟着，老子昨晚输掉的钱，你要想办法给弄回来！"

阿蓉对父亲的心思门儿清，所谓想办法，不过是看哪家平时来往出手大方，然后他就准备靠闺女这棵摇钱树多摇几年钱，所以不能让她自作主张私订终身。可是她对这样的想法感到恶心！

这个黄昏让杜永泽终生难忘。他并没有在帮阿蓉家打工的追求者之列，生性软弱的他陷溺在自卑之中。这期间，好朋友方宝跟他谈到阿蓉的事，他不置可否，他不觉得方宝会被选中。而这一天的黄昏让他改变了这个想法。沉甸甸的稻穗耷拉着脑袋，稻田里一片金黄。他收割稻穗累得头脑发胀，一阵凉风吹来，风里有让人惬意的稻香。他直起腰，眯起眼睛，伸展手臂，感受着微醺的风吹过。然而，无意中他看见稻浪滚滚，一个白色连衣裙的女孩，他惊呆了，就是那个她！只是现在出落得越加玲珑动人。更让他惊讶的是，方宝与她隔着一个人的距离自在地走着。他的惊讶很正常，因为他不知道刚刚发生过的那一幕。那一幕在方宝的心里正荡起涟漪。

五分钟之前，蛐蛐儿叫声是他们约会的暗号。此时的方宝只是众多追随者中的一个，而阿蓉的橄榄枝一直没有明确抛出。这次她手里带着一本书，是舒婷的诗集。走到稻田里，她问方宝：

“请教你个问题好不好？”

“请教不敢当，是什么问题？”

“你帮我读一下这首诗怎么样？”

她把书翻到《致橡树》那一页，递给方宝，方宝读起来：

“我如果爱你——
绝不像攀援的凌霄花，
借你的高枝炫耀自己；
我如果爱你——
绝不学痴情的鸟儿，
为绿荫重复单调的歌曲；
也不止像泉源，
常年送来清凉的慰藉；

也不止像险峰，

增加你的高度，衬托你的威仪。

甚至日光。

甚至春雨。

不，这些都还不够！……”

诗没读完，这时候阿蓉抢过接着读：

“我必须是你近旁的一株木棉，

作为树的形象和你站在一起。”

方宝的心里满溢着幸福。在这之前，他暗恋过女孩子，但没有表白过，没有去谈过恋爱，况且是这么漂亮、那么多人追的女孩子。诗歌，这一定是阿蓉青睐自己的原因。他倍加珍惜，她的心意表露无遗。方宝看见在夕阳的晕染下，阿蓉的脸上泛出梦幻一样的光，嘴唇那一抹红色让人怦然心动，细细的茸毛是少女独有的稚嫩，白色连衣裙变成细碎的金黄色鳞片，轻轻贴在她娇俏玲珑的身体上，在风中飘摆。稻香四溢，方宝掉进了爱情的无底洞。

方宝带阿蓉来到后山小树林里面的一个山洞，这是方宝跟杜永泽一起密谋做生意的地方。而很快，阿蓉哥哥的手电筒就照亮了这个洞口。

“原来是相中这个穷小子啦！他有啥好啊？跟我回家，找爹说说去！”

阿蓉松开了方宝的手，说没事，然后跟哥哥镇定地说：“说就说，我找谁，也不会找一个赌钱的男人！”

“哟嗬，你敢数落爹的不是？翅膀硬了，胆儿肥了是不是？”

“我说的是事实！怕什么？有本事你让爹自己改掉这口，我们家也不会这样！”

“这话你跟爹当面锣、对面鼓地说吧！”

一路推推搡搡回到家，老爹坐在床上，抽着旱烟袋，拿眼瞥了下闺女：“你咋想的啊？”

“我觉得他人不坏，嫁他是我乐意。”

“我养活你长大，就便宜一个瘪矮子吗？”

“爹你这话真难听，人是靠本事吃饭，矮怎么了？”

“我看你是被他花言巧语给灌迷糊了，闺女我跟你说，你要是不跟他当机立断，我们断绝父女关系！”

“断就断！你以为你成天那样子我们当儿女出去光彩啊？人家不偷不抢不赌钱，有什么丢人的？”

老爹一听，勃然大怒，拍着床帮就跳起来：“造反了呀你，这闺女大了成精啊，敢管老子？柱子，家法伺候！”

哥哥抡起扁担啪一下打在阿蓉肩膀上，阿蓉硬是挺着，身子晃一晃，又站直了。第二下打在腰上，阿蓉倒在地上，妈妈从旁边扑过来说：“别真打呀！你们疯啦！说说就行了吧！”

第三次打在门框上，咔嚓一声，扁担一断两截，叮当落地。

方宝回到家，他的尴尬持续了一路。他认真想了想，决定跟爹娘正式谈到阿蓉家提亲的事。妈妈说：“孩子，阿蓉那闺女我见过一次，个子高你一头，模样也是挺俊的，一看就不是我们这样的能降伏的，你伺候不了她，你要娶了她以后有你好果子吃呢！”

“妈你别管了，她爱我就行。”

“现在的孩子……一见面就爱，现在爱，过几年呢？你就瞎折腾，能折腾出个花来吗？咱家这破房子，你怎么娶人家嘛！”妈妈愁眉不展。

但是年轻人的爱情是无法无天的，越是家人阻拦，他们越是享受在一起的叛逆。他们只要有时间就会在一起，谈理想、谈文学、谈人生……他们好像有说不完的话。他们不知道的是，在他们走过和坐过的每一个地方，都留下一双黯然神伤的眼睛，这眼睛的主人，就是杜永泽。

阿蓉是个独立的姑娘，什么父母之命媒妁之言，都是胡扯，她要靠自己追求幸福生活。她认准的事情，就敢作敢当。她相信这个小个子男人，有文化，还有做生意头脑，也没什么不良嗜好，抽烟喝酒赌博的坏毛病都不沾，个子矮算什么毛病呢？只要他人有本事，跟他错不了。

而村里的众多落选者们在村口吊儿郎当闲逛的时候，看见出双入对的方宝和阿蓉，都心有不甘。其中，大个子李向阳阴阳怪气地说：“文艺青年总是占便宜！早知道上学那会儿多识几个字咯！”

他们的感情从1988年开始，持续了5年，很多人的激情不会持续如此长久，而方宝和阿蓉的恋爱关系一直持续到1993年。5年长跑，加上阿蓉隆起的肚子，才让双方的父母在这年春节前一个寒冷的清晨，做出最后的妥协：“管不了啦，生米煮成熟饭了，你们就把事办了吧！”

他们成婚那一天，有个人跑到大山上，犹如一头野兽，气喘吁吁地在崎岖陡峭的山路上发足狂奔了一整天。

半年之后，他们的儿子方圆出生。

婚后的日子本来在物质层面上并没有太大的变化，而方宝在乡下有限的小打小闹也不足以支持岳父大人的娱乐生活。儿子的出生，加重了方宝的担忧。阿蓉自然是被方宝含在嘴里捧在手上，什么活都不沾，好吃的一定要先给她吃。方宝的困境越来越明显。阿蓉的哥哥想到外面闯闯，听说村里的人到深圳打工，没两年就盖起二层小洋楼，还买了拖拉机，他们不知道为什么外面能这么快地挣钱，但是想总比在这乡下有奔头。阿蓉也建议方宝一起去看看，方宝说好。

这个决定，让如今的方宝追悔莫及，他不知道为什么事情会变成这样，早知今日，何必当初？他宁愿在老家受一辈子苦，种一辈子地，也不愿意现在这样陷入绝望的深渊无法自拔！

他还记得，那个月圆之夜，在他家大门口。他搂着怀里的阿蓉，阿蓉怀里抱着熟睡中的方圆。方宝看着天上的一轮明月，像是喃喃自语，又像是跟怀里的人说：“出去打几年工，把家里的瓦房拆掉，也盖成两层楼房，然后把咱圆圆送到好学校，跟城里人一样，不再受我们这样的苦，过上好日子。你说好吗？”

阿蓉脸上蒙着一层月光，似乎没有听见，或者不忍打破这月夜的圆满宁静。总之，她没有说话。

死都不怕还怕啥

方宝对往事的眷恋，让他无法接受她跟人私奔的事实。在心里翻来覆去咀嚼着说不清道不明的滋味：咱们是自己谈的，又不是媒婆硬拉来的，咱们是自由恋爱，为什么你还这么绝情呢？女人心，海底针，话都不说一句，就走了，钱真的比我们俩的感情重要吗？孩子你也忍心抛下不管了吗？这日子怎么过下去呢？家里爹娘会咋想呢？村里人要笑死了！

他病了，高烧十天不退，白天黑夜颠倒，噩梦连连，总在大汗淋漓中惊醒，身上的衣服就从没干过。工厂宿舍不能白住了，老板娘听说他老婆跟人跑了，又看他病得神志不清，动了恻隐之心，大发慈悲没说轰他走。

“生活就像一副沉重的担子，压迫着人，让人屈服于它，把人压倒在地上，始终也不让人有解脱的一天。你再也不会回来了，曾经以为两人能长相厮守，到头来只不过是我的一厢情愿。为爱情而生的人，当然也可以为爱情而死。如果生不能在一起，也许我的死，能换来你一个回头。”

他挣扎着起来给阿蓉写遗言，他写完最后一行字，开始收拾衣服，这是可以留给杜永泽的，生病期间，他没少照顾他。

他数了数身上的钱，一共六百多块，这是他的全部财产，也是他能留给爹娘唯一的东西。当这个念头浮现在他心中时，他有了一瞬间的恍惚，但他克制住自己不要去想。阿蓉的离开，足以让他结束自己的生命。一个月足不出户，走路摇摇晃晃的，他有气无力地走到邮局。

他在收款人一栏写下了父亲的名字，心里的恍惚再一次产生，这也许是他最后一次写父亲的名字，在留言栏里，他的笔尖停住了。终究不知道该写些什么，或者说该怎样对他说，直到邮局工作人员催促，他才把空着留言栏的汇款单寄了出去。

杜永泽同情这个老乡，对于阿蓉的选择，他也没有什么好说的。的确这里的生活很难让阿蓉这样的女人忍受，也不该让她受。她一定是受够了，她当初的希望落空了。这么长时间了，她是怎么过来的？她这样的选择，他理解。他从家乡跟来这里，一方面为了挣钱，一方面，或许也是为了能一直看见阿蓉。无论她做什么，他能看见，也就安心了。此刻，他知道方宝可能会想不开，这个从小到大的兄弟，现在遇到这样的事，总是值得同情的。他一直像一个隐形人出现在方宝和阿蓉身边，他希望他爱的女人的丈夫不要做傻事。他跟着方宝，看着方宝走出农场，走上喧闹的大街，他希望在方宝最需要的时候出现，帮方宝一把。

方宝踉踉跄跄走出邮局，走上车水马龙的街道，这是城市近郊的一条街道，路两旁有商铺饭店，生意冷清，有几只狗在围着大便转，苍蝇嗡嗡飞舞着。方宝走到斑马线前，他看见对面空置了很久的工地上有一栋烂尾楼，钢筋水泥露出狰狞的面目，好像对着方宝张牙舞爪，远没有平时看到的那些已竣工并且装修奢华的花园洋房招人喜欢。他想：你们也不用吓唬我，大不了一个死，怕什么？

暮色沉沉，楼房的窗户次第亮起橘红色的灯光。方宝大踏步走过去，他想就在这个傍晚，凌空一跃，万事皆空，在这个城市，每天都有人死，没有人会感到新鲜，连上报纸的机会都没有。他越想越加快了脚步，准备登上烂尾楼。暗影中的杜永泽紧张起来，他准备现身，可就在这时，方宝在楼梯拐角被什么东西绊了一下，差点摔了个跟头。

低头一看，方宝吓了一跳，是一条很瘦很瘦的黑腿，不仔细看，会当成一根枯树干，他再仔细辨认，一个皱纹满脸的老男人出现在天色昏黑的烂尾楼——那是他的家，他穿着破烂的衣衫，胳膊比竹竿粗不了多少，他驼着背，瘦得皮包骨的一只手在垃圾桶中翻拣着什么，腿上是捡垃圾蹭上的泥巴和污渍，他另一只手上拎着同样污迹斑斑的尼龙袋，翻拣得很认真。

他被方宝打扰了，方宝无意中“私闯民宅”，但是那男人并不生气，只是眼中突然一亮，像看到了什么好东西，原来是一盒吃了一半的点心。那男人凑近嗅了嗅，脸上露出一丝欣喜，随即取下草帽，露出花白稀疏的头发，朝站在一家西饼店橱窗前的一个孩子挥了挥手，嘴里叽里咕噜地说着不知道是什么地方的方言。男人声音嘶哑，显得有些严厉，但方宝听得出其中的慈爱。那个孩子听懂了，愣愣地站着，没动弹，一双眼睛直勾勾地看着老男人手上捧着的那块点心。

老男人一瘸一拐地走过去，把手中的点心盒塞到那个孩子的手上，略显严厉的眼中露出一丝笑意，那孩子也咧嘴一笑，显然好开心。方宝的心猛然一酸，爹苍老的背影和方圆天真无邪的脸庞同时浮现在他的脑海中。刚才强压下去不敢面对的人一下子都浮现了出来：

“爹娘辛辛苦苦把我养大，二老在家辛辛苦苦种地，养活自己和孙子。圆圆还不满 4 岁，我是一死了之了，孩子却永远没了父亲，我不但没有尽到孝敬爹娘的责任，连养大自己娃的责任也没尽到，我怎么配作一个父亲和儿子？难道要让年近七旬的爹娘去养大我的娃吗？”

方宝呆立在路口，两脚不能动弹。“不，我不能死！我要赚钱，我要活下去，我要照顾我的爹娘和我的娃！”

方宝被眼前这一幕激励着，幡然悔悟，他觉得在人生绝境遇到这两个人，也是一种宿命，他说：“老伯，谢谢你，也谢谢你的孙子救了我！”

谁知老叫花子眉毛一挑，两眼焕发出年轻人一样的神采，隔着厚厚的污垢，一脸的褶子也抖动起来，嘴里唾沫横飞地使劲骂道：“神经病！他是我娃！你才老伯呢！看你样子就是没经过事儿的，有什么大不了的，怎么活不是活啊？”

暗影中的人长出了一口气。

误入传销陷阱

钱不是万能的，没有钱却万万不能，尤其在深圳。从哪里跌倒，就得从哪里站起来。不就是没钱吗？有钱人不也过过穷日子吗？乞丐都能自己养孩子，我难道连乞丐都不如吗？方宝这么想着，忽然觉得，其实自己跟乞丐也没有太大区别，无论如何，赚钱要紧。

多年之后，方宝觉得这段人生的每一天都像黄昏，好像永远昏昏沉沉，永远没有尽头，永远看不见未来。但是还好，他挺过来了。又一个黄昏，他来到繁华的世贸天阶的天桥上，凝望来来往往的车流，桥下汽车的尾灯汇聚成一条人造银河，仿佛触手可及，却又是那么遥远。CBD 银座顶层的 LED 灯闪烁着，照亮了人潮涌动的街道，炫耀般诉说着深圳这座神话般崛起的城市的繁华与魔幻。每一座高楼里的窗口都灯火通明，没有一扇窗是他的；每一条街道上都挤满了各式各样的叫不出名字的车，没有一个螺丝是他的；近处一辆宝马车里秃顶油亮的胖老头正把一只肥腻多毛的手伸向副驾驶上的红裙女郎，女郎娇嗔地笑骂着讨厌……

一种前不见古人后不见来者的旷世孤独感油然而生。只有他，孑然一身，拖着已经空了三天的肚子，在这伏天里仍感觉有些冷的夜风中，瑟瑟发抖。

种地长不出钱，做工造不出钱，方宝灵光一闪，最有钱的地方不就是银行么？自来水加一个馒头，这是方宝的晚饭。他鬼使神差地来到附近的一家农业银行，在对面的马路牙子边，一蹲就是半小时。

有钱人还真多，这么晚了银行 24 小时自助服务站还有人进进出出，络绎不绝。一个刚从取款机房间走出来的中年妇女牢牢吸引了方宝的目光，她双手紧紧抱着一个皮包，神情谨慎地看看四周，快步走过。方宝看着那个女人，心脏狂跳不已。当人被逼急了时，犯罪就像一个香甜的诱饵，“一夜暴富”“不劳而获”，多么诱人，可是赌上的却是一生。内心深处一丝法律观念和道德观念拉住了方宝：再穷再没钱，也不该去干这种违法、缺德的事！人要活得有骨气！即使再饿，只要我方宝还有一丝力气，就可以去工作赚钱养活自己和家人，这脚只要失控地一动，双手向那皮包一伸，不但没脸去见家人，更会成为社会的罪人。一道矛盾斗争的念头在方宝大脑意识里慢慢滑过，那个中年妇女也慢慢走近方宝，又从方宝身边慢慢走过去，然后，慢慢地消失在拐弯的街角。

方宝低着头顺着马路往西溜达。一个险些改变方宝一生命运的案件，被他的正确选择消灭在萌芽状态。理智和道德，是一个人在被逼无奈、极其特殊的环境中，做出错误行动前，斩断邪念的利剑。

方宝口干舌燥，一杯自来水下肚后，脑子清醒许多，猛然惊诧自己刚才怎么会有那么疯狂的念头呢——是自己警匪片看得太多了？还是的确穷途末路了？水不但解渴，还能定心。方宝冷静下来。看来一个人过分想钱，有时真是会失去理智，会干出令自己后悔一生的事情。

可是每月 180 块钱，什么时候是个头啊？方宝得想办法挣钱，陶瓷厂肯定不能再干下去了，方宝四处打听赚钱的机会，听到发财这两个字，方宝的双眼就会发亮。

“听说小黄发财了。”两个人在方宝身边嘀咕，方宝的耳朵一听到“发财”这两个字就竖起来，像警犬一样。

“搞传销，什么活也不干，一个月就能挣好几万。”

“真的假的？”

“当然是真的！好多人发财都发死了！别墅跑车都毛毛雨啦！”

对，搞传销能发财，“传销”这两个字就像一道闪电，划破阒寂无光的暗夜，让方宝的脑海一片亮白。对，就干这个！

那时候传销尚未被政府取缔，不过别人是被拉去的，方宝却主动出击。得知这个发财机会后，方宝直奔书店，专门找传销方面的书看。简直太幸运了，一下子找到了三本书，方宝欣喜若狂，觉得自己找到了所罗门宝藏，迫不及待地翻开书看。

“你也喜欢看传销的书啊，这是我的名片！”一个男人走到方宝面前，他穿西装打领带，皮鞋亮得照出人影，彬彬有礼地伸出双手递给方宝一张名片。方宝受宠若惊，对这位主动来搭讪的风度翩翩的男人顿生好感。

“我想干传销！”方宝不假思索地说。

“太好啦，兄弟啊！”他比方宝还激动，抓住方宝的手说，“现在就有一个机会，千载难逢的机会！”

“是什么？”

“加入红宝石集团呀。”

红宝石集团，一听这名儿，好像就能来钱。用“久旱逢甘霖”来形容方宝的心情，一点都不为过，方宝就赶紧央求他带自己去见识一下。“行！”对方说。

这机会真是难得啊。方宝屁颠屁颠地跟着那人走，穿街过巷来到一间浊气熏人的小屋子里，方宝见到了“优秀的杨老师”，也听了人生中最激动人心的一堂课。

杨老师是个干练利落、容光焕发的中年女人，穿一身得体的西装，神情激昂，“这是20世纪中国平民最后的一个暴富机会，以前是房地产、炒股赚钱，现在呢，各位，现在，知道是什么吗？是做传销！”

她说话铿锵有力、抑扬顿挫，方宝被深深地打动了，按捺不住打断她，斩钉截铁地说：“杨老师，收下我吧，我要跟你干传销！”

“好啊！看来你是个有眼光的人，很善于抓住机会啊，机会只属于那些迅速出击的人！”杨老师非常高兴地向方宝点点头，表示认可方宝的加入。

从这一刻起，方宝要开始干这份前途辉煌的事业了，运气转眼就来，幸福从天而降。第二天，方宝就离开了陶瓷厂。

“干传销，得先有一套产品才行。咱们的产品不贵，一套也就2200块。当你拿钱买下这套产品，你就可以有资格加入红宝石集团，开始干这项伟大的传销事业了。”杨老师说。

2200块，这可是个天文数字，但这个2200块，会带来无数的2200块啊，这个买卖，借钱也干。于是方宝厚着脸皮往家里打电话，老家没有电话，只有附近一家化肥厂办公室有一部，平常很少打，遇到要紧事非打不可就让人家到家里叫一下，好在离家不远。他打通电话求人叫老爹来，等了三分钟，那边传来他熟悉的老爹的咳嗽声，就高兴地跟爹讲这件事情。没想到话还没说完，爹“啪”一下把电话挂了。

爹的这种态度虽出人意料之外，方宝也完全能理解：奔三十的人了，在外面晃荡了大半年，往家就寄过600块钱，那点钱，还不够圆圆半年吃喝拉撒的。一个大男人，连自己的儿子都养不活，在外面挣不来钱往家寄不说，还敢开口向家里两个老人要，怕是长城的城墙也没自己的脸皮厚吧？但这是唯一的机会，是唯一能让我翻身的机会，也是唯一可能让我出人头地的机会，我能放过吗？

方宝躺在红宝石的男生宿舍，和十多个全身发着馊臭味的男人排成一长溜挤在地板上，一张有四五个窟窿的凉席就是床，连个铺盖卷也没有。方宝睡不着，不是被腋臭、脚臭、汗臭熏得睡不着，而是脑子里就是一锅粥，翻滚沸腾得直泡冒。难道这一辈子，好不容易碰到的唯一一个翻身机会，就这么擦肩而过，泡汤了？方宝不甘心。这是最后一根救命稻草，方宝绝不放弃！第二天一大早，方宝就冲出门来，直奔电话亭，心里暗暗祈祷，如果是软心肠的娘接电话就好了，方宝可以晓之以理，动之以情，一下子就把她的心说动，但不幸的是，又是爹接的电话。

“昨晚让你妈向二叔借钱了，说我的腿病又犯了……”

爹的话还没说完，方宝的泪水就像关不住的水龙头，哗哗往下流，方宝仿佛看到爹拖着一瘸一拐的腿在下地干活，他感到自己很没用，让远在家乡的爹如此操劳。他止住呜咽。“对不起啊爸，那您的腿好些没？”

“老样子，误不了下地干活，问人借钱总不能说帮儿子借的吧。”爹笑笑，仿佛知道方宝的一切，爹一直这样体谅方宝，只要能帮到方宝，他会用尽一切的力量。

爹，方宝对不起您，让您一个六七十岁的老人，腆着脸问人借钱，还得撒个谎，我还是个男人吗？方宝真想抽自己一个耳光呀，如果这耳光能赎罪的话。但是，他知道耳光无济于事，爹不需要这一个耳光，他需要的是儿子能顶天立地靠自己赚钱养家糊口，所以一定不能放弃这个机会！他觉得这也是他唯一的机会！

钱很快就寄来了，方宝成了红宝石集团的一员，换回两盒据说含有“红景天”的一套胶囊保健品。很快，方宝就意气风发地干起了“事业”，成为这个集团最活跃的一分子。半个月后，方宝就跟杨老师一样在台上成为一名眉飞色舞的演讲师了。演讲时，方宝口若悬河，唾沫横飞，极尽夸张地宣讲着红宝石集团是什么什么不得了的“大公司”，“红景天”有什么了不得的大功效，他们有什么全球一流的管理、制度，着重强调“这个事业就是一夜暴富的事业，干这个事业就可以一夜暴富，最后一个暴富机会，动不动就有几十万、上百万的收入”，说到钱时，方宝会不由自主地手舞足蹈，眼放蓝光。

每次讲课，听众有一百多号人，其中有三十多号都是陶瓷厂的工人，直把他们忽悠得两眼发直、蠢蠢欲动。之后方宝不放过任何机会，逢人就讲红宝石的致富经，逢人就说“红景天”的发财路。方宝就像高烧不退的病人，狂热得让人无从拒绝、不能拒绝。在讲台上方宝高喊“你也能成为百万富翁”，喊得台下那一双双困惑的眼睛，似懂非懂，想信又不敢信，看着方宝，仿佛方宝是个灌满了鸡血的怪物。对于他们听课后，并没有几个拿钱来的现象，方宝真是感到奇怪：他们竟对这天赐的发财良机无动于衷？

招不到一个拿钱的下线，方宝吃饭都是问题，只好一天只吃一顿，还是趁工人下班赶来听课的空当，匆匆忙忙煮一碗白面，加点盐，吃完了事，连味精都买不起。“伙伴们”过来了，方宝就开讲，激情四溢；“伙伴们”一走，方宝立刻耷拉脑袋，如一条病狗。一天撑下来，饿得两眼发晕，胃里经常返酸水，返到嘴里，又把它吞回去。

但是方宝不想放弃，他想爹在家辛苦为他筹的钱，他怎么能轻易放弃。

杜永泽过来看方宝，他见方宝吐得稀里哗啦的一汪绿水，给了方宝两百块钱。“没钱吃饭了吧，拿着，吃饱肚子再说。”

方宝当时就泪奔了，但男儿有泪不轻弹，擦干眼泪，一口气吃了两海碗面条，完了直打嗝。

“你说的这事是不是骗人的，我看你也没挣着钱啊？”杜永泽一直还记得小时候跟方宝做小买卖的日子，他自己做生意不灵光，所以为方宝担心。

“我也不知道，我把命都豁出去了。”其实，方宝有点撑不住了，辛辛苦苦干了快三个月，一分钱没挣着，几乎要打退堂鼓了。他只是被逼到绝路，无奈之下，随便抓了一根救命稻草，他没有想过，钱到底怎么来的。

杜永泽听过两次课，说：“你别看杨经理做得好，那些下线都是她老家的亲戚朋友。”

如果方宝老家亲戚朋友有钱，他也会拉他们过来，但他们都没钱，只好拉工厂的工人。

杨老师看方宝面有菜色，两眼深陷，找方宝谈话：“方宝啊，工作进展得怎样啊？”

“现在，一个下线都没发展呢。”方宝老老实实回答。

杨老师是深圳本地人，约几个亲戚朋友聊聊天，就把生意做成了，轻轻松松的。她是方宝的上级，见方宝饿得皮包骨头，怕方宝饿死，说：“要不，你去干推销，卖些梳子、袜子之类，干得好的话，一天还能挣个六七十块钱的。咋样？”

一天能挣六七十？方宝觉得是个好工作，方宝当即拍了一下大腿，“我去！在哪儿呢？”

杨老师笑了笑说：“满大街都是招聘广告，你出去就看见了。”

在她眼里，那是出力不讨好、丢人到家的活儿，随便找个理由，把这个没什么价值的傻小子轰走了事。但对方宝来说，却是衣食父母。只要活下去，多苦多累，方宝都能做。

没学历，没经验，也能干销售

不再想死的方宝再一次陷入比死更难的绝境，然而他已经知道，天上不会掉馅饼，一夜暴富的白日梦破灭，反而让他清醒。他的直觉告诉他，踏踏实实地做点事，真真正正地卖出去产品，用自己辛苦的付出换取合理的报酬，是一条靠谱的路。

他沿着繁华的街道，漫无目的地走进一条胡同，胡同口有一根电线杆，目光扫了扫电线杆子上的小广告，盼望着能找到一丝什么地方招工的希望。

“治疗牛皮癣，办证……”方宝绝望地念着，突然他双眼一亮，就像猎豹嗅到了鲜血的气息，一则广告吸引了他的注意：

赛普公司诚聘推销员，工资由你做主。底薪3000元加提成，包吃包住，免费培训；学历不限，有无经验均可。

害怕是饿得发晕出现了幻觉，方宝揉了揉眼睛，再看，没错，是真的！这简直是老天爷开眼啦！这不就是专门给我准备的工作吗？

方宝迫不及待地撕下广告，恨不得立马就飞到赛普公司。他忐忑地看着这则广告，激动得双手有些发抖。天无绝人之路，就在他最需要工作的时候，老天让他看到这则广告。他揉揉眼睛再仔细辨认了一下：没错，是3000元！这是他想也不敢想的，以前在陶瓷厂，工资也只有180元而已，这一月比一年挣得还多！

他一定要得到这份工作！

未来似有光明，心花打开，有爱进来。马路两旁茂盛的树丛忽然鲜活起来，绿意葱茏，仿佛跟方宝招手致意。他发现身边有一个走路摇摇晃晃的拐杖老爹，试探过好几次也没能成功过马路。看他着急得在马路边徘徊的样子，方宝想一会儿顺手扶他一把吧，就拉着他的手，瞅准一个空隙，快步过了马路。老爹感激不尽，方宝说甭客气。

这一幕，被马路对面大厦一间窗户里的一位西装革履的男子看在眼里。

天色已晚，方宝想了想还是决定第二天去稳妥一点。这天早上他按图索骥来到赛普公司所在的星辰大厦。他才发现就在昨天看招聘启事的马路对面。

星辰大厦是一座老式的居民楼，建筑师学艺不精，半吊子水平，八层的楼房居然没安装电梯，楼梯更是逼仄而陡峭，扶手得欠着身子才好使，不过，这并不影响方宝拜访这家公司的热情和决心。租这种居民楼房子办公，这家公司不是皮包就是草包。管它呢，就算是脓包我也要去。他心想着。走到506室门前，门留一缝，方宝屏息凝神敲了敲，门吱呀一声开了，倒把他吓了一跳。

这是一个同样逼仄的房间，四个办公桌隔断占据了大半壁江山，正对门是一套深蓝色的沙发，上面印着斑斑黄渍，一张廉价的茶几歪斜着身子不堪重荷地承载着茶叶罐、纸杯、报纸、杂志和一些文件，似乎一阵风就能将它吹倒。不配套的家具随随便便摆放在一起，像从二手市场淘来的旧货。里间的屋子走出一个玉树临风的男子，看上去年纪不过二十多岁，穿着干练而职业的深蓝色西服，短发根根直立，俊眼修眉，满面春光，一下子驱走了满室的寒碜，办公室顿时熠熠生辉。他看到方宝在门口张望，说："是应聘的吧？请进！"

方宝走进屋中，男子坐回沙发上。

"你好，我是赛普公司深圳松岗分公司的队长罗畅，今天经理不在，我来代他面试，你是来应聘推销员的对吧，那么先自我介绍一下吧。"面试官的声音低沉而响亮，富有磁性，透着他这个年龄的人少有的沉稳。

"那个……我……我是方宝，我是从陶瓷厂来的，我是看见你们广告才来的，我……"

方宝第一次被这么正式地问自己是谁的问题，一时不知从何说起。

“以前干过推销吗？”罗畅半带笑意的眼睛看着他。

“推销？没干过。对了，我干过传销，你们不是传销吧？”方宝局促不安又狐疑不信，“你们不是没经验也行吗？”

“那你知道推销员都做什么吗？”他微微前倾身体，目光专注地看着方宝。

方宝在脑海里搜索了半天，嗫嚅道，“就是卖东西吧。”他又加了一句，“你们的工资能到 3000 块，这是真的吗？”

“呵呵，当然是真的，我们的工资还不止这个数呢。但是跟传销不一样，我们要真刀真枪卖出去货，而不是拉人头。方宝，你不用着急，相信你是很想干这份工作的，那我有几个问题想问你，你回答我，好吗？”面试官循循善诱。

“好的！没问题！”方宝激动地答道。

“方宝，你的上一份工作是什么？月薪多少？”

“我上一份工作在陶瓷厂上班，月薪是……360 元。”方宝偷偷把自己的工资涨了一倍。

“哦，好的，我们的工资要远远高过陶瓷厂，但是要靠你个人的努力，你愿意为了高薪而努力工作吗？你能吃苦吗？”

“我愿意！我能！”听到高薪，方宝眼前一亮，流露出在乡下磨炼出来的一不怕苦二不怕死的坚毅表情。这是他目前所最需要的，这也正是他出来打工的目的。

“很好，那么我简要介绍一下我们公司，请你耐心听一下好吗？”

“好。”

“我们赛普公司是以 WWI 仓储式批发产业为经营模式，我们公司从厂家直接拿货，分派给各地业务员，业务员直接上门把产品推销给顾客，这样省去了中间商的环节，把利润直接让给了消费者，对生产厂家和消费者都是大有益处的。所以有人说，世界没有推销员，一夜倒退 500 年。你知道松下幸之助吗？”

方宝木然地摇摇头，又醒过来一般赶紧点点头。

罗畅笑了一下，接着说："当年日本经济危机，很多企业都倒闭的时候，松下幸之助反而大量招募，让他手下的员工拿着自己公司的产品去挨家挨户上门推销，就这样，他卖出了公司的产品，然后再继续生产，使得公司能够发展壮大下去。赛普也是这样一家公司，我们帮助企业卖出他们的产品，帮助顾客以更便宜的价格买到产品，在这个过程中，我们又赚到合法利润，这就是我们这项事业的魅力。听了我的介绍，你有什么感觉？"

"我？我觉得蛮好的。"方宝顺口答道，他觉得这可比陶瓷厂的工作更光荣，关键是只要给咱发够 3000 块，其他的都管——他——的！

"现在我简单介绍一下我们公司，我们是一个专门销售为主业的集团化公司，在全国有 16 家分公司，千余名业务员，现在聘请你们来，就是为更好地开拓深圳市场和珠三角市场，当然还有北方市场，以及国内外的空白市场，你有没有经验，做没做过销售，这不是我们最关心的，我们关心的是你能不能吃苦，愿不愿学习。那么你能吃苦吗，你愿意学习吗？"

"我能，我愿意！"

方宝想的是：只要你不让我往外拿钱，还给我发钱，我啥都愿意。

"愿意的话，我们再继续谈，你在这里得到的不仅是一份工作。没有经验，我们公司会给你很好的培训；经过努力，你有机会做业务主管，可以带团队；团队带起来了，下面的人服从你的调度安排；你带着团队去开发新的市场，开发得不错，公司会给你注册一家新的公司。所以，这是一个事业机会。"

这真的很诱人，虽然不确定能不能干好，但方宝打定主意试一试，便迫不及待地在应聘表格上写下名字和个人信息。

罗畅耐心等他写完，最后敲定："工作还是蛮辛苦的，你能吃苦吗？你觉得你适合做这份工作吗？"

"能。我做！"

罗畅看了一眼方宝穿着被太阳晒得发白的灰衬衫，汗渍津津的蓝布裤，一双半旧的解放鞋裹在脚上，对他说："做业务形象很重要，你应该准备一件白衬衫，领带，皮鞋，可以做到吗？"

"没问题。"

"那么我给你这个机会，明天八点半前来这里集合，不要迟到。看来我们是缘分，明天我带你去试工。男怕入错行，女怕嫁错郎，明天一天是公司考核你的过程，也是你进一步了解我们公司的过程，彼此了解后，看你表现，决定我们是不是继续合作。"

CHAPTER TWO

师父领进门，修行在个人

一个人在突破之前是需要挣扎的，这个过程挣扎得越剧烈，说明他越有潜力；障碍越大，被阻挡的能量相应越大，一旦冲破，未来的成就不可限量。

抓住改变命运的机会

方宝从赛普公司出来后，赶去下沙的集贸市场，以极低的价格买了一套行头。晚上他回到红宝石那呼噜声此起彼伏、体臭腥臊并御的大宿舍里，月光照进来，照着各种各样的睡姿，涎水四溢的嘴角，听到陷入迷梦、“发财发财”的呓语，他失眠了。他恍惚看见西装革履的罗畅神采奕奕地朝他微笑，又看着眼前这些面黄肌瘦的传销分子，希望自己这一次能摊上好运，能发财。

当太阳把第一束光线照射在写字楼门口赛普公司的黄铜牌匾上时，罗畅就早早来到了公司，他看见方宝已经等在公司门口，神情既热情又害羞，像一位春心萌动的少女。

罗畅远远地朗声笑道：“这么早啊方宝，早点吃了吗？”

“那个，罗经理，我……我那个……”方宝不知道该怎么回答，他的确没吃饭。

“你来得早，走，先跟我一起吃早点吧！”说着领方宝走向路边的早点摊。

方宝只得老老实实地跟着，罗畅说：“我不是经理，昨天是替经理面试，我已经跟经理说了，你能吃苦，愿意靠自己的努力挣钱，这就够了。我今天带你，咱们这行习惯叫师父。”

“哦，师父好，师父好。”

“他们说，师父领进门，修行在个人。但是咱们这儿不一样，怎么不一样？你以后就知道了。来，先吃包子！”

方宝的确饿得肚子咕咕叫，说声谢谢师父，就不客气地低头吃上了。

罗畅在方宝对面喝了一口皮蛋瘦肉粥，看着方宝说："你是不是没有领带夹？一会儿吃完早点到我宿舍，送你一个吧。我们这行，行头很重要，不是因为人家是以貌取人，而是因为你只有三分钟，别人搭个讪的时间，我们就得搞定他。"

"搞定啥？"方宝嘴里塞着半个包子傻乎乎地问。

"搞定顾客，让他掏钱买你东西啊！"

哦，那可够难的，方宝低头，心里嘀咕着，只听罗畅说："你不用怕，方宝，每个新人第一次都这样，有我在嘛，不用怕。"说着夸张地一拍胸脯，呵呵笑起来。

方宝看着这个对面的罗老师，小小年纪，聪明干练，我要有他一半好，就不怕了。

罗畅好像看穿他的想法似的，马上对方宝说："你知道我为什么想带你吗？"

方宝摇摇头。

"因为，"罗畅深深地看了方宝一眼，大有深意地说，"你很像以前的我，我知道你的担心，但是你不用担心，相信我。"

不知为什么，方宝忽然喉咙哽住，粥喝不下去了。

用完早点，罗畅带方宝先到公司宿舍，给他找出一只金灿灿的领带夹，上面镶着一颗浑圆透亮的绿色玉石，方宝禁不住手指摸上去，温润凉滑，妙不可言。罗畅看他在走廊里对着镜子摆弄着，不知怎么用，说："就夹在衬衫第四与第五粒纽扣之间，换完你就来公司找我吧。"然后先去公司办事。

有人经过，看见方宝，站在他身后，对着镜子里的他微笑着说："新来的朋友，欢迎你！"

"哦，谢谢，我是第一天。"方宝赶紧回身答应。

"没事，有大名鼎鼎的罗大师带你，错不了。"

另一个人路过，看见方宝乱蓬蓬的头发，拿起梳子为他梳着，说："你知道吗？罗畅是我们这里的销售冠军，号称佛挡杀佛魔挡杀魔，老少通吃无坚不摧，他在我们这里是一个神一样的传奇。"

方宝冷不丁受此礼遇，如坐针毡，浑身不自在，连说："谢谢！谢谢！"

方宝的这一天是在莫名其妙中度过的，最莫名其妙的是来到赛普公司所看到的场面。一进门，穿过昨天拥挤逼仄的经理办公室，眼前豁然开朗，这是一个会议室，迎面的玻璃墙上镶嵌着三行有机玻璃做的大红字：

像家庭般的温暖

像学校般的教育

像军队般的严格

周围散落着装饰性的粉色小花，丝带扎绕，花纹奇巧美妙，透着温馨和谐；天花板上扎满彩带和锡纸花饰，墙面四周贴满了标语，诸如“拒绝是成交的开始”“吃得苦中苦，方为人上人”“把话说出去，把钱收回来”“推销就是白手起家的创业机会”等。

方宝好奇地打量着这个新鲜的集体，如同见到火星人一样，这群人彼此热烈地击着掌、高声喊着口号，互相说着鼓励的话，一切都在为一天的战斗做准备。对面走过不认识的人，也伸出手来说：“早上好！”

方宝也伸出手，要握手时，只听对方说：“别急，是这样的——”

对方先展开手掌说：“坦诚！”然后握住方宝的手，说：“友好！”再拇指朝上跟方宝的手交握，说：“互助！”然后击掌，说：“互相鼓励！共同进步！”最后竖起拇指，说：“你是最棒的！”

接连几个朋友都如此行见面礼，这一连串动作让方宝感觉新鲜而兴奋。

一块黑板上写着“欢迎我们的新伙伴”，大家沿着墙壁围成一圈，留出中间的一块空地，方宝找了一个墙角踅了过去。他们就拉他进来。他们在一起大声朗诵着什么，表情投入而激情四射。方宝仔细听，是这样的：

今天，我开始新的生活！

今天，我爬出满是失败创伤的老茧！

今天，我重新来到这个世上，我出生在葡萄园中，园内的葡萄任人享用。

今天，我要从最高最密的藤上摘下智慧的果实，这葡萄藤是好几代前的智者种下的。

今天，我要品尝葡萄的美味，还要吞下每一位成功的种子，让新生命在我心里萌芽。

我要成为万树之王——橄榄树，成为现实生活中最伟大的推销员！

方宝听着新鲜，每个人都要成最伟大的人，那怎么可能呢？刚冒出这个念头，他们就有回应了：

怎么可能？我既没有渊博的知识，又没有丰富的经验，况且，我一度跌入愚昧与自怜的深渊。答案很简单：我不会让所谓的知识或者经验妨碍我的行程。造物主已经赐予我足够的知识和本能，这份天赋是其他生物望尘莫及的。……事实上，成功与失败的最大分野，来自不同的习惯。好习惯是开启成功的钥匙，坏习惯则是一扇向失败敞开的门。因此，我首先要做的便是养成良好的习惯，全心全意去实行！

……

他们激情四溢地朗诵了足足十分钟！然后每个人的脸上的热情就像火焰一样滚烫，这是什么书，这么带劲？方宝后来才知道，这是一本叫《世界上最伟大的推销员》的书，而里面提到一本古老的成功宝典，就是《羊皮卷》，这就是他们每一天都会读的书。这里的人基本上都倒背如流，所以都不带书了。

此时，罗畅从经理办公室里跟经理一起出来，走到方宝身边，说："来来来，我为大家介绍一位新伙伴。"然后跟身边的经理说："马经理，这就是我昨天替你面试的新伙伴——方宝！"

方宝看那马经理，面色如玉，眼光深邃而莫测高深，身形匀称，步履从容，透着成年男人的睿智和成熟。经理朝方宝点点头说："欢迎你！方宝，有罗老师带你，你会进步很快的。恭喜你，幸运的朋友！"

方宝笑着点点头，在众人的推搡下，用极不普通的普通话磕磕绊绊地报上自己的名字，虽然他也曾打了鸡血似的拉人头搞传销，但换了一个新环境，那点可怜的传销知识毫无用场，2200块钱扔出去连个水花也不见响，在这一群英姿勃发的人中间，他觉得自己就是个窝囊废。大家一起喊着“方宝方宝欢迎你”，把方宝簇拥到他们中间。还有其他的一些新伙伴一一做了介绍。

“亲爱的伙伴们，把练习做起来！”马经理完名，按照惯例发出号召，各个组长就开始喊：“练习做起来！练习做起来！练习做起来！”

只见各个小组呼啦啦两两分开，捉对演习开始了。

“没钱！走开！”一个师父扮作一个狠角色，挥手欲走。

“这也太贵了吧！”一位女生佯装刁难，面露鄙夷。

方宝不由自主地转圈看热闹，看见一个经验老到的女生故作夸张地问对面的小伙子：“这洗发水用了会不会掉头发啊，是不是假的？”

看上去有些生涩的男生道：“不是假的！不是假的！我们这是真货。”

师父在旁边指导：“这么说是没有力度的，你可以轻松一点。顾客大多数时候不一定就是有意刁难和挑剔，也许是无聊或者逗你玩。你也可以调侃道，如果是假的话，我们岂不是要一天到晚打官司，还敢天天来啊？我们一遍二遍是广告，三遍四遍是让利，五遍六遍才来拿钱。因为别人用着好，我们才特地给您介绍，顺便给他们送货。人家都是用得好打电话叫我们送货，很幸运碰上您，所以给您介绍。”

马经理补充：“如果真像您说的，洗了掉头发，那我们当脱毛膏卖好了，脱毛膏的利润可是要大很多。”并且跟男生调皮地挤了一下眼，然后转身对大家说：“最后一分钟，最后一分钟，没买的赶紧买，没成交的抓紧时间成交！快速！快速！五、四、三……成交没有？成交啦，抓紧时间成交！”

“哦，这么好啊，那我要——啦！”女生故意拉长了声音。

方宝感到这说话的经理跟刚才不说话的经理已经稍有不同，安静时如泰山屹立，行动时如疾风闪电，说不出的干脆利落。

“好，模拟结束，各组分开，开小组会！”

We want meeting go！ We want meeting go！

大家喊着这种“中式英语”分开各自开会，师父就带几个徒弟进行总结，昨天谁业务做得好，在哪里做的，要保持，又有哪些不足，应该怎么避免，等等。方宝的脑袋已经发热了，信息过多是会承载、消化不了的。

他在一边看着，听他们喊道："超越自我，走向辉煌！ Yeah！"然后就散开准备出发。

方宝听见有的业务员边走边说："我们今天你打锣，你打鼓，你打钟，我打雷，我们一起空包回来加货好不好？"

"好！走！我也要打雷！雷声轰隆隆！雷翻一大片！"

用心才能成功

方宝听到打钟、打锣、打雷这些词了，不知道什么意思，就问身边的师父罗畅。

师父扬起浓黑的眉毛耐心地解释："比如，今天我们卖剃须刀，打钟就是 30 个，打锣就是 45 个，打鼓就是 60 个，还有打雷，打雷就是 100 个以上。"说话间，罗畅已经走到门口站在马经理身边。

推销员们一个个背着大包出发了，马经理和罗畅在门口和他们一一击掌，他俩身上总带着独有的自信和从容，每一个推销员经过时，仿佛都感染了他们的气息，变得更加精神振奋而士气高昂。当马经理看到身穿红裙的女孩时，不由得展颜一笑，说道："林静，你今天穿得这样红，是不是在说你的业绩也会像裙子一样红呢？"

"是的，马经理，罗大师，请相信我，我这次一定会做到业绩第一！"林静红着脸，努力挺直了身板，用脆亮的嗓音说着，整个人就像春天里茁壮成长的树苗。

马经理笑容可掬，说道："我当然相信你，我看到了你一直以来的努力和进步。"接着他又转身对其他人说："你们应该向林静同学学习，她是第六次当众承诺当销售冠军，虽然每次都差一点点，但她从来没有放弃。销售员就是要有这样的精神，热情、顽强、有毅力、不向失败低头！只有这样，才能赢得我们的客户，销售员销售的不单是商品，更是自己身上的人格魅力、坚强意志和完美品质，你们觉得呢？”

走廊里爆发出一阵热烈的掌声，大伙儿纷纷呼喊：

“马经理说得好！”

“让我们用热情打动顾客！”

“我今天也要争当第一名！”

罗畅听了大家的发言接着说：“不单如此，大家也要注意一些技巧和策略，你们知道吗？卡耐基是美国的钢铁大王，小时候，他家里很穷，一天放学回家经过一个工地的时候，看到一个老板模样的人正在指挥盖一幢摩天大楼，他就大胆走上前去问，‘长大后，我怎么才能成为像您这样的人呢？’那个老板模样的人就认真告诉他：‘第一，你要勤奋，第二，你要买件红衣服穿。’卡耐基觉得很奇怪，问他：‘穿红衣服就能成功吗？’老板模样的人指着正在工作的工人说：‘能啊！你看他们都穿着清一色的蓝色衣服，所以我一个都不认识。’他又指着旁边一个穿红衣服的工人说：‘你看到他没有，穿红衣服的那个，因为他穿得与众不同，引起我的注意，我就开始关注他，发现他比别人工作更卖力，而且更有能力，最近我打算给他安排一个新职位呢。’”

大家听到后纷纷表态：

“明天我也要穿红色。”

“我也要当大红人！”

……

罗畅看到大家都兴致昂扬，也十分高兴，但他随即佯装忧愁，打趣道：“那我们以后就得改名叫番茄小分队啦。”

“哈哈哈哈……”

“番茄小分队也不错啊！”

“师父，穿红色真的能成功吗？”方宝将信将疑地问。

“这说的其实是独特性，与众不同，你就有机会！当大家都穿红色，那就没有意义了。听话要听音。”

方宝恍然大悟。

罗畅就像快乐王子，拥有与生俱来的快乐能量，他走到哪里，哪里就有笑声。这边的笑声还没停歇，那边又开始了。笑浪起伏中，坐在里间办公室的人们，隔着一堵墙也能感受到一波波的欢乐。这欢快的浪潮拍打着方宝好奇而兴奋的心。他莫名其妙地生出一股冲劲儿，希望的种子，正悄然萌生：也许，在这个集体里，在这个优秀的师父的带领下，我有一天也能成为销售冠军！眼前浮现爹娘欣慰的微笑……方宝不由得信心一振，抖擞精神，渴望今天的工作尽早开始。

早上的例会，冒出很多新名词，诸如“平均法”“销售五步”“成功八点”等。这些新名词硬生生地灌到他的大脑里，囫囵吞枣，消化不了，他一字不落地把它们记在笔记本上，脑袋晕晕乎乎，如同踩在云头之上。

他正想问师父什么时候开始工作，一个女职员拿了一个大包和一些材料进来，看样子是一个女大学生。她梳着高高的马尾，皮肤白皙，两颊粉红。她礼貌地向两人一笑，嘴角露出酒窝，方宝感到一缕暗香悄然袭来。

罗畅接过包和材料，谢过她，对着方宝说：“这些材料是我们推销员的推销秘籍，你好好看看。今天，我先带你去实战一下，咱们卖的产品是剃须刀，你要仔细看我完成交易的每一步，用心才能成功。”

“好的，我一定努力！”方宝认真地保证。

罗畅告别马经理，跟方宝一起并肩行走着，向他介绍着自己和公司的情况。

“我是四川宜宾人，你知道吧？我刚来公司的时候和你一样内秀，话都不敢说，还卖东西，卖个锤子啊？喏，才刚半年，我就见人说人话，见鬼打鬼腔了。哈哈！”罗畅眉里眼里都是笑，令方宝倍感亲切，原来紧张得打不开的话匣子，现在也打开了。

“师父，咱们这个工作这么牛，真能一个月挣3000吗？”方宝还是有点不敢相信。

“当然能了！”罗畅肯定地答道，“咱们这个工作全靠自己努力，干得好，五六千都有可能。等你有了经验，带了徒弟和团队，成了高领，赚得不要太多哦！如果干得更好，当上经理，开自己的公司，都是可能的。”罗畅热忱地介绍着，接着，亮闪闪的双眼直视方宝，“你的目标又是什么呢？”

方宝沉浸在美好的遐想中，他觉得自己真是没有来错这公司，他说：“我的目标是赚到足够的钱……”本来想说让爹娘和孩子过上好日子，但眼前突然出现一幕幕繁华的街市和离开的阿蓉，他突然热血奔涌，“当上大老板，开家属于自己的公司！”

罗畅吓了一跳，没想到这个人还有这样的志气，他眨了下眼睛，“不过……”

“不过什么？”方宝专心听着。

“不过你是否能胜任这份工作，现在还不确定哦，你只是过了第一轮面试，今天评估结束，还要有笔试口试。今天是正式考察你是否合格的一天。我们叫试工。”罗畅一脸认真地说着，方宝心里顿时感到紧迫，他提醒自己，今天一定要认真观察，仔细学。

全世界的人都认识他

说话的时候，他们已经来到一座写字楼，高耸入云，仰望才能见顶。大楼外墙全由墨绿色玻璃拼合而成，看上去高档、奢华，但门禁森严，方宝想都没想往前走，罗畅拉住他："就这儿！"

"啊？这能进去吗？"

"嘘！"

正在这时，大楼玻璃门里正好一个职员准备走出来。

方宝错愕间，罗畅掏出大哥大，步履从容地跨步走到门口："喂？哦，王董，到了到了，什么？不用您来接，这刚好有人要出门……"

那个职员看了一眼罗畅，没有怀疑，用门卡刷开门，走了出来，甚至还顺手帮罗畅带了一下。

罗畅用他那带笑的眼睛回了一个谢意，拉着方宝进了大厦，直奔顶层。

"师父，咱们为什么不从一楼卖起？"方宝疑惑地问。

"笨，要是在一楼卖被轰，就直接出门了，在楼上被轰，还能边往下走边卖，你也要注意，卖东西要从内到外，从高到低，从开门的到关门的。"罗畅装作教训徒弟，实际语气很和蔼。

"哦，原来如此。"方宝恍然大悟道，真情流露的责备，有时候更管用。方宝对师父言听计从。

走到一扇开着的门前，师父也不敲门，直接走了进去，往里刚走两步，看见一个四五十岁的妇人侧对着门口办公，他夸张地像犯了什么天大的错事，一脸诚挚歉意地退后了一步，声音异常恭敬："不好意思，我能进来吗？"

他一身职业正装，干净整洁，让人一看就觉得是上进的小青年，又有礼貌，很容易让人产生好感，只听里面妇人懒懒的声音道："没事，进来吧。"

罗畅这才挺胸抬头地走了进去，方宝则缩手缩脚地跟了进去。

罗畅对着刚才说话的妇人，绽开了一个亲切的微笑："小姐，您好……"

"小姐？哈哈，乱叫，我都45了，还小姐……小伙儿人挺帅，眼神儿可不好！"妇人的声音马上柔软下来，略带兴奋，忘了问来人有何贵干。

"他没叫错，咱们王姐今年才28呢，哈哈。"里面一个三十来岁的男人被吸引了，转着圆珠笔打哈哈。

“没错，我严重认同！”

“难道这是个需要讨论的问题吗？”

旁边又有几个跟着起哄的。

“去！你们就知道臭贫。”妇人笑骂道。

“就是，小姐，您今年就是28岁，您看您，面色红润，皮肤光滑，不是28岁是几岁？您说您45了，我可不信。您怎么保养的？”罗畅继续赞美着客户。

“呵，小伙子嘴真甜，小伙子你叫什么？”妇人脸上的皱纹都舒展开，看上去似乎真的光彩照人。

“哦，忘了自我介绍，我叫罗畅，是赛普公司的销售员，这个是我的伙伴方宝。”

罗畅从包里掏出一个剃须刀，塞到妇人手里，随后又掏出几个，递给另外几个职员。他经过那个打哈哈的男子时，说了一句：“帅哥，您今天胡子没剃太干净啊。”

那人一愣，大概是首次被人称为“帅哥”，他下意识地摸了摸下巴，担心自己形象不佳。

罗畅顺势背起广告词，介绍起剃须刀的优点，剃须干净、不耗电、易水洗等。最重要的是，价格便宜，超市要卖380元，而他只卖158元。要是买两个，再便宜20元。

几个男顾客有点心动，他上前对着那个打哈哈的男子说：“帅哥，用我们的剃须刀，保证您不会有胡子刮不干净的情况，您看您是要一个还是要两个呢？”

正在犹豫的男子忽然面临这样的选择，就反问：“一个就够了，我要两个干什么？”

“您用我们的剃须刀，一定会觉得很好，您可以送一个给老丈人，老丈人一定觉得您有孝心，有眼光。”

“也是，”男人犹豫了一下，说，“那就给我来三个吧。你把我爹忘了。”便掏出了钱。

“是是是，孝心感天地呀！”罗畅心中窃喜。方宝暗暗佩服。

其他几个男职员也相继掏钱，转眼间，6 个剃须刀就卖出去了。

罗畅又走到那个妇人面前，说：“小姐，您可以不把自己的青春靓丽放在心上，但有人为自己能不能配得上您而日夜操心呢。”

“谁呀？你说他？我管他呢！整天不落窝的东西。”

“您先生每天打理造型的时候，都能获得您的支持，一摸下巴，就能想到您的体贴入微，那会怎么样？肯定得更疼爱您了。”

妇人本就对这个帅小伙不反感，经他这么一说，也觉得有道理，看大家都买了，就买了一个。有个姑娘似乎是刚谈男朋友，听罗畅这么说，也买了一个。罗畅笑着收下钱，说：“妹妹这么水灵，男朋友肯定把你捧在手心当宝贝。你又给他买礼物，小心他以后可要黏上你喽！”

“瞎说！”姑娘小脸绯红，眼里满满的全是甜蜜。

罗畅不放过任何一个机会，男女老少都是他搭讪的对象，仿佛全世界的人都认识他，或者他认识全世界的人。穿超短裙的少女，戴棒球帽的中学生，染黄头发的小青年，拎着啤酒的工人，牵着孩子散步的父亲，卿卿我我的情侣，戴着眼镜的教师，无一不是他的推销对象。

“靓妹，你好啊！”

“帅哥——给您，剃须刀的最新款！”

“啊哈，你家的孩子多可爱啊！”

“你的衣服这么漂亮，我敢说你是这条街上最漂亮的女生！”

“您气色真不错，一定有不少开心事吧！”

“下午好！”他把这三个字拖得长长的，手臂划过一条优美的弧线，深深弯下腰，夸张地做了一个鞠躬的姿势。

“你的头发造型真不错，在哪里做的？”

罗畅活泼欢快地边说边走，略带夸张。他和每个人对话时都能扔出一个新名词，或使用令人愉快的表情和手势。他那浑厚的声音，即便是心事重重的人，也会立即受到感染。他能轻易地发现别人的优点，适当加以赞美，发自肺腑，让人毫无抵抗力，蛊惑得方宝也忍不住想买一个剃须刀。

那些人起先应和着，发出拘谨的、小心翼翼的笑声。当他们手上拿着一个剃须刀时，便放开了，“来，小伙子，给我来一套吧。我不需要，但我买了，就是为了听你说说话。”

罗畅满嘴都是生动有趣的俚语，一开口就让人忍俊不禁。这种作风让他和陌生人周旋时，如鱼得水，左右逢源，就算他闭上嘴巴装严肃，那双含笑的眼睛也会出卖他。碰到顾客砍价时，他故作为难或者做出的恼怒表情也是宜人的。这就是罗畅。他说个不停、动个不停、走个不停、笑个不停。他招人喜欢地推销着，尽管对方不掏一个子儿，他的友好态度也不减一分，这使得很多人对他的好感久久不会消失。

就这样轻易地大丰收，方宝看得眼都直了。接着去了几个楼层，眼看着货包一点一点就瘪了。他觉得师父真是了不起，什么样的货，到他嘴里都能说出花儿，什么样阴沉冷冰的脸，都能被他逗得眉开眼笑，什么样的人，都能被他的话打动，敞开心扉。两个人转了几个写字楼，其间和队友汇合了几次，交流了一下情况，罗畅是卖得最好的，这让方宝更加敬佩他，并且产生了小小的自豪感。

不知不觉就到下午三点多了，师父希望他可以自己锻炼一下：“方宝，五步八点现在你都记住了吗？”

“记住了。第一步，打招呼；第二步，自我介绍；第三步，介绍产品；第四步，成交；第五步，再介绍。”

很好，师父的眉毛都笑了，带徒弟还不算太失败：“那八点呢？”

“第一点，思想端正；第二点，准时；第三点，时刻准备；第四点，良好心态；第五点，保证区域；第六点，做足八小时；第七点，始终清楚自己在做什么，为什么而做；第八点，控制局面。”

师父催促道：“要不要去试一下？你光记住程序，自己不练是没有意义的。”

开心就是把心敞开

最恐惧的时刻还是来了，虽然方宝知道自己迟早都要过这道关，但这一刻还是让他心惊肉跳。在田间挥汗如雨，太阳晒得脊背脱皮他也没有这样难受过，向素昧平生的人推销产品，乞求他们掏出钞票，那无异于让他去死！他惊慌失措地看着师父，头摇得像一棵在疾风中不能自持的芦苇，乞求道，“下一个吧！”

罗畅向女孩迎上去，一边说话一边将剃须刀塞到她手上。方宝的脸红到耳根，站在原地。女孩摇摇头，从他们面前走过。

“大街上的几率是比写字楼小一些，你知道为什么吗？因为人家是着急赶路，所以不一定有时间听我们。但是没事，我再让你看几个。”

接连几个顾客都没买，却不见罗畅有什么气馁的神色。他依然神色自若地往前走，不时讲两句笑话，和方宝拉家常。方宝不解地问：“师父，为什么明知他们不买，还要在大街上碰壁呢？”

“概率是小一些，但是不试怎么知道？其实这主要是锻炼我们的心态，卖什么都不重要，重要的是，你的心有没有打开？”

方宝难过得直想就此消失，或者干脆掉进一个地洞里，或者自己会隐身术，但他只能紧紧跟在师父巨大的背影后面。师父的背影挺拔有力，就像家乡一望无际的田野平实而安定。走在后面，方宝觉得很安全，但强压过来的自卑让他手足无措。

一个小伙子走过来，身上穿着一件印着裕元工厂字样的白T恤。小伙子翻来覆去看剃须刀，似乎在努力寻找购买的理由。

罗畅从他手里拿回剃须刀，笑着说，“你不会是不想要吧？”小伙子不说话，只看着那把剃须刀。罗畅又把剃须刀塞到他手上，“我跟你开玩笑的，我知道你想要，对不？”

经历了失去的痛苦，又享受复得的喜悦，这次小伙子毫不犹豫地掏了钱，握着那件也许耗费了他裤袋最后一块钱的宝贝，吹着口哨走了。

“你跟着我看了半天，走，突破一下。”罗畅指着前面一家银行，有职工下班从后面陆陆续续地推自行车出来。

罗畅递给方宝一个剃须刀，一脸严肃道，“这次，无论如何，你都要开口。”

蝉声聒噪，让方宝心烦意乱。

像一个无助的孩子，方宝走到银行门口，一个女孩从后院推着自行车走了出来。

“去吧！”罗畅双臂环胸，眼神不容置疑的坚定。

下午，如同一个世纪一般漫长。阳光到午后变本加厉，热浪一阵阵袭来，一切变得无法忍受。方宝开始怀念陶瓷厂，让他屁股起茧的硬木粗凳子，头顶轰隆作响的大风扇，调色盘里色彩绚烂的染料，坐在自己对面成天叽叽喳喳的胖女人，老板多肉的胖脑袋，老板娘尖厉刺耳的叫骂声，工具箱上一瓶凉开水，起伏不平的水泥地，以及一股劣质染料的刺鼻味。哦，那张凳子还是蛮舒服的！

跃跃欲试的冲动一旦付诸实施的时候，方宝还是欠缺一点勇气。

一半是火焰，一半是海水，这就是第一天试工给方宝的心上打下的烙印。

跟现实的碰撞，需要自身心理状态的调整和蜕变，不幸的是，这一天，方宝的确没有准备好。他只是从绝望中脱离，刚刚看到希望，但是所有的希望和梦想，如果没有跟现实碰撞和磨合，只是飘在空中的白日梦。无论多美的梦，都需要付出巨大的勇气和艰辛的努力。只有经历这些，成功的素质才会从内在生发出来，美梦才会成真。

这样的素质，目前的方宝当然不具备。此时的他刚刚经历了老婆的背叛，传销的骗局，身无分文而极度不自信，加上普通话不熟练，这让他举步维艰。

这就是在多年奋斗、功成名就之后，方博士时时用来反省和激励自己的事。

落日熔金，夏天的傍晚，热气不散，但是光线不再耀眼，路边宽大肥厚的热带阔叶植物带来阴凉。在他一再的退缩下，师父正色道：“今天不是让你成交，只是让你试一下，你都不敢。那今天试工到此结束，你可以回去了。”

阳光晒在脸上，滚烫滚烫的，他想：“这怎么赶我走了呢？行……试就试嘛，反正死不了！”

他硬着头皮迎了上去，刚好是下班时间，天光暗淡，一位身材高挑的女子推着一辆自行车，从后面院子里款款地走出来。他冲上去颤声说：“小姐……您好！”然后把产品塞过去。

女子把自行车停下，接过产品，略带诧异地看着这个面带羞涩的小个子男生，等他继续说话。

他也看着她，心里就紧张了，刚才的勇气一碰到现实就像薄冰向火，瞬间散去，汗也出来了，脸也憋红了，嘴里只能发出：“啊……啊……”

女子歪着头问：“你想干吗？”

他嘴里拌蒜：“哦……哦……”

师父在旁边看着，希望他突破一下自己。

女子有点不耐烦了：“你到底想干吗？”

他依然张口结舌，吐不出一个有意义的字。其实他小时候也小打小闹卖过东西，还是有一定经商头脑的，可是自打来深圳到一家工厂干活，整天没日没夜加班，久而久之变得麻木迟钝，钱没挣到，老婆也跟人跑了，后来误入传销团伙，被骗得身无分文，陷入人生的低谷，那时的他自信心降到冰点，普通话又很差，天性内向的方宝面对陌生人自然诚惶诚恐，大脑一片混乱。

师父只好走过来说“你好”，按照程序流畅地说了一遍，那女子说：“哦，原来是搞推销的。看你这么熟悉你的产品，我买了。”

她付钱后把货塞进包里，一边推车往前面走一边摇头说：“还有这样的推销员。”

他永远记得这一天，那个银行女职员一边推着自行车一边摇头的样子，也记得她那句“还有这样的推销员”。

但是罗畅不这么看，他知道，一个人在突破之前是需要挣扎的，挣扎的过程越剧烈，说明他越有潜力；障碍越大，被阻挡的能量也相应越大，一旦冲破，未来的成就不可限量。他在旁边看着方宝，尽管方宝哑口无言，说不出一句话，但是罗畅知道，方宝在一次一次地突破自己。他第一次督促方宝去试一下时，看方宝的样子都在挣扎，而每一次的督促，方宝都要经历一次灵魂上的震颤，他要跟自己的懦弱搏斗。他需要一点一点地突破，他现在能够主动迎面站到陌生人面前，已经是他能做到的极限了。他知道方宝需要一个过程，他并不着急，给他时间。

“没事的，方宝，第一天都这样，我第一天也很难受，也没有放开自己，也没卖出货，但是我知道你一定行的，你只是需要一个点，那个点需要你自己找。”

压在方宝胸口的一块冰，涣然消融。

提升能力才是硬道理

暮霭沉沉，他们回公司，一路上，罗畅耳提面命地跟方宝讲着推销要点，不仅仅是熟记五步八点平均法，而且要克服自己心理障碍这一关。

“这个方宝，我能感到他内在的火焰，只是现在，我们点火的柴火还不够多！”罗畅回公司后对经理说。经理认可了，然后他们研究了一下这天晚上例会的内容。

罗畅给了方宝一张试卷，方宝凭着记忆和理解，知识要点答得很好。于是，罗畅领方宝去见了经理，进行复试。

“你好，方宝，今天你和罗畅去卖货了，感觉怎么样？罗畅说你今天表现很好。”

“哦，经理您好，谢谢师父夸奖，我觉得推销很有意思，是很锻炼人的行业，我很愿意去学去做，就是今天自己还不太敢说。”方宝忽然发现，经过一天的锤炼，现在的自己竟然对答如流了。

“哦，你认同这个行业就好，新人都差不多，只要他愿意去学，去努力，我们就愿意给他机会。那么下面有几个问题，希望你能如实回答一下好吗？”

“好的，经理。”方宝正襟危坐，等着问题。

“我们公司是以WWI仓储批发经营为模式，目的在联结厂家和顾客，把最好的产品，以最低的价位卖给顾客，既能使顾客得到利益，又能获取我们的合法利益，这也是我们整个推销行业的特点。”

方宝心想，这个师父面试的时候提过，这是这个行业的价值所在。

“另一方面，公司采取家庭般温暖的管理方式，学校教育般的培训系统，还有军队般严格的纪律规范，让我们的员工感到开心，好玩，学到东西，赚到钱，看到发展，我们公司对我们的员工是充分负责的。”

方宝在晨会上已感受到这些，于是点了点头。

经理接着说：“当我们的业务员能够带领团队开辟新的市场的时候，我们公司会帮助员工注册他的公司，让他自己的事业也能够得到发展。我们公司没有员工和老板的关系，我们是团队合作的关系。每个人都是自己有限公司的老总，嘴巴一张，公司开张，嘴巴一闭，公司倒闭。推销就是靠嘴吃饭，但是主要是靠这里。”经理指指心口，好看的食指碰了碰领带夹。

“现在，你认可我们的公司了吗？”

“我认可。”现在的方宝，经过一整天的感受，带着沉甸甸的踏实感，郑重其事地答道。

“好，你既然认可了我们公司，也认可了这个行业，那么公司有几个要求不知道你能不能做到。”

“能，一定能！”方宝还没听，就迫不及待地答道。

“呵呵，你先不要着急，”经理微笑了一下，“首先，公司要求，做到经理之前，都不可以谈恋爱，两情若是久长时，又岂在朝朝暮暮，这点也是为了员工们有更好的发展；其次，公司做业务要经常出差，这既是对员工的锻炼，也是让员工开阔眼界的机会。另外，在外出卖货的时候，对顾客要礼貌，不欺骗顾客，不可以动顾客的东西，在公司要团结同事，这些你都能做到吗？”

“没问题，经理，我都能做到。”方宝坚定地说。

“很好，那么恭喜你，正式成为赛普的一员。”经理笑着伸出手，和他做了公司的手势：坦诚、友好，互助，互相鼓励，共同进步。

方宝不能抑制激动的心情，不过，他现在想到的是，明天就要开始卖货了，他要凭自己的努力来创造奇迹了，但是他先得把广告词背熟。

从经理室出来，师父正等着他，知道他通过，恭喜了一下，随后说：“走，我带你去见见师兄师弟师姐。”

方宝却摇摇头：“这个不是最重要的，师父，您先把广告词写给我，我好背熟。”

“咦，有必要吗？不是很简单吗？”师父有些诧异。

“嗯，有。”方宝严肃地答道，表情十分认真。

在外面奔波一天的推销员们如群鸟归巢陆陆续续地回来了，他们跟早上出去的时候一样精神抖擞。晚上的小组总结会，他们分享着这一天的精彩经历与各种考验，彼此鼓励，互相建议。

然后大家唱歌，跳舞，把一整天的不愉快忘记，尽情地投入绽放生命能量的狂喜之中。他们开始迅速变换队形分成几个小组，中间留出空间，早上那个穿红裙子的纤弱女生林静闪出来。会议开始前，她还挺安静，说话轻声细语，一走进场地中间，随着一阵鼓掌，她一扫羞涩拘谨，落落大方地走到中央，微笑着说：“各位老板，大家晚上好！”

下面呼应说好，然后鼓掌。她接着说：“大家忙碌一天了，由我林静先为大家讲一个笑话，大家乐一乐，缓解疲劳，好不好？”

大家异口同声说：“好！”

吊足了大家胃口，她这才用手指比画着说：“故事是这样的：从前呢，有一条蛇，出去推销，看见一头大象，大象拒绝了它的推销，所以蛇就很不绅士地咬了大象一口，然后哧溜一下就钻进洞里去了。大象很郁闷，他带着伤啊，心想：等到天黑，看你出来不！天黑了，这时从洞里钻出一只蚯蚓，大象一脚踩上去，大喝一声：小子，你爹呢？”

看着女孩惟妙惟肖地演绎一头大象的愤怒神情，下面哄堂大笑。

他们每天回来晚会都要分享一个主题，林静想考一考新来的方宝，就问道：“方宝同学，请你回答一下，五步八点中的第七点是什么？”

方宝不知道会叫到自己，本来是记住了的，可是一时紧张，竟然忘记了，张口结舌面红耳赤，林静说：“不行啊，我们要求倒背如流的！来，大家告诉他，五步八点中的第七点是什么？”

“时刻清楚自己在做什么，为什么做！”大家异口同声道。

“那我们现在来分享一个小故事：台湾有一位著名的成功学演说家，激励水平和演讲艺术非常精湛，凡是请他去培训的企业、银行、学校等业绩和学习成绩都会大幅度提升，所以很受欢迎，影响力很大。

“有一次，在一个大型培训的现场，演讲正进行着，忽然有一个醉汉破门而入，拍着桌子说：你放屁！大家惊讶地看着这个不速之客，鸦雀无声，不知道怎么回事。

“大师不慌不忙地问道：朋友，您贵姓？醉汉说：我姓什么关你屁事！我听过你几次课了，什么成功学演说家，能够改变命运，其实根本没有改变命运，根本就没有用！

“老师问：那你到底是干什么的？醉汉说：我做什么关你屁事？你就告诉我一句话，我怎么能成功？我饭钱都没有了，吃饭都吃不上！

“老师温和地说：那你连做什么都不愿意告诉我，我怎么能帮你成功呢？这时，那人酒醒了一点，吞吞吐吐地说：我……我是卖窗帘的！

“大家哄堂大笑，窗帘卖不好怎么还怪老师？老师没笑，而是拍了下桌子说：你错了，你不是卖窗帘的，你是一个光线设计师！你回去好好想一想，一个月后想不明白再来找我。

“演讲继续，醒了大半的醉汉无趣地回去了。他回家躺床上睡不着，翻来覆去想：我是卖窗帘的，怎么是光线设计师呢？窗外的光线照射进来，微风吹动窗帘，让他的房间的光线产生了微妙的变化，他忽然有点明白了：我不仅仅是个卖窗帘的，我的确是个光线设计师。

“他开始从心里重视起自己的工作来，明确自己在做什么，注意穿着，不再邋里邋遢，以前头发乱蓬蓬的，现在虽然没钱买摩丝，就用自来水摩丝梳整齐，他不再是那个卖窗帘的，而是把自己收拾得像一个设计师。以前的样品是皱巴巴的，既然是设计师，那当然是不行的，把皱巴巴的样品重新洗过，熨得整整齐齐；还专门印了名片，印上光线设计师。然后上门介绍自己：您好太太，我是光线设计师，免费给您试窗帘，满意就付窗帘费，不满意我走人。

“客户心里说：不就是那个卖窗帘的吗，什么设计师？但是她也没事，说：你愿意试就试吧！第一款窗帘拉上去，客户摇头；第二款还是不喜欢；第三次，哦，整个卧室的氛围就变了，淡紫色的窗帘让整个房间都温馨浪漫，透着神秘感。当时那位太太就满意地问，多少钱。

“设计师说：钱不是关键，像您这么有品位的家，需要一年四季不同的风格，因为一年之中的光线是不同的，所以颜色也要不一样，冬天粉红色，夏天是天蓝色。卧室有了，那婴儿房、客厅当然也是不同的搭配才好。

“就这样，以前他一星期也卖不了两幅窗帘，现在一天就卖光了存货。他终于成功了，后来成了台湾著名的两大窗帘生产商之一。

“所以，我们要清楚我们在做什么，我们只是个卖货的吗？不是，换产品是分分钟的事，产品只是提升我们能力的道具！我们是来学习的，是来锻炼的，来成长的，只有能力提升了，我们的人生自然会前途光明！”

林静的故事说完，大家热烈鼓掌。方宝觉得很受启发，只听一个男生忽然激情昂扬地对大家说：“生活可以将就，生活也可以讲究！人生可以将就，人生也可以成就！一个人选择的生活方式不同，他的未来就会从此不同！每个人无论是选择平庸或是成就，他的选择都无可厚非。我也曾想过，一个人既然选择了，只要坚持做到就行了。刚开始，我一直想不通为什么那些人会选择那么平庸，那么脆弱，他们为什么不能奋发图强，让自己和亲人过上幸福的生活？”

方宝觉得很对应他的心境，就认真听下去：

“没有别的原因，唯一的原因是——没有能力！”

方宝心里哗啦一下，好像被谁戳了一剑，小心肝碎得满地都是。

“有能力的人，不用担心找不到工作；有能力的人，可以不跟老板争执薪水给少了；有能力的人，可以不用看别人的脸色；有能力的人，自己为自己负责！”

下面掌声鼓励，方宝心中最柔软的地方被触动了。来不及思考，那个男生的演讲还在继续：“我想由衷地感谢赛普公司。我在这里不仅挣到了钱，而且学会了坚强。是推销让我学会了不能逃避，要勇敢面对。我学会了尽情发掘我自己，让别人看见我的潜能。在工作中，我从胆小变得胆大，从畏惧胆怯，变得坚强自信，从事不关己到承担责任，从陌生人变成一家人。这是我学销售、做销售得来的。所有的收获让我经历丰富，从此我不再感到恐惧。废话不说，唯有行动能够证明一切，我们是靠自己的实力生存，让我们为这个美好的时代欢呼吧！”

大家异口同声说：“好！”掌声久久不息。

接着，大家分组讨论这一天遇到的各种各样的客户，分享经验，总结教训，互相学习，取长补短。

方宝从未如此受震撼，没有如此深入地透视自己。他觉得自己获得新生，也渐渐融入这氛围，充满斗志，体内仿佛有某种东西在燃烧。

下班了，方宝的当务之急是解决住的问题，他已经成为公司的一员，可以搬过来了。从红宝石公司乱七八糟的宿舍搬来赛普公司干净整洁的宿舍，他就跟师父罗畅要广告词。

罗畅笑着说：“我带过一百多个徒弟，你是第一个要我写广告词的。”

“我太笨了，一见到顾客就忘词。”

“见的顾客太少了，见多了就不会这样。”他笑笑，目光中充满期许。

“是啊。”

“广告词是死的，人是活的，要随机应变，不要死背，知道吗？”

“我先背下来。”

“能不能做好全靠自己了。”

“我一定能做好，师父，我要赚大钱！”

“推销是为自己工作，就像做生意，是赚还是赔，靠的全是自己。95% 加入赛普的人是为钱而来，至少开始是这样。记住，这是你的生意，而不仅仅是一份工作。”

“是的，这是我的生意！”方宝重复道。

方宝打算回宿舍背广告词，路过仓库时，一个女孩子的背影吸引了方宝的注意。

女孩子正在打扫仓库，高高的马尾垂在肩膀上，像个女学生，仓库有点乱，东西堆得哪儿都是，一时半会儿收拾不完。方宝见她自己一个人挺累，就走过去帮忙。

“您好，我是新来的推销员，帮您一块儿打扫吧。”

“哦，我们早上见过，”女孩子也不推辞，“你这是抢我饭碗啊！”

方宝这才注意到她的正面，一双眼澄澈如秋水，微笑时酒窝重现，暗香又来。她就是早上那个给他文件的文员。听她说话，方宝怔住了。

“呵呵，你这人太老实了吧，我就是和你开个玩笑。这些活全交给你了，本姑娘也乐得清静。”

方宝没有多想，专拣脏活累活干，他不知道为什么这么做。

女孩子看方宝这么用心地帮她，十分感激，便问道：“你好，我叫王新月，请问你叫什么名字？”

“哦，我叫方宝。”方宝讷讷地说。收拾完东西，方宝让王新月过目检查。

她四下检查，时不时眼睛一亮，露出满意的表情。方宝也不说话。

“你不爱讲话？”王新月问。

“我普通话说得太普通了，怕人笑话。”

“这可不行，推销员就得说话，不然东西卖不出去。你看看师兄师姐们，个个嘴巴甜得跟抹蜜一样，以后多学着点，能不能做下去还得看销售业绩呢。”她一五一十地向方宝介绍公司业务，还借笔记给他看。

“方宝，我早上看你是跟罗畅一起试工去了吧？”

“嗯，对，师父可厉害了，见人就能把人夸得一乐一乐的，东西也卖得很快。”方宝回想着。

“嗯，罗畅是业务做得最好的，还有一个人叫辛未，业务做得也很好，他俩常常不是这个第一，就是那个第一。”

“哦，你能给我讲讲师父的事情吗？”方宝问道。

“哦，可以啊，罗畅来公司之前是变电站干杂货的，他爸为了让儿子有一个稳定的工作，但是他自己不喜欢，觉得坐办公室枯燥乏味，就自己跑出来闯荡了。开始他很内向，后来就一点点磨炼得很能说话了，经常很快就能把顾客搞定。他能吃苦，起早贪黑，衣服每天都能拧出水，工作不到一个月，在我们上千人的销售队伍中，他就成为公司单日销售纪录冠军，现在他来还不到半年，听说马经理要提升他当副总呢。”

“干推销真能使人改变那么大吗？我可以吗？”方宝还是有些担心。

“一切皆有可能。”王新月马尾巴一翘，脖子梗起来，“我们这里很多人都是一开始内向，后来变得外向活泼的。人就是一个心态，只要你觉得自己行，谁敢说你不行呢？”

方宝看见王新月秋水一般的明眸掠过一丝倔强。他因这个表情更坚定了自己的选择，这样的小姑娘都能练成这样，我一个大老爷们怕啥呢？

CHAPTER THREE

销里藏道

推销是体力活，更是脑力活。有手有脚，是不够的，还要动嘴动心。世事洞明，人情练达，你才能成为一名真正的推销员。像老黄牛一样死干蛮干，做得越多，只会越累。

自助者天助

方宝在宿舍里一字一句地背广告词，宿舍熄灯了，他把自己关在厕所里，只有那里还有灯，借着微光，他继续背诵。厕所的味道自然不怎样，蚊子也多，但他管不了那么多。直到深夜两点，他还蹲在厕所里背诵，实在困了，爬上床还念念有词，早上起来，跟夜游神一样，嘴里叽里咕噜，搞得同事们纷纷好奇而赞许地看着他说："不疯魔，不成活！""这位同志很靠谱！"

吃完早点，方宝刚一进公司，就看到令他惊讶的一幕。

马经理在会议室台子上，其他业务员在台下站了一排又一排，他们的目光焦点都集中在一个人身上。

那人双膝跪在地上，死死抱着马经理的双腿，不让他走。

"经理，求求你，再给我一次机会吧，这次我一定好好做，绝不偷懒，求求你再给我一次机会吧。"他哭着哀求，仿佛把他赶出公司，天都要塌下来。

"小张，你先起来，有话好好说。"马经理有些无奈，今天早上，他宣布开除小张的决定，原因是，按照公司的规定，业务员业绩三天打零单就要走人的，而他已经连着一周没有卖出一件东西了。再留下去，耗费公司的人力物力，对他来说也是浪费时间。

"不，经理，您先答应我，您再给我一次机会，这次我一定能干好，请您相信我。"小伙子依然不松手，怕一松手，经理就要赶他走。

"不是没给过你机会，小张，你三天没卖出去东西的时候，就给了你机会，但是现在一周了，你依然没有努力，按照公司规定，不得不将你辞退。这既是对公司负责，也是对你负责，我们是小商品，稍微用点心都不难出货，你一周没出一件，说明你不热爱这份工作，或者是不适合，与其在这里耗时间，不如赶快找一份适合你的其他工作，这样也能早点挣到钱，不是很好吗？”马经理很诚恳地实话实说。

“马经理，求您再给我一次机会，我知道咱们公司很好，我真的很想在这儿发展，求你了，最后给我一次机会。”小张仍抱着一丝希望。

“对不起，公司是有规定的，我真的不能留你了。”经理说着使了个眼色，台下两个业务员走上来，将小伙的手掰开，他反抗不过，只得被拉走了。

“好了，大家把练习做起来。”

“练习做起来，练习做起来。”一个个小组长招呼队员开始做练习。

在早会上，罗畅特意考察了一下方宝的状态，广告词背得很熟，说话比昨天顺畅很多，整个人精神状态已经不同了，他笑着说：“今天你应该可以破零了。”

“真的吗？师父怎么知道的？您能给我算命？”

“呵呵，不光是你，他们我都能算。”

罗畅一脸认真地说：“你过来看。”

有一个小组会的组长给大家分享着激励人的语句：“若不给自己设限，人生中就没有限制你发挥的藩篱。”

他昂着头慷慨激昂地说，“我们做推销也是一样，你要想自己今天可能卖不好，那就卖不好，你要想着，我今天会打钟、打鼓甚至打雷，你就有可能做到。真正限制你的只有你自己，你自己才是你最大的对手和敌人，战胜自己的恐惧心、羞涩心、怯懦心，认为自己能够征服市场，赢得客户对你的信任和喜爱，你就能够做到。要是抱着他会不会怀疑我，他会不会拒绝我，他会不会厌烦我这种心态，这种给自己设置的限制和障碍的心态，它就会束缚了你的发展，阻碍你成功，阻碍你超越自我。所以，告诉自己我们应该怎么做？”

“不设限！”其中一个队员说。

“告诉自己能够征服任何顾客。”一个女队员很有志气地说。

“嗯，告诉我，今天谁打钟？”

“我！”队员们一起高呼。

“谁打鼓？”

“我！”

“谁打雷？”

“我！”一声高过一声。

“谁是最棒的？”

“我！”队员们心情激动，一个个跃跃欲试。

“好，我们的口号是？”

“征服市场，展现最棒的自我，Yeah！”

“好！出发！”

罗畅让方宝在旁边观察走出去的业务员。

他指着其中一个低着脑袋，走得很慢的业务员说：“他今天的业绩一定不好，你看他没精打采，畏缩不前，见到顾客一定会发怵，一定卖不好的。”

他又指着另一个挺胸抬头大步走的业务员，说：“他今天一定会打钟打锣，你看他非常自信，而且有干劲儿，他一定会使出浑身解数说服顾客买他的产品。”

方宝似有所悟地点点头，罗畅继续说：“做业务最重要的不是技巧，而是心态，只要你想做成，你就会通过千方百计地努力来达成，幸运之神也会帮助你；反之，如果你退却，还指望老天眷顾，什么都不能做好，天助自助者，你要记住！”

方宝点点头，把这句话记在心里。

师父接着说：“我之所以看好你，是你今天又展现出来的状态，就是要成功的气势，所以，好好干吧！”

事实证明罗畅是对的，当天晚上，第一个人只卖出了两个，而第二个人卖出了40个。方宝的第一次成功，竟然简单得让他自己都始料未及。

师父给他一天时间，没有人带，但是有分组，赛普公司松岗分公司将推销员分成五个小分队，他的领队是田长贵，此人三十多岁，长着一张黄牛般憨厚的脸，嘴巴和眼睛拉得很开，鼻子反而在脑袋的二分之一处，这完全不符合审美的长相，倒让人过目不忘；说话瓮声瓮气，就像老黄牛在喘息，又像是得了鼻炎不通气。他不笑的时候，就像在发愁，眉头微皱，三道皱纹深深地划进额头的皮肤里。表情僵硬而冷峻，乍一看，就像有人欠他钱没还一样。

这个小组就两个人，方宝不加入，田长贵就是一光杆司令。

他们作业的区域叫甜水围，是一个拆迁区。一边的房子被夷为平地，依稀能看到当初的地基，遍地砖头瓦砾，几个女人戴着草帽不知道在翻拣什么东西，几栋挺立的楼房上面，写着一些大大的“拆”字，不远处传来轰隆隆的声音，接着，飞扬起的尘土，足有楼房那么高，形成一片黄色的浓雾，再随风吹过来，顿时一股土腥味儿直逼喉咙，方宝感到呼吸困难，吞了吞口水，嗓子涩得让人难受。田长贵说甜水围正拆迁，房子里住的都是施工队，施工队里都是男人，男人谁不要把剃须刀？用他的话说，这是一块风水宝地。

楼房一共有八层，按规定，方宝得从最上面一层开始敲门。他一遍遍地回想师父罗畅和人打招呼时的笑容、表情和手势。在敲门前，他清了清嗓子，然后郑重其事地敲门，“咚咚咚”，没人应门，再敲了三下，又三下，然后才向下一家走去。整个八层空无一人，除了走廊里的衣服在空中随风摆动，他沿着楼梯往下走。七层也是空荡荡的，各家门前都挂着一把将军锁。六楼总算敲开了一扇门，一个女人抱着婴儿出来了，睁着一双大大的眼睛看着他。

方宝笑着说：“您好，我是赛普公司的推销员方宝。”

“你卖什么？”女人斜了一眼方宝，一边还哄着婴儿。

“我们是做广告宣传的，您看这是一个剃须刀……”他笑着将一个剃须刀递过去。

女人双手抱着婴儿，看了一眼剃须刀，说：“多少钱？”

“35块。”

“不要了。”女人一转身，砰一声关上门，方宝懊悔地砸了一下脑袋，“我怎么就直接报价呢？”

方宝就在她关门的一瞬间忽然想起师父说的：通常顾客在询问价格时，推销员不应该直接说出价格，而是先塑造产品价值，等到最后再报价，那时候顾客就会欣喜若狂，“这东西太便宜了！”觉得买下来很划算。方宝就能想到在这种情况下，师父通常不直接回答，而是赞美女主人长得漂亮或者贤惠，婴儿有多可爱，男主人多么有福气，而那把剃须刀呢，简直就是她贤惠的唯一佐证。这个时候，女主人就会露出幸福而开心的微笑，赶紧掏出钱包付钱。

罗畅推销时的场面，就像放电影一样，不断在方宝脑海里浮现，但师父说的那些话，方宝一点儿也记不住，罗畅表演得那么逼真、贴切、自然，动作恰如其分，说话自如体贴，笑容宽心舒畅，顾客说不买真的很难。罗畅在收钱的时候，也不说话，而是脉脉含情地望着对方，女人往往手忙脚乱地翻找钱包，脸上飞起一片红霞，男人则会赞许地拍拍他的肩膀，说声好小子！一个人具备这样的魅力，剃须刀就成了道具，当它被送到另一只手上时，已经没有机会再退回来了。

方宝反复找着这样的感觉，面前出现一棵枝叶繁密的大红树，在赤日炎炎的中午，树下的绿荫成了路人乘凉歇脚的宝地。一个十七八岁的姑娘站在树下愁眉不展，这让方宝放松脚步，随意跟她攀谈起来：“小妹妹你好！”

她看了笑容诚恳的方宝一眼，没说话，只是眉头舒展了一秒钟，然后又锁上了。

“看你这么漂亮，为什么这么愁眉不展呢？”

“你是干吗的哦？管这么多事？”

“我是做推销的，卖这个！”他说着拍了一下货包，露出里面的剃须刀。

“那你说，我男朋友过生日，给他送剃须刀当礼物，他会喜欢吗？”

“哎呀，他肯定喜欢呀，你还能想到更好的礼物吗？”方宝看到成功的希望，一颗心在胸口扑通扑通地跳。

小姑娘忽然就眉头舒展，笑了出来：“那太好了，我正发愁给他买什么他会喜欢呢！”

小姑娘听到他的话心花怒放，他看着她递来的钱，兴奋得不敢接，不敢相信这是真的。

方宝看见对面大楼的后面是一片枝叶繁密的绿色丛林，绿树的缝隙间，是一片碧蓝的海，海的后面，是一脉青黛的远山。这是个神奇的地方。这桩买卖对于方宝而言有着天大的意义，这次成交，就像一根救命稻草，给他饱受摧残的心灵，注入一股力量，让方宝觉得：我也是能行的！

多年后方宝对那个不知名的小姑娘仍铭刻于心，毕竟，她是他的第一个上帝啊。

没有成交的拜访是无效拜访

WWI 销售有一个重要的法则，即平均法则，其意义就是见的人越多，成交率就越大，概述起来就是每天见足 300 人，大概会有 285~290 人说 No，却有 10~15 个人会说 Yes，平均算起来，每见到 20 个人，就有一个人可能会购买产品。方宝在第一天破零之后，乘兴向师父罗畅保证，“给我三天时间，我要每天见 300 个人，做销售冠军！”

罗畅笑呵呵地拍着方宝的肩膀说：“好，相信你！加油！”

作为一个新人，第一天就破零，而老黄牛一样的田长贵竟然没有卖出一件货。公司决定让他们继续搭配，采用新老搭配的方式，互相激励，其实目的是用方宝的锐气刺激一下老油条田长贵。田长贵体壮如牛，做起事来和黄牛也有一拼，慢慢悠悠、松松垮垮，最让方宝吃惊的是他看见田长贵在推销的时候和客户打招呼，也是公事公办的公务员嘴脸，声音就像电脑语音处理过一样机械：“您好，我是赛普公司的推销员田长贵。”

那位大姐先是大吃一惊，等确定他在和自己说话时，不屑一顾地扭脸走掉。田长贵见怪不怪，木呆呆地向另一个人走过去，仿佛刚才遇到的是一团空气。当然这也是一个优点，不动心。不论什么时候，碰到这样的事情，他总能将它转换成阿Q自我安慰式的乐观与高兴，每当方宝向他倾诉客户的态度有多恶劣时，他都要讲过独木桥的故事。

“你要过一座桥，这桥很窄，只能过一个人，不巧的是你走到桥中央时，对面来了一只恶狗，龇牙咧嘴，眼露凶光，这时你咋办？有三种情况：第一种情况，你很厉害，等狗走近后你飞起一脚，狗落到河里。第二种情况，你飞起一脚，却被狗咬住，你们一起掉进河里。第三种情况，你还没抬起腿，狗就冲过来咬了你一口，接着你掉进河里。三种情形，你选哪一种？”

方宝认真地想了想，说：“我选第一个。”

田长贵难得一见哈哈大笑起来：“你比狗厉害！你比狗厉害！”

方宝这才知道上当了，赶紧改口：“那选第二个，第二个。”

田长贵笑得更开心了：“你和狗一样！”

方宝面红耳赤地说：“你在拿我逗闷子呢，选第三种你是不是要说我连狗都不如啊。那你呢？”

“我选第四种。”田长贵收起笑容，得意地弯下腰，夸张地把右手放在左腰间，然后划出一个半圆形的弧线，亮出一副女士优先的绅士派头——在方宝看来，这个绅士也是村里的。田长贵继续说，“我会说请你先过去，然后我就让路。在任何情况下永远不计较顾客的态度，他对我不好，我就在心里想这个人真没素质，他和我根本不在一个层次，所以不和他一般见识。这样想会不会好受一点呢？”

他这样说着，脸上露出自得的神情，本就眼小如豆，因为居高临下，眯得只剩一条缝，扁平的嘴咧得更开了，活像一头犟牛。

方宝点点头，乍一听虽然觉得有点道理，但是想到师父罗畅从来都是把顾客当成上帝一般对待，他这样自以为高人一等，真的能和顾客拉近距离吗？方宝想：拒绝从来不会因为没人理它就不光顾。在遇到顾客拒绝的时候，如果抱怨顾客，只会更加拉远与顾客的距离，要知道没人天生就该对你友善，尤其是设身处地地想，我要是一个人，碰上推销，也会很反感。想到这些，田长贵恐怕连这唯一的吹嘘机会也没有了。方宝也不搭理他，只是耐心地研究着推销的技巧。

“您好，我是赛普公司的推销员方宝……”

推销新人方宝站在街头，这是他今天遇到的第201张脸。那张脸依然延续了前面的阴沉天气。他瞪了方宝一眼。

唉，方宝的颧大肌笑得都快僵硬了。罗畅说，推销时一定要把产品放在顾客手上，让他享受对东西的占有感，方宝努力把东西塞给另一个顾客，但他好像并不享受，像对着一只苍蝇一样，嫌恶地避开了。刚刚成功的兴奋，又被渐渐打击没了。有时候，他很怀疑罗畅说的那句话，但看到师父这样做，人家对方都很受用，想想还是自己方法不对吧。后来，他才知道，对方并不讨厌剃须刀，而是讨厌他当时可怜巴巴的样子。

深圳的夏季，一大早还是艳阳高照的，没走几条街就大雨瓢泼，然后还没来得及躲雨，就又恢复赤日炎炎，晴空万里。初尝胜利滋味的方宝很快又陷入更能考验人的窘境。就像这深圳盛夏的雨，来得快，去得快，一阵暴雨，把浑身浇透，凉爽三分钟后雨过天晴，又是烈日暴晒，闷热难当，晒干刚刚湿透的衣服。

推销和插秧不一样，后者手把青秧，掌握基本技巧，一亩地，不管新手菜鸟还是熟练把式，躬下身子，辛苦一天都能插完。推销不一样，同样拜访300户人家，菜鸟鼻子都撞扁了，也没卖出一个半个，老推销员却能将东西销售一空，晚上欢天喜地唱着歌回公司。

三天过去了，这三天里方宝生不如死，回公司的路上，腿脚沉重得跟绑了个大木枷一样，活像古代被流放到蛮荒之地的犯人，生死未卜，归期难料。三天前对师父的誓言还掷地有声，此时全都化成了泡影。

方宝看现在这样子，估计自己是过不了关了，与其等罗畅问起，不如自己主动上门，回到单位，只见罗畅目光灼灼地等他汇报业绩，令方宝既激动又惭愧。

他赶紧报告战果，挑好的说："这三天我每天见 300 人，一个不差。"

"那卖了几套产品？"

"一套。"

"三天见了 900 人，只卖出一套？"严厉而略带鄙视的语气，令方宝的头垂得更低了。罗畅看似乎是吓到徒弟了，表情缓了缓，"问题出在哪？"

"我每个都问他们要不要产品，他们都说不要。"方宝哭丧着脸，心里骂自己没用。

罗畅笑了："你见了 900 个人，但你想的并不是怎么卖产品，而是你答应的见够 900 个人！你记得自己的任务，这很好，可是你要知道你想的是什么，结果就是什么。如果你不注重卖东西的过程，永远不能很好地卖出产品。你照这样干下去，永远不可能成为一个好推销员。"

方宝半晌不说话，身体像刚献过 500CC 的血一样虚弱，心想，工作是不是又要丢了。但他认同了师父的话，同时好奇着下次该怎么做。

"推销是体力活，更是脑力活，单有手有脚，是不够的，还要动嘴动心。一个人傻干是没有用的，在工厂上班的工人，每天加班加到十几个小时，手不能停，眼不能眨，主管高兴了才能上厕所。屁股疼了，脚麻了，还得干，但这些用在推销上，是行不通的。人都是不同的，喜好也是不同的，只有掌握这个，你才能成为一名真正的推销员，像老黄牛一样死干蛮干，做得越多，你只会越累。"

"我该怎么办？"

"永远不要只为做事而做事，要搞清目的，用对方法，这才是关键。销售有很多种方法，这个方法行不通，就要想下一个，多学、多问、多观察、多总结，方法总比问题多。”

方宝听得一知半解的，回味着，觉得有道理，不过看情形，罗畅并不像要开除他。末了，他大手一挥，方宝如释重负地走出办公室，王新月在门外，似乎是听到了他们的对话，冲方宝微微一笑，“别灰心，新人都是这样的。”

方宝想报之一笑，但这次颧大肌不停地抽搐，连假装的笑容也没能挤出来。

这天晚上方宝还是继续熟悉广告词到凌晨，为了省钱，早饭只吃了一个馒头，浑身就像被抽空了一样无力。早上跟田长贵分开后碰到的第一个顾客是一个年轻人，他就给了方宝当头一棒。

“你在说什么？”

方宝磕磕巴巴地又说了一遍，重复四遍后，年轻人甩了甩挑染成黄色的一绺长发，无奈地说：“靓仔，我实在不知道你在说什么。”

方宝一赌气：“算了，我不跟你说了。”

年轻人肩膀一耸一耸地走远了。

扫过三个街区后，方宝的膝盖就像骨髓被敲裂了似的酸痛。

接连碰壁让方宝气馁，他从肩上挪下挎包，扔到椰子树下的水泥墩子上，一屁股坐下去，水泥墩子嗞嗞冒着热气。

田长贵还没过来，这是他们约好的集合地点。肚子饿得慌，胃袋硌得难受，方宝咽咽口水，本来想缓解一下饥饿感，但咕咕声叫得更欢了。口袋里还有20块钱，这还是从牙缝里抠出来的。方宝突然想起了郑智化的《三十三块》，一个赌徒输得只有33块，徘徊着不敢进家门，突然妻子打开家门，宽容地让他进了家门。

“一个输光了钱的赌徒都比我命好，每天起早贪黑工作，不喝不抽不赌不嫖，还是把现在输了个精光，连回家被老婆骂的机会都没有了。”

方宝越想越难受，人有时候就是这样，胡思乱想、顾影自怜，一会儿就把自己的心情搞糟了。空气中弥漫着一种黏糊糊的潮湿感，呼吸中有一股腥咸的味儿。

除了坚持别无选择

日影一点点地在挪动，椰树宽大的树叶将它的荫凉施舍给方宝，但他全身乏力，就像一只倒光了水的热水袋，瘪瘪的。倦意袭来，眼皮变得异常沉重，他努力睁开眼睛，但眼皮做着徒劳的抗争，很快上下眼皮默契地粘在一起。他睡着了。身子向一边歪过去，感觉自己像要掉下去了，猛地清醒过来，坐正身体，可不到十秒钟，再次向一边歪过去。

他看见阿蓉似笑非笑、揶揄地看着他，还看见方圆睁大困惑的眼睛，伛偻着腰身的老爹在地里直起腰来，看看太阳，白发苍苍的老娘坐在大门口张望……

“方宝，方宝，你咋在大街上睡呢？”

是田长贵瓮声瓮气的叫声，方宝这才从凌乱的梦里挣脱出来，眼前的景象吓了他一跳。田长贵的嘴角渗着殷红的血滴，外围的下巴上已经凝固成紫黑色的块状。左腿的裤子挽得老高，膝盖处有一块青紫，更触目惊心的是，他的右胳膊肘有一道血印，显然是摔倒后在地上挫开的口子。他下拉的嘴角和直直瞪着的眼睛无不透露着他的愤慨。

“疼吗？怎么搞的？”方宝赶紧抽出左手，在他的膝盖上揉搓，“这样揉揉可以缓解一下。”

手一触到痛处，田长贵痛得直咧嘴，尖声骂道，“这个保安，王八蛋！”

“你忍忍，要不我们去药店买点药？”

田长贵摇了摇头，他也心疼钱。“不去了，这点小痛算不了什么，歇歇就好了。”

“你的背包呢？怎么不见了？”方宝惊呼道，“你打架啦？”

“都是那个保安！今天分开后，我去了图书城旁的精丰大厦。刚到门口那个狗保安就冲出来，揪着我的衣领轰我走，扇了我两个耳光，我说凭什么打我，他就把我往墙上摔，说就是打你个臭推销！我倒在地上，他还踢我，一边踢还一边骂……”田长贵满眼的怒火和怨恨，“最可恶的是，他还抢了我的包，挥着一根警棍让我滚。这些都是让他打的！”田长贵突然像个小孩子一样哭起来，发出黄牛般的哞哞声。

“真是混账！他们也不能这么欺负人啊！”方宝看见同伴受此大辱，既是痛心，又是气愤。

“那帮人就是强盗！他们抢走我那包东西，叫我可怎么赔啊！”田长贵哭得更大声了。

“走！我们找他去，把东西要回来！”方宝生起一股愤慨，便拉着田长贵的手，要去讨回公道。

“要不回来的，去了也是白跑！”田长贵甩开他的手，把怨气撒在伙伴身上。

“那也不能白白丢东西，要不，去找警察！”方宝没在意，只想无论如何，也要把东西讨回来。

田长贵的脑袋摇得像风中的墙头草，刚才还气势汹汹的，此时却像瘪了的气球，“不能去！不能去！没捞着好，说不定还会被他们关进去呢，暂住证查得好严哪！”

“咱们去找他要回来，我陪你一块儿去！查暂住证让他们查就是！”方宝见田长贵一脸的忧惧，拽着他的袖子给他打气。

田长贵一开始不同意，在方宝的生拉硬拽下才勉强答应了。

“我不知道能不能要回来，但肯定有办法。”方宝说，架着他的胳膊就往图书城走。

一到精丰大厦，他们就四下打听物业管理的负责人，得知是叫朱经理后，直接就找到朱经理的办公室。一个胖墩墩的男人坐在里面。

“朱经理，你好！”方宝自知求人办事难，忙扯开一个微笑。

坐在那里的人狐疑地看着他们，目光在受伤的田长贵身上转了一圈，漫不经心地问道：“什么事？”

田长贵见朱经理答话，忙挤上前去，说道，“哼，什么事？今天，我到你们这里来推销，却被你们的保安打了一顿，你看看，打得我这儿那儿都是伤。”说着便捋起一只袖子，让朱经理看，随后又捋起另一只。

大概是态度惹烦了朱经理，他也不仔细看，只敷衍着说：“大厦有规定，谢绝推销嘛，你们又不是不晓得，硬要闯进来，我们的保安，当然是要阻止的。这也是在按规矩办事，没有什么不对的。”经理板起脸冷冷地说。

“可也不能随便打人哪。”田长贵牛眼一瞪，抢白道。

“我们的保安不会无缘无故打人的，你看我们大厦，这么多的人，进进又出出，出出又进进，别人他都不打，为什么他偏打你一个人呀？”

朱经理很不耐烦，摆着手，让我们出去，“这说明还是你的问题呗！谁让你进来推销？我现在很忙，没工夫管你们这些破事。”

方宝一看情势不对，赶紧赔笑脸，“朱经理，我们进来推销，打扰您这儿员工的工作确实不对，但我看出您是一个有原则的经理，也是通情达理的，我们过来，其实只是有一个事情相求。有位保安拿了我们的一个包，那个包里有我们的货，我们想求经理帮个忙，把我们的包和我们的货还给我们。”

朱经理的面色缓和下来，眨眨眼睛看着仍一脸悲愤的田长贵，“你是说，他拿了你们的货？”

“可不是嘛。”田长贵气哼哼地点头。

“他拿了你的货，你们就去找他呗。”朱经理似乎又有点厌烦，敷衍地说道。

“经理，我想您是一个有气度的人，是个领导，要不，怎么能当上经理呢？我们跟他讲理很难讲通，而您不一样，我想请您从中协调，帮我们把东西要回来。”

“这个忙，我可帮不上。”方宝听他虽这样说，但从语气来看，事情还是有挽回的余地的。

“经理，我们外地人到深圳，有一份工作非常不容易，您也曾是外地人吧？想必您也知道，我们千辛万苦从农村出来谋生的，多难哪。”

方宝决定使用同情战术，可怜巴巴地哀求道："保安拿走的产品是我们公司的，不是我们个人的，我们只是希望能把东西还回来，要不然，我们就得自掏腰包赔给公司。这份工作，我们才做了三天，身上也没有几块钱。东西丢了，公司一定会开除我，我很快就会又没工作了。您是个好人，肯定不忍心我们没工作吃不上饭哪。"

田长贵再次挽起裤腿，把腿上的伤展示给朱经理看，气势终于弱了下来，嘴上嘟囔着说："我被保安打伤了，我也不要求什么，把东西还给我们就行。"

经理瞟了一眼他的膝盖，又看了一眼方宝，抓起桌上的电话，对那边说："过来一下！"

他们觉得有希望了，想着拿上东西，赶紧离开这个是非之地。

还好，朱经理一打电话，一个保安就小跑过来，田长贵看见浑身发抖，被方宝拉住。

"把包给他们，让他们走。"

打人的保安就很不情愿地回去拿出包，扔给他们，包在空中飞出弧形，落在地上，溅起了一团灰。

要回了东西，方宝谢过经理拉田长贵赶紧离开精丰大厦，田长贵眼圈发红，"真的得谢谢你，我还以为要不回来了。"

"你都没要，怎么就知道要不回来呢。"方宝笑了笑，其实他想到的是师父罗畅说的"不试怎么知道"。

"嘿嘿，我这人挺怕事的。"田长贵憨憨的脸上难得笑了一次，眉头三道深深的皱纹舒展了。"我刚来深圳的时候，什么都不懂，被人呼来喝去习惯了。以前我在模具厂上班，主管神气的，指着鼻子就骂，跑一趟厕所就得罚钱，手脚慢点就推一把，样子凶得跟头狼似的，我们都避着他走，在背地里，我们都骂他狗头狼。到赛普，情形就不一样，经理主管都很和气，什么都教，不懂就问，晚上回到公司后大家一起唱唱跳跳的，搞个游戏活动，说个笑话，再把一天里开心、不开心的事情一说，再多的委屈和苦恼，也全散了，我实在不想丢了这份工作……”

“经常发生这样的事吗？”

“听他们说过，货一般要不回来，保安狗仗人势，经理和他们一路货色，平日里受气，这会儿全撒在我们身上，就拣我们这样的软柿子捏。”

“看来我们运气不错，货要回来了。”

“是啊，我现在就挺高兴的。在赛普工作快一年了，我做得不是很好，不知道自己还能坚持多久，但总比在工厂里干强些。”田长贵的脸阴云密布，额上的皱纹深得跟犁耙过一样。

“坚持就是胜利，把推销当生意做，挣多挣少全靠自己，现在我把师父当榜样，总有一天我会做得和他一样出色。”方宝坚定地说。

“对，应该坚持下去。昨天晚上都到深夜两点多，我还听到你在说话，是在做梦吧？”

“有没有吵到你？”方宝不好意思地报以一笑。

“没有，反正宿舍的人睡觉爱打鼾，鼾声震得床板直颤，你的梦话不算吵。”

“就想赶紧多卖一点，卖得多我挣得也多。”

“你今天咋样？”

“你看！”方宝把鼓鼓囊囊的货包转过来。

“还是满的啊！行不行啊？”

“我有信心，你看着吧！”

方宝想着刚才的梦，其实除了坚持似乎没有别的选择。今天替田长贵要货的过程，方宝感到一种崭新的东西从身体里冒出来，只要不绝望，就永远有希望，而在争取希望的过程中，自己的价值在一点一点呈现，他觉得自己短短几天，已经跟刚到公司的时候不一样了。

下午他们到了一个新街区。那是一处繁华之地，高楼林立，看似时尚现代，光彩夺目，但是方宝觉得午后阳光从那光滑的玻璃墙上反射出来，显得假惺惺的，毫无深度。这是一座没有历史的城市，好像一切都是急匆匆地一夜之间拔地而起，豪华空洞，像一个暴发户，浑身上下珠光宝气，却粗俗不堪，毫无品质。

虽然帮田长贵要回了货，但毕竟没有卖出去，他看着这座没有来由的城市，想着自己不知前路的人生，心境在希望与绝望之间，脸上的神情恍惚若梦。

勤奋也要讲方法

开例会时，方宝发现会议室多了一面镜子。二米高的镜子明净照人，会议室顿时开阔许多，三四十人一齐塞进去也不觉拥挤。

方宝虽然没有卖出东西，却帮田长贵要回了货。后者的收获抵消了前者的沮丧，所以他只是在等待，尚存着若有若无的希望。他看着镜子里自己那张略显淡定的脸，并不绝望，他已经不再可能绝望了。因为人的绝望，一生中只会有一次。

一个小组长正慷慨激昂地给组员打气："在我的成长历程中，充满创业的坎坷与艰辛，也充满奋斗的乐趣与自豪。回首我从童年到现在的成长历程，其实就是不断战胜困难、追求成功的过程。"

那人眼光坚毅，神色庄重，方宝觉得非常眼熟，声音也很耳熟，似乎什么时候见过，但是想不起来了。只听他继续说：

"我在和很多同事一起工作时，经常发现他们的业绩不甚理想，通过反复研究，得到的结论是：他们在遇到拒绝或碰壁时，容易沮丧，有时甚至家庭或其他朋友的一个电话或一句话就使他们没有心情去见客户，或者没有良好的态度去面对顾客。这不是他们的能力、技巧问题，而是他们不能控制自己的情绪，不能以饱满的精神状态投入工作。我就经常提醒自己：顾客对我态度不好、拒绝我是因为我态度不够好，是因为我热情度不够高。顾客永远是正确的。我们必须了解一点，所有的问题，都要从自己身上找原因，顾客没有被打动，只是因为我们自己不够诚恳，不够热情！所以，无论何时，我们都不能抱怨！上天给我们制造一个困境，就是要磨炼我们的心性，很多人，过不去这个坎，就丧失斗志，堕落下去了；可你要是过了这道坎儿，你就上来了！死都不怕，我们还怕活吗？有什么大不了的，怎么活不是活啊？”

听到这样似曾相识的话，电光石火，方宝眼前闪过那个绝望的傍晚，那个性格古怪的老乞丐！

再仔细一看，天哪！那眉毛，那眼睛，那一副不服输的神情！可不是他吗？

方宝按捺着抑制不住的兴奋和好奇，等他的组员喊着“辛经理说得对”要散去的时候，他忍不住跟过去，在罗畅好奇的目光中挤到这个熟悉的陌生人面前，说：“你……你都当经理了！”

那人一看方宝，眼神里的热情立马冷却，那意思是制止方宝，可是方宝刹不住闸，继续说道：“你忘了我了？你不是那个……那天傍晚在……”

“嘘！”

那人只好把食指微竖，按到方宝的胸口，用动作制止了他。

方宝站在那里，看到师父罗畅和马经理好奇的神情，忽然明白了什么，不再说话。

罗畅问道：“这就是刚从外地出差回来的辛经理，怎么你们认识？”

方宝摇摇头：“可能是我认错了。”

会议结束后，方宝问王新月：“这个镜子是你装上的？”

“是啊，否则还会有谁。现在也没人当雷锋啰！”王新月噘嘴。

“真有办法，会议室太小，墙上装上一面镜子可以延伸视线，这样房间看起来会比较大。”

“不光如此，另外我们的兄弟姐妹出去也要光鲜靓丽嘛，出发前照照镜子，可以臭美一下，也是有必要的，要不然有人穿着破衬衣，还不知道呢。”她斜了方宝一眼。

方宝对着镜子照了照，笑了：“我真不知道衬衣破了，三年前买的，穿得太久了。”

“一会儿换下来给你补补……”

“那太感谢你了！”方宝兴奋地说。

“幸好抽屉里有针线，要不然这个忙我还真帮不上。”

王新月若无其事地说着，然后径自离开，留下方宝一人在会议室里。他看着镜子里的自己，心里直发愁。镜子中的他又瘦又黑，像是被烟火熏过。但是看得出跟以前的自己哪里有点不一样。他专注地端详着镜中人，神情淡定，眼光专注，充满希望，他忽然觉得，人活着就是为了有一张自信的脸，一种高贵的姿态活在世间！虽然他现在和一个流浪汉没有多大区别，但是他相信只要有了这张自信的脸，这种不服输的精神支撑，没有什么是不能改变的。想到今天看到的那个人，即使沦为乞丐，不是也有东山再起的一天吗？

是的，唯有成为出色的推销员，才能拥有一切。面包会有的，衣服会有的，还有圆圆也可以上好学校，他朝镜子咧嘴一笑，镜子里的人也朝他咧嘴一笑，他对着镜子皱皱眉头，镜子里的人也朝他皱皱眉头。你哭，世界会跟着你哭；你笑，世界也会跟着你笑。

方宝使劲揉搓自己的脸，似乎这样就可以把白天受的委屈揉碎。

田长贵的勤奋全公司闻名，只是他的手脚的发达程度已远超过了他的大脑。他就像一个机器人不知疲倦地奔波在大街小巷，如果前面的路没有尽头，他可以一直低头走下去，直到身体散了架。方宝跟着他，逐渐有点忍受不了，他磨破了脚后跟，一颠一颠地走路。

方宝看着前面杳无人烟的路，再看看田长贵。田长贵硬生生地说：“咋啦？累了？你看看我！”说着停下来，脱下鞋子让他看，脚底生了厚厚一层茧，有橡胶底那么硬，他戳戳自己的脚板，大声说："谁的脚底板没打过水泡，像咱们干推销的，个个的脚都是硬铁板。脚没磨出铁板前，水泡是必需的。"

方宝不敢再磨蹭，跟着田长贵后面一路小跑。只是他想的是："做事情应该有技巧的，这么盲目地跑，并且拿苦劳当功劳，不见得可取。"但是他没有说什么，毕竟自己刚来。他琢磨着该怎么去想办法促进成交，而不是惦记 300 个拜访量，或者跑多少路。

于是他们分开各跑各的，方宝在路边走时，迎面走过来一位拎着好多东西的大婶，看方宝凑上前去要搭话，忙把头闪向一边，还不忘给他一个白眼，快步走开。方宝甚至能感觉到空气中的鄙夷之气。他本来有些却步，但他想：推销就要迎着困难上，哪怕顾客对我再冷若冰霜，我给顾客的始终要像春天一样温暖，只有这样，才能赢得顾客。于是他上前几步，开口道："大婶，您家在哪儿，我帮您提点吧。"这虽是搭话策略，他也是真心想帮忙。

她显然一愣，不好意思地递给方宝两个包，一路上，他们边走边聊，她知道方宝是搞推销的，到了她家，她竟主动买了一个剃须刀，还说道："这么好的小伙子，卖的东西错不了。"方宝心头一暖，终于明白师父罗畅说的话：推销不单单卖的是商品，更是推销员的意志、品质，这就是所谓不卖东西卖自己。

这天，到集合的时间，方宝美滋滋地看着田长贵慢吞吞地走过来，他远远地朝方宝喊道，"今天你卖了多少？"

"10 个。"方宝伸出双手，摊开手掌晃了晃，骄傲地说。

"你卖了 10 个？"田长贵不相信地反问。

"嗯，10 个。"方宝"哗"地拉开背包拉链，"你看。"

田长贵在包里扒拉了两下，一拳重重打在方宝的肩膀上，"好小子，你厉害，才四天功夫就卖得这么好。"

"呵呵，我就觉得今天挺顺。"

"是挺顺。"语气却有点怪怪的。

他们朝公交车站走去，田长贵不苟言笑的脸十分阴郁，一丝不快爬到他的眉毛上，方宝只当他走了太久的路累的，自己兴致盎然地往前走，脚上的水泡也没那么疼。下午卖得好，这一天除去吃饭、公交车费和住宿费，应该可以挣七八十块呢，他心里这么盘算。

这次经历更加激励方宝要善待顾客，同时不轻易放弃。每次顾客说 No 时，他都磨叽两句，找个话题聊聊，死缠烂打一番，结果下午的战果出乎意料的好，竟然卖出去 11 个。

卖出东西才是王道，一定要卖出东西，坐在公交车上，方宝回想着今天成功的案例。

在这个行业，做得好不好全看业绩，不论资排辈，也没有先来后到之说。干得好升职也快，为了早日赚到钱，方宝下了苦功，第一时间在小本上记录下当天的心得，诸如运用了哪些方法，说了哪些管用的话，另外失败的原因是什么，把其他人的经验也写上去，这些总结和反省，是非常有益的。如果不反思，永远不知道自己犯了什么错。回到公司，方宝按捺住心里的狂喜，回到宿舍，窝在床头赶紧记笔记，复习知识要点和推销技巧，按照这样的销售进度，一定能干好，离打钟也不远了。

做推销，勤奋努力是必要的条件。在赛普，推销员不断被教导要勤奋努力，几乎所有人把勤奋和努力当作圣经，像虔诚的教徒一样对它顶礼膜拜，但推销绝对不只是勤奋努力就可以做好的。每天面对无数陌生人，通过三言两语、几个手势，就想把东西卖出去，那是要大脑飞速运转才能做到的。许多推销员把失败和受挫归结为不够勤奋和努力，这并不完全对。勤奋和努力付出再多，最终沦为教条式机械化的体力劳动，那样的推销是不可能成功的。

梦想晚餐

第四天卖出 21 个剃须刀，晚上的例会，罗畅大大称赞了方宝一番，同时暗示田长贵的业绩做得不好。会议结束后，方宝向田长贵请教问题，他起先不理方宝，后来绕不过方宝一肚子虚心请教，颠三倒四地回答了一番，看他极力敷衍，方宝突然明白了。他才到赛普四天，就有超越田长贵的势头，他心里一定五味杂陈，领队能不能做下去还得看业绩，这一天他只卖了 15 套产品。他老实巴交，明明不高兴却要装着高兴，也挺为难他的。

不管田长贵对方宝什么态度，方宝都认为田长贵是领队，毕竟带自己干了几天，所以照例客客气气，礼数有加，也为了防止被人说刚做点成绩尾巴就翘上天了。

接下来两天，方宝依然保持每天卖出大约 20 个剃须刀的成绩，心里很踏实，一天能挣七八十块，想着下月开支就能往家里寄钱了，出来这么久，都没打电话，不知道家里怎么样，圆圆乖不乖。

给家里化肥厂打电话，爹跑来接的，声音少有地透着埋怨："臭小子，你还知道往家里打电话，真急死人了！圆圆病了快半个月。"

"啊？"方宝的心一下子被提到嗓子眼，像被人卡住了脖子。

"上次圆圆淋雨感冒，吃点药退了烧，我们以为没事了。后来他又咳嗽，可厉害了，到医院一查说是肺炎，怪我们拖得太晚。他妈打电话知道这事就赶回来了，现在刚出院呢。阿蓉说你忙，你在那边真的很忙吗？"

"哦，我……我知道孩子病了，当时是准备跟阿蓉一起回去的，但是刚好公司有急事，就让她先回去了！"

"幸好她回来，我和你妈都吓得不轻，要是圆圆有什么三长两短，你说我们还活不活！"爹越说越激动，"儿子都病成这样了，当爹的连影子都见不着，有你这样的吗？”

“现在他好了没？”方宝急切地问道。

“好了，前天出院了，”爹重重叹了一口气，“唉，这次看病花了不少钱，听说有两三万块，这么多钱你们有得还了。”

“让您辛苦了。”方宝又内疚又难过。

“臭小子，真是没用！”语气中却没有责怪。

方宝低低地嗯了一声，“阿蓉呢？”

“阿蓉？她早回去了呀，你没看见吗？”老爹声音中带着疑惑。

“哦，这几天公司忙，我在宿舍住，没回去……”

“那你也好好干吧，借那么多钱，三万块，上哪儿找啊。那会儿阿蓉使劲求医生，我们也求，可没钱就没人管。最后阿蓉是给你打电话，让你去借的钱吧。这孩子总算保住一条命了。你们也够背一阵子债了，还是得注意身体啊！”

“放心吧，爹。我们没事。”

“你可要多疼疼阿蓉，她怕我们太累，一个人在医院守了三天，我们不是怕下雨还要把地里的麦子收完吗？哎呀，孩子总算没事了，活蹦乱跳地回来了。可现在我真担心，你们什么时候能还上这笔债。”

方宝几乎呜咽地说：“爹，辛苦您了，是儿子没用，我会想办法赚钱的。我过几天再给您寄点钱，生病了要好好养。我不在您身边，圆圆就辛苦您照顾了。”一股热泪慢慢流到嘴角，他赶紧挂断电话，泪水在脸上恣意流淌。

三万块的债就像一座大山压在方宝心上，阿蓉替他出了儿子看病的钱，他有些感动，她毕竟还是圆圆的亲生母亲，她只是对他没有期待，这也不能全怪她，的确是自己不好，没有本事养她和孩子。他躺在宿舍的床上，月光从窗外透进来，像稻田里念诗的阿蓉那散发光彩的脸，无论如何，他希望还有一天，能让她回心转意，破镜重圆……但也有些不是滋味，自己的儿子竟然要别的男人养，有志气的男人绝不允许自己这样做，他决心必须向最高工资看齐，最短时间还清这笔债！

一年吃尽一辈子的苦，接下来也能享受这辈子的福，方宝成了拼命三郎：拼命学习，拼命走路，拼命推销。早上六点准时起床，匆忙洗刷后赶往公司参加早会，八点背上产品准时出发，无论刮风下雨，对所分配区域挨家挨户扫描，登门拜访，绝不放过任何一个碰到的人。晚上对一天的活动和收获进行总结，看书学习，然后上床睡觉，通常就十二点了。他觉得自己的感觉越来越好，这天晚会后，方宝对着办公室的镜子，不禁笑了。

“又在孤芳自赏呢？”不知何时，王新月像精灵一样出现在会议室。

“不是，正在检查笑容的饱和度，师父说过，推销员的仪容仪表很重要，迎客三分笑。”

“笑容还有饱和度？新鲜！第一次听说。”王新月朝镜子挤眉弄眼，怪腔怪调地 Rap，“魔镜魔镜告诉我，这么臭美为什么？天天对着镜子做鬼脸，到底是什么结果？”

“你才臭美呢，我在做正事。”

“喂，人家也说件正事，听说这几天有人陡然而富，过几天发工资，该兑现承诺了吧？”

“哦……是吃饭嘛？随便点。”方宝听到自己的肚子开始打鼓，每晚十点肚子准会叫起来。

王新月扑哧一笑：“那我点菜啦，肚子这么饿，先叫一个肯德基的全家桶。”

方宝会意，赶忙伸出双手围成一个圆形，捧着往桌上一放，“好啦，小姐您的全家桶齐啦！请慢用。”

“嗯，我还要吃麦当劳。”王新月拨弄着嘴唇想着。

方宝眼一眨，“这都可以啊？”双手托起，又往桌上一放，“麦当劳也有了。”

接着永和豆浆、云吞面、沙县小吃也搬到桌上，两人还嫌不过瘾，要了水煮鱼、宫保鸡丁、香辣牛肉、熘肝尖、梅菜扣肉、烧鹅、大份卤水拼盘，加了肠粉、龟苓膏、鱼片粥、豉汁凤爪、啫喱糕，最后燕窝、鱼翅也端上来，鲍鱼也上桌了。凡他们能想到的吃食，通通搬上桌，他们“吃”得肚肥肠圆，拍着肚子直嚷嚷：“撑死我了。”

最后，他们还装模作样点了一个冰淇淋，一个大果盘，要最新鲜的提子和蛇果，还要杧果和荔枝。果盘也扫光了，他们相视一笑。

“面包会有的，一切都会有的。”方宝抹抹嘴，一副意犹未尽的表情。

“你这么拼命，一切都会有的，”王新月说，“你是我看到的最拼命的推销员，单日成交量最多的就是你，现在还没人超过你。”

“我是被……逼上梁山，要不然，我不会这么拼命。”往事在方宝的脑海隐隐浮现。

“我看逼上梁山的，未必个个是好汉，比你来得早的人好多不如你。听经理说，公司要提领队，原来两个领队被抽调到东莞，你做得这么好，肯定能升领队。”王新月马尾巴一翘一翘，透着活泼。

“这个还不是我最关心的，我最关心的，是赶紧赚钱。”方宝想起了没交的住宿费，立刻闭嘴不说话。

“你的住宿费我给垫上了，不用那么紧张。”王新月似乎看懂了他的心思，她从钱包里抽出两张百元钞票，“喏，这个算我借你的，发工资就还我哦。”

他脸上火辣辣的，“这怎么好？”

“我总不能看着你饿肚子干活，”她把钱塞到他手中，调皮地说，“我这是放高利贷，要还利息的。”说罢意味深长地看着方宝。

“谢谢，没这钱这几天我还真活不下去。”方宝接过钱，脸一阵阵发烧，心里却十分温暖。

“别谢我，多出货，想着怎么还钱给我就行。”

“你是怎么知道我没钱的？”方宝憋了半天才问。

“我会读心术，”她咯咯地笑起来，看到方宝一脸的懵懂，说，“我看你就是只鸽子。”

“鸽子？”

“因为鸽子总是咕咕叫啊。”

方宝觉得自己的脸上开始发烧，想打破这种尴尬，心里却觉得她是个细心的女孩，人也很善良。他问道，“听说东莞要成立分公司，这次会抽调谁呢？”

“罗畅和辛未会抽调过去，上月的销售报表做出来了，上月冠军林静，你月底锋芒才露，马经理昨天和我商量了，领队是林静和你，罗大师也支持你。”

“名额确定了吗？”

“确定了。对，明天晚上宣布，你就静候佳音吧。”

“真的吗？简直不敢相信。”

“罗大师说你有那股子别人少有的锐气，你还没做足一个月，平均业绩超过林静了。”

“这么快升职，别人会不会不服呀？”方宝心里想着田长贵那张脸，也有点忐忑。

“推销员靠卖东西说话，卖得多就是本事。在赛普不努力，只是混日子，是当不了领队、经理的，你的成绩有目共睹，他们敢说什么？升官了一定要好好庆祝。”王新月的笑容让方宝不敢抬头。

“那当然。”

“你业绩突出，月底会有奖金的，你就等着领红包吧。”

“还有这事？我都不知道。”

“就知道卖东西，什么都进不了你的法眼，”她戳了一下方宝的肩，突然问，“你是怎么回事？”

“自己太笨，就得比别人用功，没办法。”方宝挠头笑笑。

“不是，我是问你，你的故事，可否告知一二呢？”王新月歪着头，充满好奇却又透着一丝害羞地看着方宝。看得出来，这个问题已经在她心里发酵很久了。

一直以来，方宝对往事讳莫如深，不是所有的回忆都甜蜜，他不愿意揭开尚未愈合的伤口给人看，但是此时此刻，他忽然有了倾诉的渴望。

只是，他出奇的平静，就像在叙述别人的故事。一个经历越丰富的人，一定也是越心如止水波澜不兴，没有什么可以惊扰他的宁静。他在叙述的过程中，也理解了阿蓉的心境。人总是要追求幸福生活的。而有尊严地活着，却需要意志力。

王新月听完，一言不发，她细心地检查门窗，关掉电源，跟方宝一起离开会议室。

CHAPTER FOUR

七天成为 Top Sales

推销是快乐的过程，遇到很多人，经历很多事，明白人世间最重要的是什么。销售在这里变得简单，不是交易挣钱，而是真心地交往。

销售秘籍：爱每一个人

有梦的夜，显得很短，方宝枕戈待旦，很快迎来新的一天。方宝跟着田长贵坐车七弯八拐来到龙岗区葵涌镇，这一带离市区很远，葵涌（“涌”当地念“冲”），可是方宝觉得，不论是葵涌还是葵冲，脑海中都自然而然展现一幅画面：无边无际的向日葵被微风吹动，一个个晃动着金黄金黄的葵花盘争先恐后向他涌来。

一下车，他发现偏僻得很。虽然没有向日葵，漫山遍野是一望无际的绿色。高耸入云的椰子树芭蕉树香蕉树，宽阔得几乎可以跑马的叶片。有一种剥皮松，整个树身像是一层层薄薄的纸层叠卷成的，方宝用笔在上面试了试，还真可以写字！如果古人发现了这种树，还会那么费劲地造纸吗？还有一触即收的含羞草，多得数不出种类叫不出名字的花山树海。

高耸的山岭像仰卧的绿色巨人巍峨绵延，这里有充足的光照雨水，让无数种植物绽放着无穷的生命力。亚热带海洋性气候的潮湿腥咸，却让方宝的呼吸无比畅快。生命种类之繁盛超出想象，勃勃生机以人类文明无法记载描摹的原生野性波澜壮阔，然而没有人知道它们的名字。它们超越人类生物学书籍上的分类，默默无闻，从恐龙时代繁衍至今的蕨类，随处可见的艺术感强烈的肥厚阔叶，边缘和筋脉如油画笔蘸着浓浓的油彩描画其上，充满设计感。玫红，柠黄，粉红，品红，碧绿，翠绿，深绿，墨绿，让蝉噪蛙鸣都倍添诗意。生机勃勃，铺天盖地，说之不尽，览之不绝。

方宝和田长贵行走在山间，空气中都蕴藏着言语之外、相机难收的生生不息的无穷动力。而田长贵早就来过这里，所以对这种景象已经熟视无睹，看方宝那少见多怪的劲儿，脸上泛起一个嘲笑的表情，说他去别处转转，就离开了。

风景好是好，可是人影儿都没有一个，怎么卖东西啊？方宝心里直犯嘀咕，不过既来之则安之，坐车花了不少时间，得赶紧工作才行。方宝穿过一片杧果树林，现出一处楼房，想不到在丛林掩映中，还有这样的居所，走近才发现是一家老人疗养院，心里顿时凉了半截。田长贵和他分手后，早已不知所终，再看四周，也看不到别的所在，他只好硬着头皮碰运气了。

像往常一样，方宝先上第五层，这样做就是为了避免被人发现后驱赶，还可以去四层作业，如果在一层，就直接赶出去了。他朝最里间走去，房间里有三张床，中间床上躺着一个老人，大概七十多岁。一看到他，方宝就想起了自己的父亲，父亲在家还有孙子陪着，这个老人却只身住在养老院里。

方宝心里顿时一酸，马上又振作精神，冲他笑着打了个招呼："大爷，你好啊！"

方宝来到这荒郊野岭，也就没打算卖出多少套，最好能卖出去，如果不行，至少给这儿死气沉沉的气氛带点生机，也让这里的老人高兴高兴。

老人睁开眼，挣扎着坐起来，拍拍床边，"来，过来坐！"

方宝心中一动，想到了个点子，说："大爷，您孩子没空，就托我过来看您了。"

他走过去，帮他倒水送到手边，给他按摩一下手腕，整理一下他的床头，做了些体己活，仿佛真是个熟人，方宝做得自然，老人也高兴得连嘴也合不上。

他看老人高兴，循序渐进地进行下一步，拿出一把剃须刀，说明了来意，老人也不生气，捋捋自己的下巴，"你说我还要剃胡子吗？"

"当然要剃啦，人在世一天就有一天的精神头！"

他点点头，"那你给我两把吧。"

方宝有点吃惊，但还是给他拿了两把，"您要送人吗？"

他叹了一口气，说："我在这里住了这么久，他们也没怎么来看我，小伙子你却帮了我好多忙，心肠不错。我其实猜出你是推销的。但年轻人也不容易，我能帮就帮一把吧。”

方宝心里一暖，眼泪差点就流出来了。接过他递过来的钱，方宝又陪他待了一会儿。之后拜访了几个老人，他并不在意结果如何，成交率却出奇的高，达到50%，这大大超出了他的预期。他想他们在这里一定很孤单寂寞，有人过来看看他们，安慰他们，他们心里就很高兴了，而他只是尽力地陪陪他们。推销的过程是个快乐的过程，它能让你遇到很多人，经历很多事，明白人世间最重要的是什么。销售在这里变得简单，不是交易挣钱，而是真心地交往，从疗养院里出来，包里的剃须刀卖了一大半，方宝的心里也得到不少触动。仿佛自己的父亲也因此而获得慰藉。

方宝顺着小路向海边走去，那边有个小渔村。

海风阵阵，海滩边泊着十几只渔船，海风将腥咸的味道送进鼻腔。方宝大吸一口气，让胸腔充满了大海的味道，然后朝离他最近的一个渔民大踏步走去。那人低着头，坐在简单的凳子上织补渔网，他戴着一顶遮阳的黄色草帽，在阳光的照射下金光灿灿，犹如凡高狂放的金黄色笔触在现实中跳跃出来。方宝大喜，有人就好说。他走上前和戴草帽的男人打招呼：“师傅您好！”

对方抬起头的一瞬间，方宝石化了。

在金黄色的草帽之下，露出一双漠然的眼睛。漠然就算了，他的双眼不一样！方宝感到是某种停滞，从一只眼睛里发射出冷漠，而另一只眼睛里是一种死气！再仔细看第二秒，左眼珠是一颗玻璃球！一时间准备好的词刹那间完全忘了。他看了方宝一眼，又低下头继续补他的渔网。

赞美！对，任何时候都不要吝惜赞美。这是师父罗畅告诉方宝的不二法门，可是现在该怎么赞美他呢？以往的陈词老调，在他身上通通失灵，突然一个念头蹦进方宝的脑海里。

“我有一个哥哥和您长得很像，一看到您我就想起了他，他对我特别好，又很热心肠，和谁都相处得来，人缘可好了。”

他抬起头，平静地说："是真的吗？"

"是真的，我好久没见到他了，说实话，一看到您，我还以为看到他了呢，很亲切，我想您一定也很勤劳。"

"我和他有这么像吗？"

"和他简直一模一样，我觉得您的人缘，一定特别好。"

他乐呵呵地笑了："你是做什么的啊？"

这下就转入第二步了，第一步的赞美法用得特别好，后面的销售步骤，就顺理成章了。

让方宝吃惊的是，他给了钱后，带他去到另一个渔民面前，一个劲儿向那个人展示方宝的剃须刀，"这个东西好用极了，我刚买的，你也买一个吧。"

那个人好奇地看了看，打开开关试了一下，莫名其妙地就买了。

他又带着方宝拜访下一个邻居，直到村子里的男人一一拜访完了，他朝方宝孩子似的咧咧嘴，高兴极了。

他知道他是在用行动证明，他真的很乐于助人，在村子里的人缘也是很好的，就为了方宝的一个赞美，他花了整整两个小时帮方宝卖剃须刀。或许因为眼睛残疾，他心存深深的自卑，村子里的人也不拿正眼看他，经常取笑他，而这个外来的陌生人的几句赞美，给了他从未有过的尊重。

在这个小渔村，方宝卖掉了15个剃须刀，这简直是个奇迹。

这天出奇的顺利，几乎不费什么口舌，就轻轻松松地把东西卖出去了。后来货卖空了，田长贵的货也被他拿出来卖，这一天他卖掉了56把剃须刀，他们两个空包而归。

晚上方宝成了公司的风云人物，拿下当天的销售冠军，同时刷新了之前罗畅的销售记录，7天就成Top Sales，这在赛普历史上不曾有过。当晚的例会上，方宝兴奋得语无伦次，三十多个人围拥着他，又唱又跳，抬脚的抬脚，举胳膊的举胳膊，把他一次又一次抛向空中。钟声、鼓声、锣声一齐奏响，荣耀属于胜利归来的英雄。

例会结束后，罗畅找到方宝，“你知道我为什么会留下你吗？”方宝摇摇头。

“你面试的那天，我正好看着窗外，看到你扶着一个老人家过马路，这一点打动了我。推销员有很多能说会道的，但优秀的推销员仅靠嘴皮子是不行的。要成为伟大的推销员，你要爱每一个人，真诚地关心每一个人。做到这些，即使没有技巧，你也能成功。”

“我说今天怎么会这么顺利呢！”方宝若有所思。

“我听你今天在例会上的分享，你已经做到了这一点，不管是疗养院的病人，还是那位有眼疾的大哥，当你真诚地关心他的时候，你就成功了一大半。”

罗畅递给他一本书——《世界上最伟大的销售员》，说：“这本书我每天都读，但是每一次都能带来无穷的力量。你打开第 48 页，从第一段开始读。”

“我要用全身心的爱来迎接今天。因为，这是一切成功的最大的秘密。强力能够劈开一块盾牌，甚至毁灭生命，但是只有爱才具有无与伦比的力量，使人们敞开心扉。在掌握了爱的艺术之前，我只算商场上的无名小卒。我要让爱成为我最大的武器，没有人能抵挡它的威力。我的理论，他们也许反对；我的言谈，他们也许怀疑；我的穿着，他们也许不赞成；我的长相，他们也许不喜欢；甚至我廉价出售的商品都可能使他们将信将疑，然而我的爱心定能温暖他们，就像太阳的光芒能融化冰冷的冻土。”读到这里，方宝的视线模糊了，全身涌起一股暖流，推动他继续读下去。

“从今往后，我要爱所有的人。仇恨将从我的血管中流走。我没有时间去恨，只有时间去爱。现在，我迈出成为一个优秀的人的第一步。有了爱，我将成为伟大的推销员，即使才疏学浅，也能以爱心获得成功；相反，如果没有爱，即使博学多识，也终将失败。我要用全身心的爱来迎接今天。”

方宝大声对自己发誓：“我一定要跟那个外国人一样，成为最伟大的推销员！”

晚上，王新月闻讯也跑来会议室祝贺，方宝客气地表示感谢。“对了，”方宝忽然想起什么，小心翼翼地问，“你了解那个辛经理吗？”

“怎么你认识他？”王新月睁大眼睛问。

“不认识，就是随便了解一下。”

“哦，听说原来是乞丐，要过饭，我倒觉得没什么，但是他自己可能觉得不好，不愿人提起。这我也是听来的，纯属虚构，仅供参考哦！”王新月脸色由戏谑改为严肃，“但是他也真是挺优秀的。他比罗大师来得晚，就比你早两个月，每天早晨他都是第一个起床，第一个吃完早餐，上公交车是第一个，下车时，哪怕是最后一个下车也要快速地走到人群的最前面。领货最快的是他，出发后，走在最前面的是他。每天早上出发时，就见他嘴里念念叨叨地反复说一定要全力以赴。每次回来，他总是空包，也是挺有个性的一个人。他来之后，业绩仅次于罗大师。可是江山代有才人出，各领风骚两仨月，现在，”她脸一红，上下扫了方宝一眼，“Top Sales就应该好好打扮一下，明天赶紧换一身衣服，穿得邋里邋遢有损公司形象。”说着从背后变出那件补好的衬衣。

“我请你吃饭！”说完这话，方宝后悔得直想打自己嘴巴子，裤袋里就剩下八块钱，不知道这八块钱花光以后吃什么。工资要等到下月五号才发，这段时间，不能光干活不吃饭啊。

王新月眼神一亮，兴奋地看看方宝，“好啊，就今天吧。”

“要不……改天吧，我今天还有事情要做。”方宝尴尬地挠挠头。

“切，小气鬼！我又不会宰你嘛！”她撇撇嘴，把手上的衬衣塞给他，扭身出去。

方宝尴尬万分，待在原地，绞着衬衣的前襟。前襟撕裂的口子，王新月给缝好了，针脚细密，不仔细看还根本发现不了缝过。这件衬衣是阿蓉买的，是质地不错的纯棉面料，也是他最好的一件衣服。现在，这件衣服上有了新的针线。

铁树开花好运来

登上月销售冠军宝座的方宝在众人热烈的欢呼声中荣升领队，田长贵因业绩不佳被撤销了职位，又没办法带新人，被合并到方宝的小组里。这个阶段开始卖丝袜。

第一天想着自己好歹是个领队，方宝带上田长贵和两个新人，以雄赳赳、气昂昂、跨过鸭绿江的气势出发了。田长贵似乎故意和方宝赌气，慢吞吞地上车，催又催不动，更让他气恼的是，他们一不小心坐过了站，不得不再坐车返回。一下车，四个人磨磨蹭蹭吃早饭，比平常开工足足晚了一个钟头，方宝心里老大不快活，阴沉着脸走进一幢大厦。同样的广告词说得比平常更用心尽力，却没有一个人掏钱。直到中午，一个心情快活的年轻母亲，大概受不了他的软磨硬泡，缓缓地掏出钱，看了他一眼，又把它放回了钱包。从最后一户走出来，两条腿变得异常沉重，方宝懊丧地坐在一棵大树下，不断回想着早间一个个被拒绝的画面。

走马上任的第一天，一个上午过去了，居然没卖出去一双丝袜，这简直打破了方宝的销售纪录。痛苦和烦躁爬上眉头，越想更上一层楼就越是力不从心，像步入下行滑梯，身不由己往下坠，为什么会这样呢？他不禁问自己，难道因为第一天当组长有心理负担，觉得自己非做好不可，不做好就没法面对其他小组成员？觉得自己把田长贵从领队的宝座上拉下来，又一脚踩在他上面而心生内疚？看到田长贵消极怠工，他的确很生气，只是没有发泄出来，然后就上脸了？自己太急于求成，要在新官上任第一天表现一把？

脑门的痱子破裂开来，像一根根小针刺着方宝的神经。楼道里刮过一阵穿堂风，钻进他的衣袖、领口、裤管，清凉油然而生，痱子的刺痛也没那么厉害了，他呆立在风里。

是的，要把刚才那些念头通通从脑海里清除掉，对于推销员来说，心态远比推销技巧重要。方宝想起师父罗畅曾经说过的话："像你们推销时肩上背一个包，心里还背一个大包袱，是会被累死的，把心里的负担卸下来，工作才能变轻松。”是的，不能以这种心态去见顾客，顾客看到心情复杂沉重的我，又怎么会有心情买我的东西？必须想办法调整心态，给顾客带来快乐的感受！

方宝闭上眼睛，深深吸了一口气，然后再慢慢吐气，再深吸一口气，吐气，原本蒙昧混沌的世界清气上升，浊气下沉，竟然分离出明镜般的一片天地。偶尔有风拂过脸庞，他隐约感到一只蜜蜂在眼前飞来飞去，嗡嗡的小马达拍动着小翅膀，一定要让自己放松下来，他这样想。上午的事情已经过去，现在开始是全新的我，我是人见人爱花见花开的推销员方宝，就像往常一样，将袜子最好的地方介绍给顾客，将自己最好的一面展示给顾客！

他睁开眼睛，站起身来，抖抖手，又抖抖脚，再揉揉脸，径直向花坛中间的大铁树走去。

方宝煞有介事地打开产品包，对着铁树介绍起来，“铁树妹妹，您好！我是赛普公司的推销员方宝，这是我们公司的产品，我可以在你旁边做广告吗？”他含情脉脉地冲它微笑，微风轻轻摇动铁树支棱着的坚硬的枝叶，仿佛也在回应他的微笑。路边的人看得有趣，有些好奇，停下脚步观望。

铁树的枝干粗壮挺拔，纵横交错，在枝干之间，雄球花是长长的椭圆形，挺立于青绿的羽叶之中，黄褐色的花球，饱满滚圆，内中似含盎然生机，外溢虎虎生气，傲岸而庄严；雌球花是浅黄色的扁球体，紧贴茎顶，如淡泊宁静的处女，安详而柔顺地接受深圳这盛夏阳光的照射。

“感谢铁树妹妹的慷慨和友善，你今天开了花，格外美丽，希望你能把好运带给我，让我给这条路上的所有或忧伤或喜悦、像你一样格外美丽的女孩子们带来快乐和祝福！”

有一位梳着两个小辫的女孩子路过这里，受到感动，停下来，静静地听。

方宝掏出两双连裤袜，捧在胸前，想着往事，连回忆带加工地喃喃自语：“铁树妹妹，但愿你能听懂我的心。曾经的我粗心大意不懂体贴，女朋友的连裤袜刮丝了，我却不知道。她为了在人前让我有面子，反复挑着没有刮丝的连裤袜，我却嫌她磨磨蹭蹭，凶她。她很伤心，她的眼泪和痛苦成了分手的仪式。现在我想亲手送一双漂亮的连裤袜给她，让她再也不用费心挑选，却再没有那么一个女孩。我是忏悔无门啊，如果上天再给我一次机会，我一定会买一双最好的连裤袜送她，让她能自信，快乐，幸福，美丽！”

不等方宝说完，有个牵着女朋友的男孩走了过来，问：“喂，你的连裤袜我要了，多少钱？给我两打。”

方宝的真情打动了他们，这对情侣爽快地买走了两打，他的女朋友则很甜蜜地笑着，方宝笑着祝他们幸福。这对情侣激发了更多情侣前来买袜，大家仿佛要争着比谁更体贴一点，争相往多了买。后来的人见销售得那么好，以为是难得一见的好东西，也凑过来看。先是一个十六七岁的小女孩买走了三打，接着又有几个人也掏钱了，方宝简直不敢相信自己的眼睛。旁边糖水店的客人也好奇地过来看热闹，打听清楚后，也掏钱买，拎着三打袜子回去了。发廊里走出两位理发师，他们瞅着这边，走了过来，踮起脚尖往里看，马上高喊着也要买。方宝开始晃虚招了，“数量不多，欲购从速啊！”一个理发师拿了三打，高高兴兴地走了。

人越来越多，他的包很快清空了，最后一对情侣怏怏地走了，女孩还在埋怨男孩为什么不早点掏钱。这就是销售的羊群效应，头羊往哪里走，后面的羊就跟着走。方宝温柔地摸摸一旁的铁树，说：“谢谢你铁树妹妹，是你带给了我幸运！”

双辫女孩把这一切看在眼里，眼睛里闪着泪光。她没有言语，静静地看方宝兴高采烈地离去。

总算没有浪费一个下午，方宝心里暗暗欣喜，朝集合地点快步走去，比约定时间晚了二十分钟，不过他知道兄弟姐妹们正在星记快餐店吃米粉，这一天的三丝炒米粉格外好吃。两个新人叽叽喳喳地说个不停，不时地向方宝讨教难题。田长贵阴着脸吃河粉，一声不吭。

“田哥，下午卖得怎么样啊？”方宝看他的神色，一副黑云压城城欲摧的惨淡，知道他下午的业绩不佳。

“就那样。”田长贵怪里怪气，装作津津有味地吃着碗中的食物，尽管河粉被他拨弄得满桌都是。

“一开始我也卖得不好，记住心态永远比技巧重要，你不要太着急，慢慢来，先把心情调整好再说。”方宝把自己一下午的经历一股脑儿倒出来。两个新人惊讶得张大嘴，眼睛瞪得浑圆，看看他身上空空如也的背包，像鸡啄米一样点着头，说：“领队，你放心，明天我一定能卖好！”

田长贵的表情僵硬，也不答话，他知道老推销员不好激励，况且自己干推销的时间还不到人家的零头，也不能指手画脚，于是客气地说，“田哥，你呢？”

“争取吧！你那些招数不见得管用。”田长贵硬邦邦地甩出一句话，脸上说不出的几种表情复杂而纠结，欲盖弥彰。

第二天，划分了区域，方宝这才发现自己要进的是一家图书馆。图书馆就图书馆，别人看书我卖货！胸膛一挺，方宝信心满满地走进去。

走进大门，向右拐，是一个长长的过道，走道尽头就是图书阅览室。一排排书架逶迤过去，看不到头，光明农场的阅览室简直就是小巫见大巫嘛。要是经常有机会来看看书，得长多大学问啊，方宝兴奋不已。

小时候家里穷买不起书，上学后除了课本就是难得一见的连环画，遇到村里谁家有本书，方宝想方设法去借，磨得人家没办法，这才千叮咛万嘱咐地借给他。大太阳底下，就捧着那本书开始读，走到家时两眼直冒金花，蹲在前门下的苦楝树下，全然听不见爹在屋后叫他去挑水的喊声。爹暴跳如雷地走到屋前，一顿劈头盖脸的斥骂，他这才恋恋不舍地放下书，拾起扁担和水桶，快快地往村头的溪边走去。上学的机会来之不易，爹对他今后“跳农门”几乎不抱希望，再加上不菲的学费，他失去了读书的机会。深圳的光明农场图书少得可怜，除了几本打工杂志，就是武侠、言情小说，世界名著很少，一直让方宝引以为憾。这一次，方宝带着羡慕的眼光仔细饱览着这个书的世界：

一排排书架泛着原木古铜的光泽，一本本书整齐码在横隔里，就像等待首长检阅的士兵，而方宝，就是那个即将昂首阔步、目光饱含喜悦、笑容亲切的首长。他终于知道什么叫浩如烟海、汗牛充栋了，看来这些词，古人并不是生造出来的。如果能美美地待在这里一天，那是多么幸福的事情啊。但是方宝没有忘记，现在要做的事：他是一个推销员！

图书管理员是一个微胖的中年妇女，她端坐在桌前，和另一侧的一个卷着头发的女孩聊着家常，两人聊得热火朝天，努力压低声调，但笑声总是无遮无拦地响起。他走上前，从包中拿出一打丝袜，中年妇女大概觉得有些无聊，拿起袜子翻了翻，问过价钱后淡然说要，一边要从口袋里掏钱。他瞟了一眼卷发女孩，说道："大姐，不急，您先等等，我卖一打给她，回头你们一起给钱吧。"

中年妇女将手缩回去，点了点头。

他朝卷发女孩走过去，花了五分钟向她讲解丝袜的好处，使出全部解数称赞她，但女孩面对眼前一堆被他塑造得天上有、地下无的产品，完全提不起兴致，接连五次促进成交，女孩毫不动心，他只得败下阵来，悻悻地回到中年妇女身旁，将袜子递给她。

中年妇女摆摆手说："我想了想，还是不要了。"

方宝顿时呆了，他讪讪地缩回手，想再和她说些什么时，中年妇女的神色突然变得遥不可及，仿佛刚才和她说话的，不是方宝。

她冷冷地说："图书馆要保持安静，这里也不容许推销产品，请你出去啊！"

方宝懊恼地看着她，无奈地走出阅览室。

"成交一定要趁热打铁，而且要乘胜追击。卖产品时绝对要先收钱后，再做二次推销。"方宝在当天的工作日记里这样写道。他也养成了一个习惯，每天晚上都要检讨自己的工作，尤其是失败的案例，例如在电子市场门口丢了货，当时人多眼杂自己没有看好；在蔡屋围，有人过来"杀黑"，方宝未能及时回应，造成顾客流失；在布吉的城中村，花太多时间在一个顾客身上是不对的，对于无望的顾客应该早点放弃……

反思比学习更有效，这使得方宝的业绩进步很快，半个月后，他的业绩遥遥领先，几乎每天晚会上的钟声、锣声、鼓声，都是在为方宝而响。

成功藏在失败中

这段时间以来，方宝越做越顺，心情大好，不由得开始飘飘然。早上的例会他还沉浸在胜利的喜悦里，喜不自胜地和几个人继续显摆他的过关斩将史。就连罗畅走进来，方宝也没有停止的念头，他想他是自己的师父，也该为他骄傲。他说得唾沫星子四溅，口水就差没喷到墙上去。

罗畅却面色沉郁，把他叫过去，一盆冷水泼在他头上："一时的成功并不能说明什么，你这么骄躁可不好。骄兵必败，成功有时是失败的假象，失败有时也是成功的假象，像你目前取得的短期内的成绩，不过是昙花一现，要想成为伟大的推销员还需要更多的努力。"

方宝忽然觉得自己是有点忘乎所以了。公司会在不同的时期推出不同的产品，也会根据业务员的表现，安排不同地区给他们锻炼的机会。一方面是让推销员接受新的锻炼，一方面也是帮助他们懂得：卖什么产品都是在做人，当他的形象是受人信赖的，那么人们会对他手中的商品毫不怀疑，无论那是什么，无论在哪里。

罗畅对方宝说道："你不是想成为最伟大的推销员吗？"

方宝说："当然！"

"现在交给你一个新任务，这个任务，只有最有担当的销售员才能承担得起。"

方宝一听这话，高兴都来不及，再加上昨天唱歌打锣的情景还历历在目，乘胜追击，方显英雄本色嘛。

罗畅这才告诉他新任务是什么："到东莞，销售遥控的玩具小汽车。"

方宝胸一挺，举手敬礼，像解放军战士那样铿锵有力地答道："保证完成任务！"

罗畅欣慰地笑了笑，拍拍他的肩膀说："好样的。"

方宝接受了来自师父的那一份坚实而温暖的触感。

晚上，例会结束后方宝在会议室里玩起了遥控小汽车，小时候家里穷，玩具只有泥巴团和小木棍。他玩到深夜两点才歇手，其间，向罗畅请教小汽车的性能和技术，然后记广告词，模拟销售场景。从办公室出来，街头一片寂静，他打了个呵欠，并不想睡，明天将是全新的一天。

东莞距离深圳不过两小时车程，但是跟深圳有很大不同。东莞人的生活显得慢条斯理，全然看到不到深圳特区那种上下班高峰期人群步伐的匆忙样子。这里任何时候都是慢半拍的，在菜市场买菜的时候，所有的秤都是对着你，让你自己看，在深圳菜市场买菜的时候，你根本看不到菜有多重。方宝发现东莞买卖的场所很集中。鲜花一条街，水果一条街，婚纱一条街，文具一条街，体育用品一条街，等等。随便问路人一个什么地方，他就会热情地告诉你什么什么一条街。所有的大商场也是很集中的。这是一个很不错的二线城市，不落后，也不繁华，给人悠然自得的感觉。

但是方宝第一天就出师不利，从 Top Sales 直线跌到倒数第一名，简直就像坐过山车，一会儿飞冲霄汉，一会儿跌至谷底。

东莞这里的房子大多数都是五层楼以下的，很少看到高楼大厦，所以没有深圳那么压抑。在街上很少看到行人，更是看不到步伐匆匆忙忙的样子。在任何一条街，任何时候都可以横穿马路，因为车比较少。这在深圳是不可能的事情。方宝走到一个小区门口，听到一家的窗口飘出来的节奏缓慢旋律悠扬的老歌，仔细一听，是邓丽君的《甜蜜蜜》。方宝看见在每一栋楼上，到处都种着花草树木。

方宝吃了几家闭门羹之后，终于敲开一家住户的门，迎门的是一位三十多岁的男人，鼻梁上还架着一副眼镜。热情的问候再加上不失时机的自我介绍，让方宝顺利地进了屋，主人饶有兴致地看他演示一遍后，当即就说他要两套。

“小伙子，看你东西挺不错，这天也怪热的，来一听可乐，喝着解解暑。”他从冰箱拿出一听可乐，递给方宝。

拜访七八户人家，确实说得口干舌燥的，冰镇可乐解渴再好不过。方宝拉开易拉罐，一阵畅爽冰凉从喉咙流到胃部。

“两套两百块，对吧？”他掏出两百块，放到茶几上，方宝不着急，悠闲地坐在沙发里喝可乐，好奇地打量客厅里的摆设。看得出来这家主人很讲究艺术氛围，客厅迎面墙上挂着一幅米芾的高仿作品，画面上云雾缭绕，满山苍翠，只有山脚下一户人家，一头瘦驴，一座小桥。方宝知道米芾的作品存世不多，所以很有兴致地一边喝可乐，一边竟然看得出神。

电话铃声大作，主人拿起电话。

“喂！姐，你明天在家啊，那我明天就过去看路路和果果，我准备给他们带两个玩具小汽车……什么？对，就是那种遥控的……已经买了是吗？哦，那算了，我换别的吧，没事！”

挂断电话，他看着方宝，抱歉地冲他笑笑，“真对不起，这小汽车是给我两个外甥买的，他们已经有了，我就不要了。可乐你慢慢喝，就当我请你。”他拿起茶几上的钞票，放回钱夹里。

方宝一下子呆住了，拿可乐的手停在半空中，愣愣地望着他，怏怏地将小汽车收回背包里。走出门，他不禁猛捶自己的脑袋，“我真蠢，为什么要喝可乐呢？人家都给钱了，为什么不收完钱就直接走人呢？真是占小便宜吃大亏啊！”

一整天都士气低落，回公司的路上，方宝懊恼得像一只丧家犬，觉得老天在和他开玩笑。

突然想起师父罗畅和他说的那句话“失败是成功的假象”，心里稍微平静了一些。

他给师父打电话，罗畅安慰他：“换了新地方，又是新产品，肯定不适应，慢慢来。业绩不稳定是很正常的事情，有首歌不是这样唱的吗？人生就像是海上的波浪，有时起有时落……三分天注定，七分靠打拼，爱拼才会赢！”

他提腔捏调，发音古怪地唱着半生不熟的闽南歌，颇有几分滑稽，在以前没准方宝会哈哈大笑，但此刻心情全无。

“我还是去卖剃须刀吧。”

“你别放弃嘛，你怕失去什么？不就是一个销售冠军吗？再赢回来不就好了嘛！”

巨大的失落感笼罩着方宝，他突然意识到荣誉光彩和落寞暗淡是一对兄弟，如影随形，如果你只能接受其中一个，那你永远也对抗不了另一个。有什么大不了，不就不再是 Top Sales 吗？如果我连这点小挫折都承受不起，又怎么能成为伟大的推销员呢？推销员就是要时刻专注于自己的业务，而非在乎这些外在的虚名。他仿佛顿时醒悟，但他知道，如果不想办法挽回失败，成功永远不可能到来。

方宝熬夜分析失败的原因：没有摸准顾客购买的心理，没有抓紧时间，贪图一时舒服，错失良机。一味地强调产品多么好，但是和剃须刀的受众不同，玩具车更多的是有孩子的家长购买，更该针对家长们爱孩子的心理来卖东西。想到这一点，方宝茅塞顿开，又制定了几套广告词，准备应对新的一天。

这一夜，夜空的星星很亮很明。方宝看着它们，心里也明净透彻。

东莞有很大的专门供大众活动的免费露天健身广场，年轻人有年轻人奔放狂舞的场所，中年人有中年人轻歌曼舞的区域，再那边是中老年活动的地方，每天早上和晚上，大家都会从四面八方集中到自己想跳的场所，每个跳舞的场所都有领班。每天跳的舞唱的歌都是一样的，这有利于队伍的不断壮大。

方宝早上起来神清气爽，直奔大广场，一个上午就出手了 15 套产品，改变了销售策略，玩具小汽车也挺好卖的。这套玩具，在商场标价 128 元，而现在买一送三才 100 块，让顾客心动不已，小孩子更是爱不释手，比剃须刀更有市场。

上午出师顺利，下午就得迎头赶上。第三天方宝找准了地区和产品卖点，再次空包，但这次的喜悦是淡淡的，平静的，不像第一次那样忘乎所以，失败是暂时的，成功也是暂时的。

东莞相较于深圳特区，一方面是生活节奏缓慢而舒适，一方面是当年有些地区治安混乱，在这里什么都能碰到，飞车抢包、撞人逃逸之类的事都时有发生。方宝也听说这地方的特殊服务业很发达，虽然政府大力管制，但是依然阻挡不了饮食男女的食色之欲。只是方宝从来没有想过，自己会跟这个城市之间碰撞出这么揪心的痛。

这一天，方宝来到繁华的市区，商铺饭馆，行人坐客，都一一扫过，竟然有一大半的成功率。方宝乘胜追击，来到一家五星级酒店门口。

西装革履文质彬彬的方宝出现在门童眼前，门童狐疑地看了一眼方宝手里的货包，然后模棱两可地点点头。方宝面色平静，一言不发，门童就鞠躬，请进。方宝绕过迎面的梅兰竹菊水晶遮屏，在前台小姐的笑脸相迎下大步流星穿过富丽堂皇的大堂，照例坐直梯到达顶层，方宝准备从走廊最里面的一间房开始。

脚下软软的墨绿色地毯，耳边有柔缓的音乐传来，是一曲萨克斯独奏《回家》。方宝尽管已经是一个日臻成熟的业务经理，但是这样的感觉还是鲜有体验。一种莫名其妙的气息笼罩过来，那音乐声正从走廊尽头的半开的房间传来。走到门口，里面有水声，似乎是在沐浴，方宝有点恍惚，进不进？没有理由错过一个客户，如果不合适，再敲第二家吧。

于是他定了定神，屈指叩门，嘟嘟嘟！里面没有反应，音乐在继续，旋律宛转悠扬，水声哗啦依旧。一股芬芳的洗浴液味道传来。

方宝准备最后用力敲一次，然后放弃。嘭嘭嘭！

“进来吧，我洗完了，这么快就来了？”哗啦啦啦的水声里面夹杂着一个女人懒懒的声音依稀传来。

方宝不知道该怎么回答，机械地说：“您好，我是赛普公司的推销员，可以打扰您三分钟吗？”

“这是接头暗号吗？没人告诉我啊！”里面说着，门咣当一开，一片湿漉漉白花花的肉体裹挟着扑鼻的肉香倾倒过来，“张局，这样是不是够刺激呢？”

方宝下意识地用手托住这个要倒下来的肉体，听这声音似乎很耳熟！他们说，有时候人到了一个陌生的地方，遇到陌生的人，也会有似曾相识之感，因此证明前世的存在。

方宝当然不相信这些无稽之谈，但是耳边这个声音确实太亲切，而这刹那之间的柔软触觉也再熟悉不过，莫非是……他脑袋忽然爆炸般一声轰鸣，奋力甩开那白花花的一片。她发出“啊呀你怎么这样啊”跌倒在玄关的地毯上。

方宝仔细看时，大吃一惊！可不是她嘛！阿蓉！

“你……你怎么会在这里？”

“你为什么在这儿？”

他们几乎同时喊出来，彼此从惊讶到尴尬，阿蓉花容失色连滚带爬匆忙从床上抓过一条毯子裹在身上。

方宝用了最大的定力站在那里，语无伦次地说：“你怎么能干这种事？阿蓉，你怎么可以一走了之？你知不知道我一直在找你……”

“不是你想的那样，我不只是为我自己，我是为了圆圆，如果这次孩子生病，没有钱，你怎么办？”

“钱钱钱，难道我们曾经拥有的一切都抵不过钱吗？”方宝跺了一脚，而在他的鞋底接触地面的一瞬间，松软的地毯立刻化解了他的愤怒，他无力地说：“你呀你……那三万，我一定还你！”然后扭头就走。

“不是你想的那样，我就是顺便帮他打通关节办手续，就这一次……你听我解释……”阿蓉在后面涕泪交流，拼命摇头。方宝不愿意听她再说一个字，没等电梯，直接从楼道走下去。

经过下面一层时，从一个房间门口经过，只听一个老男人慢悠悠地拖着饱经沧桑的声音说：“从北京——到东莞——都一个样啊！”

“王局，您是不是累了？上次我托人从大白俄带回来的那玩儿，您没抹吗？”这是另一个声音。

“嗨，咋没抹？我现在是不相信什么灵丹妙药了，像我们这把年纪，啥——都不管用喽！”

方宝离开酒店，在黄昏的大街上漫无目的地狂奔，发泄着心中的愤怒，残存的一点欲念被这突如其来的愤怒冲刷得干干净净。

一个人的有限公司

在东莞的考验圆满结束，经过一个月的磨炼，方宝发现自己变了，眼神变得坚定，表情变得柔和，似笑非笑时也有几分罗畅的神采。发工资了，3600 块，方宝几乎不敢相信，这在陶瓷厂做梦都想不到。在一个多月的时间里，每天 6 点起床，晚上 12 点睡觉，他几乎没有想过别的事情，儿子和爹娘是他不变的牵挂。留了生活费和要还的钱，他到邮局汇了钱。

师父罗畅过生日的时候，在他的生日宴会上，方宝祝福师父事业宏图大展，师父也跟他嘱咐了几句以后要带新人，才有前途。方宝感激师父带他入行，学会了很多，师父说，这也是这个行业的特点，帮别人发展，自己才会发展。第二天罗畅就动身去了北京，筹备北京分公司，忙得底朝天，找办公地点，招兵买马，新人培训。方宝在师父离开深圳的那一刻，忽然有一种空落落的感觉，虽然这一段也并不是天天跟师父一起，但是一想到不能跟师父在一个地方了，总不习惯。好在繁忙的工作很快就冲淡了这种离愁别绪。

姜还是老的辣，罗畅不愧是罗畅，他带着十五个员工从零做起，和员工一起跑市场、建销售网点。经过一年的拼搏，终于打开了北京市场。当年，他们的业绩在各地分公司中排名第一。方宝的脑海又浮现出师父潇洒的身影闪现于北京红墙绿瓦的街道上，奔波在稠密的人流中左右逢源所向披靡的场景，想起来都让人神往。量大才是致胜关键，销售就往数量上争取。受师父启发，方宝也狠下心卖，别人只是一打一打试探性地卖，他一开口就是两打三打地推销。方宝为了忘记那些伤心事，全身心地投入工作，不仅让他忘掉了不愉快，而且由于全情投入，新鲜的点子层出不穷，他在销售的大海中像一条鱼左右逢源自由挥洒，取得了意想不到的成绩。

到现在，方宝已经褪尽青涩，成熟老练，表情、动作、语言都配合默契得天衣无缝。

“我刚才卖给一位阿姨，年纪比你还大，一次就要了四打，你这么漂亮，一定要经常逛街才行啊！”他对大街上一个女孩热情洋溢地说。

“呵呵，那我也要不了这么多啊！”

“那总需要三打，你可以换着穿，这样会很省的，这个你知道的对不对？每一天都保持崭新的形象，回头率噌噌地涨啊！”

那姑娘低头羞涩地拿着袜子犹豫着。

“好吧，就三打，我也不多卖你了！帮您装好了，拿着吧！”

方宝把袜子递给她后，还要继续赞美她，“穿上我的袜子，追你的肯定都得站成一个连了，有了男朋友你还要感谢我呢。”

对于单身女孩来说，这是一句有杀伤力的话，对穿上造成的效果——找到男朋友的保证，远比你说一万句这个袜子多么多么好看有用，这就是成功的销售经常讲的，不卖广告卖疗效，不卖说明卖承诺，有时候一句：不管用你尽可以退货，这种承诺也是让顾客放心购买的技巧。不过这些技巧都要建立在卖的东西是货真价实的基础上。为了赚钱还债，方宝给女孩们推销袜子比追她的男孩子还敢说敢夸，因为他心里也有这么个想法，女孩子多夸夸总没坏处，即使是不好看的女孩子，也能帮她们长点信心，说得她们心花怒放了，成交也就顺理成章了。

但是这个姑娘爱较真：“你的袜子会不会拉丝啊？”

方宝抽出一根缝衣针，当着她的面使劲地往袜子上猛戳猛划，然后拿起袜子朝她晃了一下，“你看哪儿划啦？”

其实这是一个技巧，只要掌握得当，无论怎么戳怎么划都不可能拉丝。

“你看，没划坏吧？”

她惊奇地点点头，方宝把缝衣针给她，让她自己戳，起先她不敢，后来在方宝的指导下划了划，女孩子劲儿小，丝袜安然无恙，她由衷地赞叹道，“天哪。”

方宝趁热打铁：“这么好的袜子你该储备个三打四打，自己穿、送朋友，多少双也不够用啊！”

事实上随便找一双丝袜也不会划丝。这种手段后来流传到很多列车上推销丝袜的业务员中。

“你看你这袜子有好多线头啊！”姑娘忽然发现了什么。

“你说这线头？妹妹，这你就不懂了吧。”方宝耐心解释，“我们的袜子是天然丝，天然丝纤维都很短，所以你才能看到线头，那些没线头的说明是人造丝。”他已经练就了一副顾客有一百个问题，他就有一百〇一个解答的本事，对于她的任何疑问，方宝都能化不利为有利，现在看来有的并不是很恰当，可当时他唯有一个念头——把东西卖出去。

“那我要三打。”

她给出了方宝要的答案。

谁说女子不如男

赛普公司的一个特色，就是团队建设，根据不同人的特点，形成不同的组合；在不同的阶段，有不同的搭配。一切是为了推销员能力的提升。方宝后来逐渐明白，一开始，师父罗畅带他，是为了树立信心，而后来跟老黄牛田长贵搭配，只是为了从反面增进他的信心，同时也是为了刺激田长贵的士气。

这一天，销售技艺日臻娴熟的方宝被公司安排和林静一起出差北京，他不知道会有什么样的体验。但是又可以见到师父了，想起来都让人精神振奋。一回头看见王新月在角落里沉默不语，方宝忽然觉得，自己无意间疏忽了什么。想到要离开王新月，又感到一丝伤感。

“我要去北京了。”

“我知道。”

“你……需要我带点什么回来吗？”

“把你自己囫囵个儿地带回来就好了。”

方宝闻言怦然心动。

上午准备，下午出发，在机场大巴上，林静有说有笑，方宝看得出她不是那种天生话痨型的女孩子，应该是这行业锻炼了她。话痨型的女孩子和训练有素的女业务员虽然都很健谈，但是区别在于，前者天马行空毫无顾忌，随说随停；后者知道什么时候该说什么，什么时候安静聆听，同样一句话，她说出来就让人惬意。她安静的时候也让人感到舒服。

方宝知道这个红裙子女生也一直在进步，让方宝惊讶的是，在这里做销售的，居然女孩子比例超过了男孩，他不知道她们是怎么坚持下来的。这一天，他终于有机会了解她们的故事。

林静坐在车上方宝的旁边，微笑着对方宝说：“你很像我以前认识的一个人。”

“是吗？还有跟我一样丑的啊？”方宝也已经自信到学会自嘲寻开心了。

“呵呵，不是啦，真的跟你很像。他是我一个大学同学，喜欢写诗……”林静眼光中透出对往事的回忆。

“哦，你是大学生啊？那怎么还来干这个？”方宝话一出口就知道自己错了。

果然，只见林静柳眉一蹙说：“我在大学的时候就做过社会实践，我觉得推销每一天都要接触很多人，是很锻炼人的。”接着脸色一暖，马上恢复耐心，“听人常说：读万卷书，不如行万里路，行万里路不如阅人无数，我们每一天这不就是行万里路外加阅人无数吗？呵呵！”

“是是是，我其实是想问，您上大学毕业不是可以做更多体面的工作吗？一个花容月貌的姑娘干吗干这个辛苦受累的活？”

“哦，你这个想法跟我爸一样，我们毕业那时候其实找工作也不好找。后来我考虑到我自己在读硕士，我做过销售方面的工作，我就觉得去选择做销售。怎么说呢，销售可能要求不是很高吧，给人一种没前途的印象，可是我就是喜欢。因我的性格不喜欢被束缚，我觉得做销售挺自由的。所以就做了，我爸当初为我干这个就气病了，死活不让我干，他不理解，可是现在不是也挺好的吗？我每次回去都会带给他喜欢喝的茅台酒，这回我如果升领队了，春节回去就陪爸爸妈妈一起去印度旅行。他们现在挺满足的。所以都是陈旧观念作祟。其实人生的意义在于通过跟这个世界的互动，实现自我价值，我个人觉得这个行业非常提升人的素质，最大限度地实现我的价值。别人我不知道啊，我知道我自己，我就是通过做销售脱胎换骨，重新做人的！”她说着，短发一甩，俏皮地哈哈大笑。

方宝当然能感受到她骨子里的气息，是这个行业带给她的。因为他自己也正感受着相同的变化。他忽然想到了《羊皮卷》上的一段话，不由自主地念出声来：

> 我是自然界最伟大的奇迹。
>
> 自从上帝创造了天地万物以来，没有一个人和我一样，我的头脑、心灵、眼睛、耳朵、双手、头发、嘴唇都是与众不同的。言谈举止和我完全一样的人以前没有，现在没有，以后也不会有。虽然四海之内皆兄弟，然而人人各异。我是独一无二的造化。
>
> 我是自然界最伟大的奇迹。
>
> ……但是，我的技艺，我的头脑，我的心灵，我的身体，若不善加利用，都将

随着时间的流逝而迟钝，腐朽，甚至死亡！我的潜力无穷无尽，脑力、体能稍加开发，就能超过以往的任何成就。从今天开始，我就要开发潜力！

我不再因昨日的成绩沾沾自喜，不再为微不足道的成绩自吹自擂。我能做得比已经完成的更好。我的出生并非最后一样奇迹，为什么自己不能再创奇迹呢？

我是自然界最伟大的奇迹。

我不是随意来到这个世上的。我生来应为高山，而非草芥。从今往后，我要竭尽全力成为群峰之巅，将我的潜能发挥到最大限度！

车上的人眼光略带异样地看着方宝，林静却被感染，旁若无人地跟着背起来：

我是自然界最伟大的奇迹。

我有双眼，可以观察；我有头脑，可以思考。现在我已洞悉人生中伟大的奥秘。我发现，一切问题、沮丧、悲伤，都是乔装打扮的机遇之神。我不再被他们的外表所蒙骗，我已睁开双眼，看破了他们的伪装。

我是自然界最伟大的奇迹。

飞禽走兽、花草树木、风雨山石、河流湖泊，都没有像我一样的起源，我孕育在爱中，肩负使命而生。过去我忽略了这个事实，从今往后，它将塑造我的性格，引导我的人生。

我是自然界最伟大的奇迹。

自然界不知何谓失败，终以胜利者的姿态出现，我也要如此，因为成功一旦降临，就会再度光顾。

我会成功，我会成为伟大的推销员，因为我举世无双。

我是自然界最伟大的奇迹。

在令人振奋的朗诵声中，不少人逐渐受到感染，从昏昏欲睡中抬起头来。大巴不知不觉抵达深圳机场，两人拿身份证换登机牌，在候机大厅等候登机。

方宝看着来来往往拖着行李步履匆忙的人，心想，人生就是这样奇妙，仿佛昨天还是地狱里挣扎，今天就可以直上天堂，是飞往首都北京，多么令人神往啊！

林静也略带兴奋，只是得体地静静不语。方宝有一搭没一搭跟林静闲聊：“你还是挺适合做销售的呢！”

“哪有！以前也是不怎么太说话的，半年前我刚来那会儿，师父都不看好我，说：你什么都好，就是太娇气了，我就不服气啊，我哪里娇气了，于是就天天早出晚归，我就是有一股子劲儿，就要让他们看看，我可以的。当然也是让我爸妈看，我现在比我的同学们都好，他们不过才2000月薪，天天在办公室当会计出纳，半死不活的，我现在多自在啊，呵呵！”她说着用手理了一下脖子上的发丝，然后又自在地甩了一下。

“那你记得你第一次卖出去货的情景吗？”方宝想知道女孩子一开始会怎么去推销。

“哦，我记得很清楚，第一个顾客是一个五金店的老板，当时他坐在店里看电视，我推销的是一款按摩器。一开始我也不会说吗，因为我笑得比较好，他就让我进去了。他问我是干吗的？我说我是做推销的，然后他也没怎么拒绝我，他问我是推销什么的，我就跟他讲按摩器。因为对产品也不了解。我问他要不要嘛，他就说让我考虑一下。然后我也不知道该干吗。然后我很无聊啊，我觉得很尴尬，因为他正在看电视，我就也看电视，过了一分钟，我又问了他一句，我说你要不要留一个呢，他说再让我考虑一下，我就继续接着看电视，当时我还是笑着，我问他，你要不要留一个？他说那好吧。然后我的第一个产品就这样推销出去了。”

“啊？这么简单啊！呵呵。”方宝觉得还是挺神奇的，但是再一想，女孩子做推销还是有优势的。

“应该说，女孩子做，顾客会少一点戒备心理吧！”林静皱起鼻子做个怪表情说，“但是你知道，我们可要多一点戒备心呢！”

方宝会意地笑了。

广播里传出：“飞往首都北京的航班即将到站，请乘客准备登机。”二人登机，找到自己的座位，放好行李。空中小姐亲切而温柔地提醒：“请大家系好安全带，飞机就要起飞了。”

已经是傍晚，窗外华灯初上，飞机在跑道上飞驰，逐渐脱离地球，腾空而起。

方宝感到抑制不住的兴奋，淡化了飞机爬升过程中的气压差给耳膜造成的隐约痛感。他将头贴近窗口，口里含着糖块，看着外面流光溢彩的街市，越来越远，越来越小。

公路像柔软的丝带，随着山势蜿蜒起伏，因为橘黄灯光的装扮，在夜色中散发着朦胧的光，从高空俯视的距离感，削弱了柏油马路在现实中的坚硬质感，看上去柔美无比。

周围街市楼房闪烁的灯光，点点滴滴，花花绿绿，散落的宝石一般晶莹璀璨，熠熠生辉。

他从未发觉他所在的城市是如此精致华美。飞机飞到更高的平流层，开始平稳飞行，只有若有若无的云层。若不细心观察，在茫茫黑夜的笼罩下，他感觉自己似乎置身空若无物之境。

一顿被安排在飞行时段中间的可口的飞机餐，将两小时飞行的单调乏味感很快稀释。

他们到达北京首都国际机场时，秋风习习，夜色如水，师父罗畅等在接机口，潇洒的身影在人群中一眼就辨识出来。

罗畅已经安排好食宿，为他们接风洗尘，嘘寒问暖，介绍北京分公司的情况和北京市场的特点。

一夜无事，方宝在这秋意缠绵的古都进入香甜的梦乡。

CHAPTER FIVE

销售改变命运

世界上 80% 以上的成功人士是干销售出身的，世界 500 强的 90% 以上的总裁和董事长是从销售起步的。在这个行业，我们在很短的时间从不自信变自信，不坚强变坚强，不成熟变成熟，沉默寡言变得开朗大方，笨嘴拙舌变得能言善辩。

决胜紫禁之巅

第二天一大早，照例跟深圳一样，开早会、小组会，然后就紧锣密鼓开始工作。

罗畅安排方宝和林静到一个高档别墅区打配合战。公交车很快到站，这是一所高档别墅区，很大一片，楼房不高，但很奢华，大门口有一片绿地。当然北京的所谓绿地，跟深圳满街满院那样的绿色是无法相比的，显得局促而寒碜，浇水的喷头突突突地冒着小小的喷泉，旁边一位肃立不动的保安严格盘查外面进来的人。更让方宝不舒服的是，门口栅栏上镶着一块铁牌：严禁推销！方宝一直是扫楼扫街的，跟师父罗畅的时候，也是进写字楼小商铺的时候比较多，而今天要来这里，他想到的是要继续突破自己。但是他还真不知道该怎么办。

正犹豫间，林静拉住方宝的一只手，附耳悄声说：“跟我来！”

方宝不知道这是要干什么，茫然地跟她走。方宝被带到不远处一个菜市场，方宝问：“你要买菜做饭吗？不是还没到中午呢？再说你去哪儿做啊？”

林静狡黠一笑，自信地说：“看我的！”

她俯身买了一捆青菜，搭到货包上，拉起方宝的手：“今天让你占一回便宜，老公，我们回家吧！”

方宝惊慌失措，急忙甩手道：“不行不行，我结过婚的！”

“你想什么呢？我男朋友可是个诗人，这是革命工作需要。只有这样，才能骗过保安，懂吗？亲爱的。”林静柳眉倒竖，却又忍不住哈哈大笑。

方宝这才知道是怎么回事，又是不好意思，又是心生佩服，谁说女子不如男呢。

他们经过这么乔装改扮做夫妻，居然大摇大摆地走到保安眼皮子底下，悠闲地逛到别墅区门口。保安看着这对“夫妻”，眼神懵懂，带着疑惑给他们敬了个礼：“你们好！你们是刚搬来的吗？以前怎么没见过你们呢？”

“嗯，是的，初次见面，请多关照！”林静大方地打招呼，一只手挎着方宝的胳膊。

方宝微笑地点点头：“以后不是就有机会熟悉了？”

保安挠挠头，给他们放了行。

他俩本身已经练就一身本领，彬彬有礼，反应机智，现在有了用武之地，大展拳脚，攻城拔寨，所向披靡。别墅区的富人们以客气体面的居多，他们两人分头行动，划江而治，每人各负责半个街区，偌大的别墅区，如入无人之境，反而比外面更好推销。

他们汇合之后往回走的路上，又见一个天蓝底色玫瑰花裙子的女孩一边踢着路边的小草一边迎着他们踟蹰而来，一脸哀愁，失魂落魄的样子。林静问方宝：“你还有货吗？”

“还有一双。”

“好，就给她吧！”

林静径直朝女孩走过去。

“妹妹看上去心情不好啊，是不是失恋了？”

“你怎么知道？我长得很像失恋的人吗？”女孩惊愕地站住。

“哦，世界上没有失恋，只有更适合你的爱情在等着你！”林静淡定地说。

“可是我只爱他，他却跟别人跑了，我们在一起都三年了，你知道我多怕失去他吗？我多么依赖他吗？”女孩从惊讶重新回到自己的悲哀之中。

“我知道，因为我也经历过，但是我已经走出来了，这也是我想告诉你的：人要为自己活，你是你自己的，不是任何人的，你是你爱情的主人，不是谁的奴隶，当一个人不值得你爱的时候，勇敢放弃，做女人，要自己独立，活出自信，你才有更美的爱情！”

“你是干吗的啊？我好受多了！去他的爱情！可是我三年的感情啊……”

“看看吧，你是在痛惜你自己的三年青春，可是你也有快乐不是吗？我是带给你自信自强的天使，喏！”林静从方宝包里抽出最后一双袜子，“穿上它，抛开过去，重新开始，你会更自信，更开心的！”

不知道是林静自信的笑容感染了她，还是说的道理打动了她，总之，女孩买下了那最后一双丝袜。

下午，他们回公司补了货，分头行动。方宝也想在工作之余独自品味一下这个城市的感觉。

林静沿着街道欣赏一路春光，包里的货也去了大半，走到傍晚时分，才发现这里越来越荒凉。她准备折返时，发现一个工地。她想，既然已经到了工地，不如碰碰运气。

打地基的机器咚咚咚地响着，工人们还在忙碌。工程部的二层简易楼房亮着灯。林静走过尘土飞扬的小路，在工人们疑惑的眼光下走上楼梯。她敲门，里面有人说“进来”。看上去正在开会，一个高个子男人站在中间，其他人围坐在周围，桌上乱七八糟堆放着黄色的安全帽。

“干啥的？”还没等林静开口，中间的大个子男人粗声粗气地问。

“您好，我是赛普公司的推销员，给您推荐我们的丝袜……”

“哈哈哈，丝袜？你看我们用得上吗？”高个子男人笑起来，其他人也跟着起哄。

“你可以送给您家人啊！”林静不慌不忙。

“送谁呀？都好几个月没见过老婆了！”

“姑娘，我说你是不是有问题呀？到这男人堆卖丝袜？哈哈哈！”

“我觉得你们买了带回去可以让她们很感动的。”林静想再坚持一下就走了。

“没钱！”高个子男人瞪着她生硬地拒绝。

“您开玩笑呢吧？一个男的怎么能连这几十块钱都没有呢？”林静也知道他故意推辞。

“女的就该没钱，男的就该有钱是吧？这是谁规定的？”男人开始耍花腔。

“这么抠抠搜搜磨磨唧唧的是个男人吗？”林静也有点生气，也想借着激将法刺激他一下。谁知那男人咧嘴笑了：“哦？那我让你知道知道老子是不是男人！你们都出去！”他轰走了其他人，屋子里就剩下他们两个。“把门给我锁好了！”

随着咣当一声，林静感到自己陷入了一个前所未有的危险境地，只是她已经练就了临危不乱的素质，她镇定地看着他，“你想干吗？”

“你不是想知道我是不是男人吗？我满足你！”那男人笑嘻嘻地说着就推了林静一把。

林静倔强地甩开他的手，站稳了，眼光淡定，一字一顿地说：“今天，你，如果不把我搞死的话，以后，没你好日子过！”

那男人似乎被她的镇定的神情和强大的气场慑服了，瞪着她看了几秒钟，然后怏怏地说：“那——你走吧！”

林静故作镇定地推开门，一步步走出这个虎狼之穴。来到他们约好的地方，方宝早已等在那里，发现林静脸色煞白，问她怎么了。她才发觉，自己其实不是不害怕，只是刚才控制住了，现在出来走了一路，心里还有些后怕。她把刚才的事说了说，方宝先是惊讶，然后是钦佩，最后安慰了她几句，就一起回公司了。晚会上林静镇定自若、破解危局的事迹令大家啧啧称赞。罗畅也在晚会结束后，专门跟方宝聊北京市场的特点。

女人的东西最好卖，是因为女人是有购物冲动的，但是女人的东西也最不好卖，因为有的女人会挑三拣四。方宝记得在深圳的时候田长贵就曾经为此大伤脑筋，他的背包里永远缺顾客喜欢的那个颜色。有一次他跟一个大娘推销，大娘撇着嘴问他：“你们卖的怎么都是肉色的？有没有黑色的？”“有，有，公司啥颜色都有！

你等下啊！”他换完货，兴冲冲地跑回来，大娘看了又不乐意，“这么浅的颜色，这不是我要的，我可不要！”人家拍拍屁股回家做晚饭，他瞎耽误大半天气得直骂娘。

成功的推销过程，是卖家掌握主动权，而不能由买家牵着鼻子走。通过跟师父罗畅的交流研究，方宝更加清楚地认识到，在北京市场上，想要做好尤其需要学会巧妙地掌握主导权。在首都北京，天子脚下，连的哥板儿爷们都酷爱神聊海吹。从忽必烈建元大都开始，到崇祯皇帝在景山歪脖树上吊，再到八国联军火烧圆明园，磕巴都不打一个，顺嘴就来，滔滔不绝。底层老百姓都显得学富五车，博古通今，历朝历代的风云变幻在他们的笑谈中一次次再现，而这也养成了他们骨子里的优越感——爷啥都见过，你甭来这套！

在这样有底气的人群中间，想要推销出东西，就必须建立对等的自信。方宝发现，外来人越仄，北京人越瞧不起，但是当你充满自信，他们也会加倍客气地尊重你。所以方宝自创了一套办法，充分利用北京地区的这种特点，首先建立自信，主动引导客户，促成交易。早上背 100 打袜子出门，晚上回公司空空如也，上交给文员的都是真金白银，那可是 100 打袜子的钱。

有一次，顾客是一个小眼睛女孩，脸上涂了一层粉，眼线画得很深，看上去对什么都浑不懔地挑肥拣瘦。听方宝介绍后，就问："您这袜子不错，价格也还成，怎么都是黑色的，我不喜欢，有没有肉色的？"

"哇！小妹，你刚才说什么颜色？"方宝故作夸张地叫了起来，脸上恰如其分地露出惊愕的笑容，仿佛看到史前怪物一样。

她听方宝惊天一"哇"，以为自己说错什么，"肉色的呀！"

"你知道吗？我们卖产品肯定找最好的颜色来做，我们在广州、深圳、武汉等引领时尚潮流的城市做过市场调查，只有发廊、酒店的女人才穿肉色，穿肉色的不就跟没穿一样吗？多不好啊！黑色就不同，穿上去又高贵，又有神秘感，而且还显得腿又细又长，穿上还有蒙娜丽莎的感觉。在武汉、上海和深圳，白领、

Office Lady 基本上都穿黑色的连裤袜。小妹，你不想让人觉得你在发廊、酒店上班吧？”

“噢，当然不想。”小姑娘连忙摇头。她也不管达·芬奇根本就没画蒙娜丽莎的腿，被方宝说得一头雾水。

“就是嘛。”

这个女生很庆幸，略有点害羞地买走两打黑色的，很快一大包黑色袜子也卖光了。

公司同事一听这个办法行得通，抢着要黑色的货，仓库里黑色裤袜一下子被领空了，排在最后领货的方宝只好背着挑剩下的肉色连裤袜见顾客。

这次是一个长发披肩面如温玉的女子，方宝介绍完产品，顾客面露讶异地问：“咦？好像你这里怎么全是肉色，没有黑色的啊？”

“哇，您要什么颜色？”方宝惊讶得简直要跳起来，表现出比女子更高的惊讶度，就像遇到了火星人。

女郎被他这么一“哇”，思维也开始迸火星：“黑色的啊！”

“姑娘你知道吗？我们做推销肯定是拿最好的颜色来卖，我们在东南沿海开放城市做过详细的市场调查，发现自然美是最美的。您穿上肉色的袜子，皮肤显得更加白皙细嫩。黑色的就太刺眼了，穿在脚上人家就想看腿了，现在只有发廊、酒店的女人才穿黑色的呢。姑娘你……？”

“噢，不是不是不是……”

“我一看就知道您不是嘛。”

女郎果断地买了肉色袜子，心里暗想穿黑丝袜的女人真是不要脸，乐颠颠地准备付钱。事有凑巧，方宝不知道昨天买他黑色袜子的小眼睛女孩刚好从这里路过，听到他这么说，直接跟那女郎说：“别听他的，他们这些推销员一会儿一个变，一会儿肉色好，一会儿黑色好，没个准话，就是想卖袜子而已。”

方宝一听，赶忙解释道：“其实每种袜子都很好看，两位姑娘气质都那么好，无论什么颜色的袜子穿在身上都光彩照人。人正，再丑的袜子也会穿出美感，何况我们质量这么好的袜子。我把袜子卖给您，也是希望您变得更漂亮啊！”

两人听到他的一套说辞，心花怒放，不再计较，脸上有了春光。

方宝心里则暗吁一口气：人其实就是要一种感觉。电视里的奢侈品广告何尝不是如此花大力气营造气氛，培育消费者的心理快感？而我们推销员一张嘴就可以办到！

晚上回去开例会，肉色袜子也卖空了，大家一听方宝分享的秘诀，开心地笑了。

经过一个月的磨合，赛普公司北京分公司的运转开始进入正轨。

双休日没事，罗畅带着方宝、林静他们逛北京城。当然先到天安门了。方宝从小只在硬币上和小学课本上见过，现在真看见就傻眼了——原来这么大！

他们站在这个全世界最大的广场上，自豪之情油然而生。据说天安门广场可容纳 100 万人举行盛大集会，方宝想，要是有一天，我们公司的早会在这里开，那该多气派！他知道老父亲也有这样的梦想，到北京看天安门和毛主席，这何尝不是一种信仰？找机会一定要带他老人家来看看！

在广场上逗留一会儿，找人拍照，然后大家一起去参观故宫。这座明清两代皇帝的宫殿，如今也显得黯淡无光，过去采光设计总是不好？方宝只觉得有无数的红色宫墙隔出星罗棋布的街道，街道围绕着各种典雅别致的名字的宫殿。所谓三宫六院七十二嫔妃，就是住在这里，演绎一幕幕钩心斗角的争宠故事和夺权阴谋，方宝感觉里面透着森森鬼气。走了一下午，才走完。够无聊的，这地方，不看遗憾，看了后悔。方宝心想。

第二天，他们去爬八达岭长城。当他们看见“不到长城非好汉”的伟人题词，方宝觉得，自己是好汉了！

方宝、林静和北京公司的员工一起，领略首都的帝王气象，心中不由激情澎湃！想一想，如果不是做推销，什么时候会有机会走南闯北，领略各地风土人情呢？

罗畅似乎看出了方宝的想法，说：“大哥，这才刚刚开始呢！好戏在后头噻！”

袜子卖到天津卫

很快，方宝又被派往距离北京最近的直辖市——天津，这对方宝来说，也是一个陌生的城市，但是他知道真诚和笑容是走遍天下的通行证。坐火车一个多小时就从北京到了天津。去饭店吃饭，方宝留意到其他客人在叫服务员的时候都是拖着音叫“姐姐”“大姐”，初次他听到叫姐姐，还以为那人是服务员的弟弟，可是又看见一个大叔也管小姑娘叫姐姐，他才明白这是这里的风俗。

他如法炮制，大着胆子学着叫了声姐姐，服务员轻盈地转过来说：“您要点嘛？”

方宝忍着笑，点了狗不理包子、一碗粥，觉得各地的风俗真是好玩。

有时候把快乐带给身边的人，也会让销售出奇的顺利。因为人们都喜欢快乐的人，他能带给人正能量。而在这里，方宝觉得每个人都能说相声，说话叭叭地，透着一股子逗哏的味道。

师父罗畅说天津人可贵的是平民化本色，人穷志不短。你有金山银山，那是你的造化；我一文不名，汗珠子落地摔八瓣，我也饿不死。

罗畅还跟他讲过一个段子，说明天津人的特点：

一位阔少爷，自幼锦衣玉食，老爹去世之后，没几年时间家产就败光了。他想起自己小时候在家里爱蘸糖堆儿，就是北京人说的糖葫芦，于是蘸了上百支糖堆儿，来到北大关叫卖。张大少爷蘸的糖堆儿不粘牙，糖是糖的味儿，果是果的味儿，要形有形，要色有色，口感也好，很快就卖出了名。

张大少爷在北大关卖糖堆儿，自食其力，自己倒没觉得是什么伤面子的事。可他家亲戚放不下面子：张家也是名门，怎么出来个卖糖堆儿的呢！一天，张大少爷正在北大关吆喝：“糖堆儿呀，好也！”突然走过来一个人，张大少爷一看，是一位叔叔辈的长者，张大少爷不敢走上前去问安，怕损了叔叔的尊严，只装什么也没看见，还是大声吆喝："糖堆儿呀，好也！"

吆喝声未落，叔叔走了过来，厉声地对张大少爷说道："你给我回价（家）！"

张大少爷自然不肯，那位叔叔急了，立即对他的侄儿说："这一提盒糖堆儿，我全买了。"

那位叔叔买下这一提盒糖堆儿，是想就别让侄儿在这里"现眼"了。谁料这位张大少爷不买账，当即回答他的叔叔说："我的糖堆儿不卖一个主儿！"

方宝逐渐学会从一方水土流传的故事中获知这一方人的性格特点，天津人就是自尊自强，不等不靠，不看重权贵，保持着作为平民的尊严。多少明星大腕儿来天津卫都客客气气，不敢摆谱，因为他们知道天津人不吃这一套。在推销过程中去顺应这样的特点，就会事半功倍。

这天，方宝步伐稳健地走在大街上，忽然看见一个姑娘蹲在地上，垂着头，泪水在眼眶中打转。方宝心也跟着一紧，想着好端端的大妹子这是遇到了什么事情。

东西卖多了，和陌生人搭讪也就不再犯怵。"大妹子，你是遇到了嘛事？为嘛不开心？"他大剌剌地学着天津口音问道。

那姑娘扬起梨花带雨的一张脸，略带防备地看着他，可能是担心他有什么企图。

方宝赶忙解释道："别担心，我就是卖袜子的，只是看你有点不开心，想宽慰两句。"说完真诚地粲然一笑。

她仿佛也受到了他的感染，不再那么失落忧愁，眉宇间却是淡淡的不自信。

他猜她可能是失恋了，或是遭到了拒绝，灵光一闪说道："妹妹，你信不信，这世界上有魔法？"

"哦？嘛玩儿？"她提起点儿兴趣问道，"变戏法儿呗？咱天津卫见多啦！"

"当当当当，"方宝掏出5打袜子，"你信不信，穿上我们的袜子，人会变得又美又自信！”

“嗯？还有介事？别逗了！”小姑娘不太相信。

方宝连忙说：“我们的袜子又显瘦，又显腿长，穿上美丽自然，更重要的是，它会挑主人，只有内心美丽而气质高贵的女生才能做它的主人，你看，它这不就挑上了你？”

经方宝这么一夸，她微微有点脸红，但是脸上扬起一点喜悦和希望。

“姑娘，选择的袜子不会错，你只需要抬起头，挺起胸膛，相信自己是最靓的！”方宝给她打气。

她照他说的做了，微风中她的发丝徐徐飘动，眼神也由刚才的迷离犹豫转为坚定自信，真的很美丽，路边的人也有的忍不住回头看她。她似乎已不将刚才的事情放在心上了，绽开了一个美丽的微笑，说：“那个，大哥，你就给我来十打魔法袜子呗！”说罢还眨眨眼。

方宝一呆，没想到就这样刷新了单次卖袜子的记录。

在宾馆住下，晚上又没事，方宝想不如出去逛逛，带着货包下楼。宾馆旁边不远处是一个娱乐城，门口放着震天响的快节奏音乐，有很多时尚男女进进出出，热闹非凡。方宝想，人多的地方成交机会就多，走，去看看！

他背着包走进去，门口两个红裙子美女点头请进。走过红地毯铺就的窄窄过道，里面是一个环形的吧台，中间是个舞池。有人在吧台喝酒，有不少人在舞池里跟着音乐的节奏狂舞。对面台上有三个衣着暴露的领舞女王喝醉一般摇摇摆摆，对着下面的每一个来客抛媚眼、飞吻。旁边是调音师，主持人拿着麦克风在音乐的空当喊几句带颜色的俏皮话调气氛。彩灯旋转，五光十色炫人眼目。

方宝初来乍到，也从未来过这种地方，有一种莫名的刺激和兴奋，他看着舞池里的男男女女，在闪烁的光照下，一张张面孔一会儿白，一会儿绿，一会儿紫，一会儿红，群魔乱舞，鬼影重重。他正想过去推销，忽然从包厢里走出一个女人，在吧台靠近方宝身边的位置坐下，方宝看女郎一脸倦怠，她叫酒保满上一杯啤酒，仰脖一饮而尽，然后抽出一支女士薄荷香烟，点上，吐着烟圈，眼神空洞地看着空气中的烟圈慢慢扩大，散开。

方宝心里想搭讪，但是又不知道该怎么开口，正犹豫间，脸上的表情已经被那女郎捕捉到了，她能感到这个男子脸上的真诚，这在她看来是不多见的。但是他们都没有说话。她不时地看他一眼，方宝的眼光也不躲闪，只是接受她眼光的询问。心底坦然，就没有什么可紧张的。

大约有 3 分钟，她抽完了香烟，就主动问方宝："你是……做什么的？"口音不是天津卫的。

"我是做推销的。"方宝不卑不亢地说。

"哦，你卖什么？"

"连裤袜。"

"卖袜子怎么跑到这里来了？"

"这里的人，连袜子都不穿吗？"

这无意的玩笑，令那女郎忍俊不禁，笑出声来。

"你们做推销的也挺苦吧？"

"是的。辛苦倒没什么，就是常常不被人理解，很多人瞧不起我们的。每天都会遇到拒绝、羞辱什么的。"方宝这么说着，喉咙有点酸涩。

那女郎眼光闪动，说："卖给我十双袜子吧！"说着打开自己的 LV 包，用手划拉了几下，忽然想起什么来，说："你等我一下！"然后跑到后面内部员工通道，带来几个姐妹，说："反正你们都要买，这是我老乡，你们多挑多选。"

这一晚，方宝意外地在这里空包了。为表谢意，方宝特意问了那女郎的名字，她说："叫我芳芳吧！"方宝知道不是什么真名，但是还是谢过女郎，开心地往外走。

他刚出门，肩膀被人重重地拍了一下："兄弟，抢我生意来了？"

牛把草变成奶，牛人把货变成钱

方宝打了个冷战，一回头，一个陌生男子，笑容可掬地看着他。

“您是……”方宝疑惑地问。他没有想到在天津初来乍到，人生地不熟，会有人以这样的方式打招呼，他一时没反应过来这是开玩笑还是挑衅。

“鄙人姚志强！跟你同行，也是推销员！幸会幸会！”那男子说着把搭在方宝肩上的手臂放下来，把手伸到方宝面前。

方宝这才放下了紧张的情绪，大方伸手相握。

“是吗？那我真是太岁头上动土了。多有冒犯！多有冒犯！万望海涵！”

“呵呵，玩笑，别当真。我们是同行，但卖的东西不一样，能遇上就是缘分！”

“你们卖的是什么货？”

“喏，洗发水洗面奶沐浴露清洁套装！”说着姚志强打开货包给方宝看，“所以我们不冲突！再说了，其实推销并不在于卖什么，而是通过卖东西提升自我！”

“说得太好了！”方宝觉得真的叫作不是一家人不进一家门，每一句话都能在自己心里产生共鸣。

他们不约而同地说：“要不咱们进去喝一杯？”然后都哈哈大笑。

他们折返娱乐城，坐在吧台，叫了两杯啤酒，兴致勃勃地聊起来。

一聊才知道，姚志强还是大学生呢，他大学毕业准备和朋友一起去找工作，但是为父亲的病筹措医疗费，到天津姐姐这里找工作，一般的工作当然很难在短时期内实现医治爸爸的病的愿望，所以他不要坐办公室的，他要做销售。

他说：“我离开家时的想法就是，我能不能说，3 年……我不敢想 4 年，我想 3 年能不能赚到一桶金？能不能至少有点钱，保证父亲健康和安全？有一天，我找工作的时候，有家公司的招聘启事写得非常好：你想不想挑战高薪？你想不想实现梦想？世界上最大的机会，可以在短时间改变你的人生和命运。但是你要敢于挑战，愿意学习，不怕吃苦，甘心付出。”

“嗯，呵呵，这就算上道了，我也是这么来的！”方宝笑了。

“我以前我看到这种东西我觉得是骗人，但这次我看到这种东西刚好可以扣到我内心的需求。那一瞬间，我相信了。就好比有人说减肥产品怎么怎么样，我们本来是不屑一顾的，但是当一个人有变美的渴求时就会相信，是能被打动的。”

“对，到底是大学生，道理都说得透，我当时倒没想这么多，反正我也没得选。”方宝呵呵一笑，多苦难的往事，回忆起来总是很有意思。

“当时那经理我看着不到 30 岁，非常年轻。我一看这么年轻的经理，他跟我聊天的时候，我突然感觉，哇，几分钟，那种谈吐直接把我给征服了。这个年轻人出口成章，句句哲理，讲话非常有气质，非常有素质。”

“哦，这么巧，我遇到的面试官是我师父，也很帅很能讲。他都讲什么就把你征服了？”

“当时我一进来，他立刻站起身，彬彬有礼，因为他有我的面试单嘛。他先把面试单拿进去了。他说，姚先生请坐。他是西装革履，在我大脑里面那就是一个大公司的一个高级经理人的那种素质和形象。可是他居然这么称呼我。我第一次听有人叫我姚先生。我去面试过几次，都是叫我小伙子或者小姚，第一次，这个人叫我姚先生。”

“一种被尊重的感觉，是吧？”方宝笑眯眯地补充。

“是的。他跟我寒暄了几句后，问我有什么梦想。说实话，当时我的梦想处于混沌状态。我说，‘我有个梦想，赚很多钱，保证我家里亲人的健康和安全。’他说，‘好，非常好，通过简单的交流我知道，你是个有孝心有血性有追求的人。但是呢，很多人刚来的时候都是有血性有梦想有追求，有些人成功了，有些人失败了。’我问他，‘为什么？’他说，‘因为每个人成功的路是一波三折的。’”

“对。”方宝感同身受。

“他说你能坚持吗？你能吃苦吗？你能全身心地投入一件事情吗？你能够为了你的梦想百折不挠地坚持下去吗？成功的人都是百折不挠、坚持不懈的人，都是有信念和信仰的人。我当时听到他讲这些话的时候，哎，这个年轻人，这个老板是个会引导别人思想的人。那一瞬间我就肃然起敬！”

“跟我对我师父的感觉一样呢！”方宝忍不住叫起来。

“然后他给我讲销售这个行业。在这个世界上 80% 以上的成功人士都是干销售出身的。世界 500 强的 90% 以上的总裁和董事长都是销售起步的。在这个世界上有很多了不起的伟人都是干销售起步的，比如说华人首富李嘉诚，台湾首富王永庆，日本首富原一平，而且在这个世界上 80% 的富人都是做销售起步的。很多像我们一样一文不名的小伙子——”

说到这里，姚志强顿了一下，喝了一口啤酒，强调说，“他当时说像我们一样！你知道吗？因为他已经在当地成为总经理，这更让我相信他跟我一样是干销售起步的。他说，咱们这行业是属于那些真正想成功、能吃苦的追梦人的行业！”

“说得太好了！”方宝鼓掌，“我真的发现，推销可以改变一个人！我也遇到不少这样的例子！”

“因为我们见到很多人，所以说我们阅人无数；我们经历很多的打击，这让我们百折不挠；我们要讲很多的话，可以培养一流的口才；我们见很多人，培养我们的判断能力。在这个行业，我们在很短的时间从不自信变自信，从不坚强变坚强，从不成熟变成熟，从沉默寡言变得开朗大方，从笨嘴拙舌变得能言善辩！”

方宝几乎插不上话了，他感到姚志强有很强的说服能力，而且有一些代入感，让人不得不服，他说：“你的口才就很好啊！”

“可是你知道吗？我当时可是很内向，很不敢说话，看见女孩子都脸红的。”

方宝当然相信，因为他也是这么过来的。真正的高手，都会经历孤独的淬炼，经过艰辛的捶打，漫长的压抑过程所形成的巨大潜能才会喷薄而出。

“我感觉很好，后来呢，我们开始去拜访客户。当时是一个很瘦小的女孩子带我，她跟我讲了很多，她告诉我，她有梦想，她想成功。说实话我是不相信她的，因为她长得太瘦小了，但是我感觉她骨子里很坚强。第一天试工我很失望，我感觉这种销售遭到很多人的拒绝和冷眼，有时甚至被顾客伤到自尊心。”

“是的。”看着姚志强坦诚的眼光，方宝也不掩饰自己的情绪，说：“但我们挺过来了。”

“那时我感觉这工作不是我想做的，有点失望，想直接回家，不去公司了。她跟我说了一句话：我从公司把你带出来，我还要把你带回公司，这是我的职责。我回去复试，看见经理办公桌玻璃板下面压着一张照片，土里土气，甚至可以说傻了吧唧的样子。我说，为什么你会从这个样子变成现在这个样子？他笑了笑跟我说（他非常懂我的心思）：‘我知道，像你这样的大学生，自尊心是很强的，甚至有虚荣心，一般很难选择这样的工作。但是，要想获得人生的历练，你必须做件自己不愿意做的事情，你的生命才会快速改变。我们这个行业就是！知道吗？’他一下就把我看透了，我很佩服他，从此，我就打定主意做销售了。一开始，我非常不喜欢这份工作，我就是为了一个梦，为了达到一个目的——我想赚钱。那段时间我一直在煎熬，咬牙坚持。我身上带着父母的一张照片，照片背面我写着‘三年赚50万’。理由有三个：‘第一，我要保证老爸的健康、幸福。第二，父母太辛苦了，我让他们不再种地。第三，父母对我有很高的期望，我不能让他们失望。’每次我坚持不下去时就看看这张照片，看看背面的字。”

方宝一直没说话，这时忽然哭了，他想起自己的爹娘，泪水肆意流淌。

姚志强接下来又遭遇到的事情，方宝感同身受。

有一次，他遇见一个顾客喝了酒，说“那是什么东西啊”，把货给扔了，还踹了一脚。当时姚志强就觉得很委屈，说：“这工作我实在干不了！没法再干了。”因为从小长大，他没受过这样的委屈。他觉得经理人挺好，像家人一样，一定会像哥哥一样安慰他，就哭着回公司，满腹委屈地跟经理倾诉一肚子苦水。

可是经理没安慰他，只是问他：“你听说过杜月笙吗？”

“听说过。青洪帮的嘛，黑社会老大。”

“杜月笙小时候卖水果的嘛。他卖水果的时候，一些无赖吃他的水果又没给他钱……”

“嗯。”

“还把他打了一顿。”

“嗯。”姚志强擦了一把眼泪。

“小杜月笙当时从地上爬起来，一滴眼泪没有流，非常淡然、从容，把身上灰尘拍拍，把水果捡起来，继续往前走。”

姚志强不哭了。经理继续说：“我看到这儿的时候，就觉得杜月笙将来必然能成大事，后来他成为上海滩的风云人物，并不是偶然。上海市市长解决不了的问题，杜月笙解决得了。”

经理淡定地看着似有所悟的姚志强，最后强调说：“出来闯事业，其实是一样的。”

那一瞬间，姚志强感觉在这个环境里可以学会坚强，还能学到很多东西。因为这个地方跟他在家里是不一样的，这个经理对他的教育方式跟以前是不一样的。

“这是我人生第一次学会坚强。”姚志强看着方宝，笑着说，“我在想为什么我以前在父母身边受一点欺负就会得到他们的关心爱护，现在我受到欺负为什么有人这样跟我讲话？那天我要继续出去工作，我一定要出去，而且要做出最好的业绩。我上午哭着回去，下午擦干眼泪、带着产品出去销售。那天我的业绩还做得很好，带去的所有产品都卖完了。那天我长大了，那是我生命中的一道分水岭。”

方宝说：“这行里牛人真多啊！”

“是啊，牛人就是像牛一样，能把草变成奶，最牛的推销员就是把产品变成钱的人。”

姚志强又想起一个主管带他的故事。那时他刚入行不久，业绩不是很好，正垂头丧气往小街里走，刚好遇到当时的主管，是个姐姐，问他：“志强，这么晚了，你不回公司，要去哪里？”

“主管，我今天去的是一个鸟不拉屎的地方，业绩太差了，市场不行，要换个地方突破一下。”

听他这么一说，主管严肃起来：“没有不好的市场，只有心态不好的业务员！”

“是真的，我很努力了。”

“那现在，你随便挑一个地方，选一栋楼，你先做，我后做，做不好算我学艺不精！”

姚志强心想，这个牛皮吹大了，你虽然是主管，可我也是个男人呢，我成功不了，你也别想搞成。我先做，做不成也要让你搞砸。很快，他跑完一栋楼，卖出去三支洗发水，不买的也被他搞烦了。然后，他往旁边椅子上一坐，说：“主管，该你了。”

“你也别坐着，跟我一起去，看我怎么推销！”主管让他抱着货箱跟着。让他吃惊的是，在他敲过门的住户和已拒绝他的客户那里，主管居然一家一家把货卖光了。

从此，姚志强知道什么叫牛人，再也没有抱怨过市场，也不允许别人抱怨市场。

把稻草卖成金条

后来姚志强在北京开办公司，年轻气盛，行事张扬，不免引人忌妒。这时他最相信的朋友骗了他，下属携款潜逃，公司濒临破产。等他付完房租，发了薪水，还清货款后，他手上只剩下一百块钱。公司倒了，他食不果腹，每天省下午饭钱买报纸，希望能找到一线生机。

推销员的生命力是最顽强的，苦苦思索几天，他有了灵感。拿出仅有的钱，买了当天的主流报纸，跑到医院的妇产科。

在妇产科里，每天都有新生儿降临到这个世界上。年轻的父母看着刚出生的孩子，如果这时候向他们卖一份当天的报纸，是多么有纪念意义啊。20年后宝宝长大了，当他看到这份报纸，知道出生那天他所在的城市发生了什么事情，他一定很感动，这份报纸就成了无价之宝，世界上还有比这更珍贵的礼物吗？

姚志强和年轻小夫妻谈论这个话题，并把一份报纸放在他们手上时，这对年轻的父母眼神里流露出欣喜。这将是多么特别而珍贵的礼物啊，年轻的父亲毫不犹豫地买下报纸，还不忘夸了他一句："你是我见过最会做生意的人！"姚志强接过五十块钱，欣喜若狂，这一天他卖了十份报纸。五毛钱的报纸居然卖到五十块，这是很多人想都不敢想的事，一个推销员做到了。

"厉害厉害！引发他的兴趣，塑造价值，挖掘需求，再创造需求，推销就完成了。"方宝心领神会，不由自主地总结道。

姚志强还记得他带人的情景，一次是带一个刚入行的小姑娘，胆小羞怯，总是不敢见客户。姚志强问她时，她说："组长你不知道，有些客户可凶了，我好害怕呀！"姚志强说："没事没事，顾客就是一面镜子，只要我们态度好，他们态度也会好！"小姑娘还是不自信，姚志强决定帮她建立自信心，就带着她做示范。

那天不凑巧，敲开一家的门，露出一张男人凶巴巴的脸，吼道："又是你们这些人啊，烦人不烦人？"嘭一声关了门。

小姑娘马上说："你看你看，我没说错吧？多凶啊！吓死我啦！"

"没事没事，他是不了解，如果了解我们，态度就会变好的，"姚志强镇定地说，"你看我的，我再次敲门，会把他态度变好的！"于是砰砰砰又敲门，门一开，里面又发出连珠炮一般的怒吼："我不是说过吗？我不要不要不要！赶紧走！"嘭一声又关了门。

小姑娘说："组长，你看，这人像疯了一样！咱走吧！"

姚志强当然不能走，因为他明白，如果现在就走，等于毁了小姑娘一生，她一辈子都会有障碍；而如果他搞定了这个客户，她一辈子都会有动力。“我今天不是在卖产品，而是对一个人生命负责！”于是硬着头皮第三次敲门。

门马上就打开了，男人忍无可忍道：“你有完没完了？我不是说过我不要吗？你是不是非要我报警啊？我告诉你，赶紧走！再不走我真报警了！还不走？”

姚志强安静地站在那里，等他发泄完，气喘吁吁的时候，说：“大哥，我第一次敲门是想推销产品；第二次敲门是想赔礼道歉，第三次敲门，是想让你对我出气的。因为我也有个大哥，像你一样，一个人赚钱照顾全家，第一我觉得他很不容易，第二我觉得他很了不起。我也知道您工作压力非常大，今天我还打扰你，我们见面即是有缘，你就把我当成你弟弟出出气吧！”说完，老老实实站在那里，看着男人。

那人半天没说话，脸上的怒气淡了一些，也不好意思关门了，只好说：“我真服了你们了，进来吧！”

进到房间后，男人坐在沙发上就问：“你说什么东西吧！说完赶紧走！”

“大哥，我今天真没心情推销产品。你能买这么大房子，一定是个成功人士。像您这样成功的人不会轻易发火，今天您一定是遇到什么不开心的事了……”姚志强这样上下台阶都给他的圆融话，没说完那大哥就忍不住顺着台阶下来了：“不好意思，我刚跟我老婆吵过架，心情不好，我对你发火你别往心里去。你东西我也不要，你们走吧！”

姚志强一听就知道机会来了，立马搭腔：“哦！跟嫂子吵架了是吧？生命诚可贵，爱情价更高！我推销洗发水连续三次拒绝还是勇往直前，你们的爱情经过一次挫折能停滞不前吗？你们的爱情不会还没有我们的洗发水值钱吧？”

那男人一听扑哧乐了，“你可真能讲！你们什么东西拿来我看看！”

“洗发水三支一套，才 29 块 8。”姚志强赶紧递过去说。

“哦，30 块钱嘛！”男人说着从钱夹里抽出一张百元人民币，“给我三套，不用找了。”

“不行，我们公司规定必须找，”姚志强说着伸手掏口袋，“还真没零钱，这样吧，再送您一支洗发水！”

从那家出来后，小姑娘说：“组长你真行，超市那么多品牌的洗发水，都是大明星做广告，也没有人一下买10支的啊！”

“我在这行业，到第三年，我账户上出现了52万存款。我的目标当时定的不是50万吗？非常神奇的，反正它就是实现了。”

姚志强踌躇满志，方宝也备受鼓舞。

帮别人成功，自己才能成功

赛普公司推行的晋升有五级，从普通组员到领队、高领、组长，再到副经理，最后到经理。从领队晋升到高领，推销员除了自己业务水平过硬，还要能带好团队。

经过东莞、北京、天津几个地方的锻炼，方宝出色地完成了任务。在当地打开市场，为公司搜集到很多有价值的信息，也锻炼了外埠作业的能力。从普通队员成为领队，很快升任高领，经过半年的锻炼回到本部成为组长，开始带人，管理团队。

辛未已经到上海拓展这个巨大的市场，做得风生水起，以上海为核心，扩展至周边，俨然地方一霸。

林静在深圳的个人业绩遥遥领先，仅次于方宝。她不觉得她需要为谁负责，做好自己就行，因为这个，罗畅曾在例会上多次强调这个行业的特点，就是要靠大家，自己想获得成功，必须带领大家一起成功。林静作为一个优秀的推销员无可挑剔，只是在管人方面显露意愿不足的问题，现在即使做一个副经理，下面都似有微词。她带刚招聘的新人跟她出去，晚上就不告而别。

田长贵更是差强人意，不但把领队的资格弄丢了，在方宝手下当差也不积极。没有为公司做出贡献，他没有丝毫不安，被降职，或许有些不平。他每天依旧踩着慢四步，早出晚归，逢人就问“你要不要丝袜”。方宝对他这套做派也无可奈何，只得听凭他将“300 人的平均法则”奉行到底。

新人统一由王新月分配给不同的领队。刚招来的新人有如温室里的花朵，第一天出师不利很容易功亏一篑，因此将新人安排给谁带，对于他们的去留至关重要。新人愿意留下来，一段时间后做出好业绩，领队才有希望晋升。

这次招来的新人叫王东，是个很帅气的小伙子。浓眉大眼，双眼皮，高鼻梁，厚嘴唇，脸型刚毅，英气逼人，是个标准的小型男，不到二十岁。

深圳说大不大，不需要太长时间就可以将脚印盖满全深圳。田长贵发牢骚了：“上次扫过的那条街，还要去吗？”

“我的建议是可以去。”方宝委婉而坚持地应答，然后对新人们坚定有力地说：“上次拜访时，可能店员没在店里，你错过了；可能你碰到是他妻子而不是他本人；可能你去的时候他不想买，但这次他又想买了；可能你上次去他还没用坏，这次他又想要了。总之要拜访他们直到他们愿意购买，两次、三次、四次，不要怕别人烦。剃须刀为什么被生产出来，是因为男人需要它们，这就是它们存在的价值；我们的价值在于，让那些需要它的人不费任何力气就能得到它们。”

看着新人们崇拜的眼神，方宝心里有点满足感——没想到我也从一个新手，变成可以带人的师父。

方宝带他们扫泥罗街，这是第三次来到这个地方。分配完工作，他带着新招来的徒弟王东往前走，到一家五金店铺前，向右拐进一条逼仄的街道。徒弟有些局促不安地东张西望，半是好奇半是崇拜地看着方宝，第一天上班的新人往往都这样。他得让他们见识一下自己推销的神奇魅力。

因为他知道，如果师父第一天搞砸了，徒弟就会落荒而逃，这对公司是不小的损失。

走过一家熟食铺，一个腆着大肚子的男人笨重地追出来，身上披着一件油腻的白大褂，笑着递给方宝一只鸡腿，“小弟，又过来了，来，吃个鸡腿！”

方宝一看，坚决地摆摆手，“刘哥，你别客气了，我刚吃完饭。”

王东见状问道：“你们很熟吗？”

“不熟，上次卖剃须刀认识的，哈哈！”刘哥搓着满是油渍的手，看了一眼方宝的新徒弟，“新带的兵吗？好样的！”说着回到店里。

“你们真是推销时候认识的？”王东问方宝。

“是啊，上次在这条街上，一个老板见到我就骂，举起扫把追得我满街跑，刘哥看不过，拉我进了他的店。我跟他聊了几句，他就买了剃须刀，人挺好的。那个追我满大街跑的人，就在对面开水果店，喏，就是那家甜甜蔬果店。”他指着对面的店铺说道。

“你不怕吗？”王东怯怯地问。

“有啥怕的？人家只是心情不好，没准头天晚上被老婆骂了一通，儿子闯祸了，吃东西吃坏肚子了，正想找个人撒气，哪能计较那么多。每天都碰到这样的人，怕他我们就没饭吃了，怕他我们就饿死了。走，我们拜访下一家顾客！”

方宝倒不是刻意装不怕，一开始也忐忑不安，后来经历多了，就习惯成自然。

熟食店的隔壁是一家干洗店，门口坐着一个男人，正和一个三四岁的小女孩玩球。他上前打过招呼后，蹲下身子逗小女孩，小女孩张开小嘴笑个不停。趁这爷俩高兴的当儿，方宝赶紧递过去一只剃须刀，“喏，试试这个剃须刀吧，用它剃胡子可干净了，胡子也不会硬扎扎的，和女儿在一起就不会扎到她了。”

小女孩口齿不清地自言自语：“爸爸的胡子扎人，扎得痛，我不要爸爸亲亲……”

男人尴尬地笑笑，挠挠头干咳了两下，“你这剃须刀真能把我的胡子刮干净，不留茬？”

“那当然！”方宝高声说道，又对小女孩说，“喜不喜欢爸爸胡子刮得干干净净的？”

小女孩胖嘟嘟的小手指着父亲，“爸爸胡子扎人，扎人！”

男人端详着剃须刀，上上下下正面反面地看，正准备掏钱时，他老婆趿着鞋走出来，披头散发，怀中抱着一个婴儿，一看就知道是一个成天忙于家务、照顾孩子，无暇拾掇自己的家庭妇女。她扯着嗓门叫道，“又买这劳什子做什么，别买啊。”

男人飞快地将剃须刀塞给方宝，逗弄小女儿，低着头不说话。

“要买，要买的，你不买我都要买。”

方宝扭头一看，竟然是甜甜果蔬店的老板。

“这小伙子卖的东西很好，态度也不错，要不然人家干吗三番四次地往咱们这条街上跑？”果蔬店老板乐呵呵地说，惊得方宝颠三倒四的。

“没钱！”他老婆砰的一下放下水壶，硬邦邦地说。

“那我买一个！”果蔬店老板掏出钱。“那次追着你打真不好意思，那天我脾气有点坏。唉，上次你过来我就想买，就是拉不下面子。”

“谢谢你！”方宝大喜过望，收下钱，递过一把剃须刀。果蔬店老板喜不自胜，乐呵呵地朝邻居说道，“赶紧买一个，你上哪儿碰到这么用心的小伙子，相信我，买他的东西错不了。”

方宝心头一热，原来还担心碰到他怎么办，现在这个顾虑完全消除了，而且他还热心地帮自己。推销真是折磨人，一半是海水一半是火焰，一边是炼狱一边是天堂，一面是痛苦一面是喜悦，一会儿是煎熬一会儿是享受。

小女孩的爸爸按捺不住，“那我买一个。”不顾女人瞪他的眼神，他痛快地掏出钱。

中午大家约好在快餐店集合，队员们笑着说上午发生的事情。徒弟王东眼尖，一眼看出别人卖的是丝袜，方宝还在卖剃须刀，问道：“师父，怎么只有你一个人在卖剃须刀？”

“剃须刀不是说不卖了吗？”田长贵也看着方宝，“再说那东西卖了这么久，早就卖不动了。”

方宝说：“没办法，清货时还有最后一批没处理完，总不能把它当垃圾扔掉吧。”

“呵呵，就你能，垃圾在你手上也能变成钱。”田长贵语气微酸，方宝也懒得理他，任由他闹别扭去。

你一言我一语，说得很热闹，徒弟听得目瞪口呆。从王东惊羡不已的眼神里，方宝判断这小子肯定被自己收服了。很多新人第一天外出作业受不了辛苦、经不起打击，临阵脱逃，这也是赛普每天招人的原因。如果看到师父轻松搞定客户，他们就有信心。

深圳的雨天是很多的，但是新来的业务员往往觉得下雨天就不用出去了，这样的话当然会有很多时间待在家里，业务也就无法开展。王东是挺聪明的，但是有新人的所有毛病，怕见人，怕说话，找个借口就不出去了。方宝想这不行，这样就把孩子耽误了。

这一天，大雨瓢泼，狂风大作，有些树枝都被吹落了，王东带着一帮人早早就抱着头跑回公司交差，没卖出几件货。借口是外面下雨，没客户，大家都觉得很有道理。

方宝看着他们，二话不说，背上货包健步出去，跳进厚重密集的雨幕之中。王东低着头讪讪地跟着，刚把伞举起来，方宝说：“我不用伞！肚子里的饭会被雨打死吗？”

王东只好自己打着伞，跟在后面。那帮新人一个个呆若木鸡，在公司门口傻傻地站着，眼睁睁看着方宝带着王东奔出公司大门，身影还没有消失在茫茫雨幕中，他们就瞪大了眼睛——因为方宝没走远，就在公司对面的一家五金商店门口站住，冒雨推销。老板摆手不要，方宝略一坚持，老板看见外面风雨交加的，好像于心不忍，居然就买了。

后面几家店铺，有的已经关门了，方宝还是一家不漏，挨家挨户敲开门，站在雨中热情不减地打招呼，介绍产品，五步八点，一一施展，居然能感动十家店的七八家。

王东在身后默默看着，深受感动，伞也不打了。两个人淋成落汤鸡，站在公司门口惴惴不安又感动不已的新人们彻底折服了。从此再也没有人拿下雨没客户当借口而不出门作业。

CHAPTER SIX

留下的才是精英

推销员卖的不是产品，而是你这个人。推销没有捷径，也没有坦途，唯一的办法就是走更长的路，敲更多的门，见更多的人。多难走的路也不怕，再难敲的门也能敲开，顾客再刁难、挑剔也能一一化解。做人比做事更重要。

工作是把雕塑刀

不知不觉，在方宝和徒弟们的艰辛而充实的磨炼中，秋天不经意地就过去了，每个人都有与自己挥洒的汗水相匹配的收获。所以大家都无怨无悔，辛苦付出，终有回报。时间很快，冬天的寒气降临在中国南方，这里虽然没有冰天雪地般的塞外风光，却透着乍寒还暖的清新。

眼看着春节的气息越来越浓，走在大街上，不时碰到背着大包小包、行色匆匆的人，脸上带着藏不住的喜悦。有钱没钱，回家过年，对于这些背井离乡来深圳谋生的人来说，忍气吞声，没日没夜地工作，不就是为了在春节和家人一起热热闹闹地吃上一顿团圆饭，给家里添点新物什，给亲人置个礼物，给孩子买件新衣裳吗？

看着他们的包里塞满衣服、玩具、文具、食物，方宝心里却酸酸涩涩的。

他们都回家，自己怎么办呢？他犯愁了，这是节前上班的最后一天，明天大家都将登上列车踏上返乡路，他却是有家不能回。和爹娘怎么说？一个人回去，爹娘肯定要问起，能说阿蓉跟人跑了吗？这个事情一旦传出去就会闹得沸沸扬扬，如果让全村人都知道了，春节后自己可以一走了之，可是爹娘的老脸往哪里搁？爹一生爱面子，把名声看得比命还重，老头子一拗起来就像爱斗的公鸡，脸红脖子粗起来还不得跟人干仗。

方宝决定不回家，给爹寄了五千块钱，给儿子寄了两个玩具，打电话支吾着找了一个不能回家的借口。

这一天虽说正常上班，但大家个个归心似箭，公司放了半天假，大部分的人都上街买东西，置办年货去了。

到深圳才一年，方宝的生活被搅翻了天，世界像坍塌了一样。他在街上漫无目的地闲逛，看着十指紧扣的情侣，心里一阵阵发涩。

一年前和阿蓉刚到深圳的时候，她小鸟依人地挽着他的手，好奇地东看西看，不住地问这问那，像个不懂事的孩子。

经过一家甜品店时，她指着一盒怪模怪样的东西问这是干什么的呀。

“龟苓膏啊。”店主答道，一边笑眯眯地递给她。

“没吃过，我要尝尝。”她接过龟苓膏，快活地吃着，咂咂嘴，嚷嚷着，“嗯，真好吃。”她挖了一大勺送到方宝嘴里，一股清苦味顿时在舌尖蔓延开来。

那时她笑得很甜，仿佛他就是她的整个世界。

方宝出神地望着摆放在柜台里的龟苓膏。

“小伙子，来一碗吗？”老板娘热情地招呼方宝，把他从遐想中拉回到现实。

他点点头。龟苓膏落在掌心里，凉凉的，他拿起勺子，轻轻地搅拌，放入口中，苦涩顿时像海潮一样席卷过来，正如他的内心。

“好苦！”方宝皱着眉头说。

“这个不苦啦，要不然再加点糖。”她说。

他摇摇头，这苦涩又岂是加糖就可以变甜的。他将龟苓膏放在打包袋里，沿街继续往前走。平日除了工作方宝很少出门，转来转去竟然又回到宿舍。宿舍里大家正忙着收拾行李，这种情景只会让他平添烦忧，他晃晃荡荡居然溜达到了公司。公司空空的，沙发和茶几上散乱地堆着一叠东西，王新月七手八脚地整理账目，忙得不亦乐乎，一抬头看到方宝，惊喜又疑惑地说，“你怎么回公司了？”

“刚好转到这里。”

“你……不回家吗？好像都有人上火车了呢。”

“我……不能回去。”方宝黯然道。

王新月目光复杂地看了方宝一眼，突然像做了一个什么决定，“不回去也好。”她展开一个微笑。

方宝一愣，坐在沙发上，帮她收拾散落到地上一堆文件，问道，“你什么时候回去？”

“我？我……不回家。”王新月支支吾吾地答道。

“为什么？”方宝抬头惊愕地望了她一眼，“我是有家不能回，你为什么不回啊？”

“你既然不回，我就不能不回吗？”她避重就轻地说。

“你这丫头！好不容易过年，父母盼着你回家聚聚，你怎么说不回就不回呢！”方宝情急开口。

“我妈是后妈，对我不好，不想回家。”她别开脸说，方宝只当她不开心，顿觉自己多嘴，“哦”了一声，有点替她难过。

“那我陪你过节吧。”他俩突然异口同声地说道。

他看她的脸上露出惊喜，一双水灵灵的大眼睁得大大的，过一会儿则微微弯起，透着甜甜的笑意，他心里也一甜，有种说不出的感觉。

“好啊。”方宝答应，只是突然觉得有些不好意思，遂说道，“公司应该还有人不回的。”

“嗯。”她淡淡应了一声，低下头，五个手指在计算器上下翻飞，噼里啪啦乱响。

“你还有很多工作吧？”

“有点，差不多还要两小时就能做完了。为了赶这些账目，我午饭都没吃，现在都快饿扁了！”她哀怨道，“你有什么可吃的东西吗？”

方宝从茶几上拎出打包袋，一想刚才自己吃过一口，只好呆住不动。

“有什么好吃的，赶紧拿过来。”她一看就乐了，夺过打包袋。

他抱歉地笑笑，“就是龟苓膏，刚才吃了一口。”

“没关系，我不介意，赶紧拿过来！”

他不好意思地说，“我去楼下给你买点东西，你等着。”说着赶紧到楼下打包了一盒炒牛河，是她最喜欢吃的，刚走到门口，听到马经理的声音。

“新月，春节你回家吗？”他问着，语气令方宝有些不舒服。

“当然回家啦！”王新月理所当然地答道。

“哎呀，要不你就别回家了。春节在这里，我给你算加班，工资三倍发放，怎么样？”马经理提议道，那语气有些不怀好意。

“马总，我妈昨天刚给我打电话，一直催问我什么时候回家呢。”王新月语气中透着不高兴，但也不好直接翻脸。

“春节这几天，你也不用做什么事，就是陪我到处走走逛逛，怎么样？很轻松吧！”马经理死缠烂打。

“实在没办法，其实我妈今天早上还打电话催我回家，不信你看这里还有我妈打过来的电话记录呢。”

“哦，”马经理有些没面子，“那就回家吧，路上小心，也替我向你父母拜个年，问个好！”马经理甩甩手，从办公室走出来，见到方宝便点点头。方宝回了一下，心里却感到马经理说不出的陌生。

“一定带到，谢谢马总！我也提前给您拜早年，新年大吉！”王新月高兴地说。

“大吉，嗯，你也大吉！”马经理头也不回地朝楼梯口走去。

王新月这丫头，她得罪了马经理，会不会吃苦头？方宝不由得有些担心，可是自己又无能为力。

不过她刚不是还说不回家过年吗？难道她刚才是说谎，实则特意留下陪我？方宝赶紧摇摇头，驱逐了这份幻想。

他把炒牛河带上来，王新月很开心，好像忘了刚才的不愉快，一会儿工夫就吃完了。他看她吃得开心，也不由得展颜一笑，而那笑容沾染了一丝苦涩。

2000 年的春节，全世界的人们都沉浸在世纪末的隐约恐慌和对新世纪的无限期冀之中，空气中都洋溢着一股喧腾不息的躁动。想一想整个春节窝在宿舍也不是事儿，方宝索性陪她去了。

到了世界之窗的门口，方宝要去买票，王新月拉住他说："大哥，今天是你陪我，不是我陪你，所以是我雇你，我出钱，听我的！"

方宝笑一笑，只好顺着她。

进入世界之窗正门后，可以看到一个环形的舞台，舞台中间一个大铁球，后面是仿制法国巴黎的埃菲尔铁塔。这么著名的世界建筑，方宝以前只是听说，现在看见这个大黑铁，从塔尖到塔基是简单的大曲线，没觉得有啥好啊，只听王新月在旁边悠悠地说："这塔是以设计师的名字命名的，代表着当时欧洲正处于古典主义传统向现代主义过渡的特定时期。这跟我们中国的现在有某种相似之处。"

"哦，你还挺专业啊！"方宝意想不到地看着王新月的鹅蛋脸，酒窝隐现，一种智慧聪颖之气呼之欲出。

"其实你不知道，我是学艺术设计的，只是机缘巧合，来到赛普，实际上，人生就是一个设计作品，每个人都是上帝起的毛坯，然后每个人自己去雕塑。而我们的工作正是上帝给我们的雕塑刀。"

如果不是以前读书多一点，方宝会接不上话，但是他现在明白她的意思，"那么你认为推销行业是最锋利的雕塑刀？"

"是的，这也是我选择的理由。我在这里，虽然没有直接做销售，但是为他们服务也是我的乐趣，我也一样雕塑我自己。我看见无数的人因为这个工作，剔除人性的累赘、惰性，每一个成功的业务员，都是把自己最好的品质显露出来的人。他们干练，自信，坚韧，团结，待人平和，谦恭有礼，有爱心，有魅力。"

"厉害厉害！"方宝到现在才发现，赛普公司真是藏龙卧虎，每个人都了不得。但是他忽然想到什么，"那么马经理呢？田长贵呢？"

王新月想了想，平静地说："你得允许人性弱点的存在，因为这是事实，你不能指望每个人都能彻底地面对自己内心的所有缺点，克服不了，只好被那一方面的问题牵绊。”

“那你不接受儒雅多金的马经理的地方是什么？”方宝好奇地问。

“虚伪。”王新月想都没想，做出两个字的评价，继续她自己的话题，“然后，我们还是做好自己，我们只能为自己负责，没有权利去看别人，那是上帝的事。除非你在经理的位置上，那么管理员工才是符合你的职责，但是前提，还是先管好自己。”说着露出一丝气愤，方宝知道，那是因为马经理。

“呵呵，你信基督教？”

“没有了，我没有刻意信什么宗教。只是人对人性本质有信仰，才会有坚定的理由。不然我就不理解你的坚持是为什么。”

方宝忽然不知道怎么回答这个问题了。是啊，我坚持是为了什么？为了圆圆，为了爹娘，为了……

现在是春节，人们大多在家过年，这里的游人反而不多。他们从容地逛了比萨斜塔、泰姬陵、狮身人面像、巴西耶稣山、美国白宫等名胜，一方面长了见识，惊叹世界名胜的绚丽多姿，另一方面，和王新月无比深入靡遗巨细地交流着，令方宝将烦恼都抛在脑后。

他越发觉得，自己以前所过的日子都浑浑噩噩，就像这世界之窗的微缩景观，尽管什么都知道，但是什么都不彻底。

王新月是个聪慧善良的女孩，她打开了他心里浩瀚真实的景观，那是上帝的杰作，而不是人为的设计。即使在深圳这个大都市，依然保持着清新的本色，令他觉得很难得，只可惜自己已经有了老婆孩子，怎么能再有什么非分之想？他只是和她维持着朋友的距离。

一连几天，他们四处闲逛，很快春节就在隆隆的鞭炮声中渐行渐远。

误闯黑社会堂口

新世纪的第一个春节，方宝也没觉得世界有什么不同。记得小时候广播里天天都喊着向21世纪进军的口号，以为世界会有什么翻天覆地的变化，可是日子就是日子，没有自己的努力投入其中，什么都是一样的。而这个体会当然是因为这半年来自己的辛苦付出所获得的位置而得到的——世界还是世界，而他不一样了！

新年伊始，方宝给自己定了一个目标，每天拿第一。WWI界奉行“四不准则”：不挑地区、不挑客户、不停见人、不漏一人，事实上他超越了这个标准，又加了一条——他可以做到不吃不喝做推销。

他带着这样的信念来到公司，不料让他吃惊的是，师父罗畅笑吟吟地坐在总经理办公室。一见面嘘寒问暖之后，罗畅告诉他，马经理从政了，所以公司交给他了。方宝像听天方夜谭一样，也不是不信，只是觉得与己无关，无所谓了。

罗畅说：“这就是我们这个行业的魅力，可以让人得到全方位的锻炼，你看从个人素养，人际关系，市场行情，乃至社会潮流、民心所向，都会有深入的洞察，如此才会让自己的生命进入一个无限可能的境界。所以我们好好干，未来会大有作为！”

师父毕竟是师父，方宝对于官场没有什么感觉，但是师父一席话，让他对于自己的未来充满期待。

“我们计划在东莞开分公司，前期我主抓，你是有经验的。你想不想去东莞？”罗畅开门见山。

“去东莞当然好啦，能和师父待在一起，我不高兴才怪呢。”方宝说完，内心欣喜之余忽然有点不舍。

“那好。我就去那边带你一段，然后交给你，”罗畅临时想起什么，补了句，

“那边刚组建，缺文员，我想从深圳调拨一个，你看谁合适？”

“我觉得王新月做事挺负责的。”方宝试探地说。

“嗯，她的确有经验，做事也细心，那边刚开始事多，就让她去吧！”

第二次到东莞，方宝就能和罗畅一比高下，这是他藏在内心深处的小秘密。罗畅是他的偶像，能超过他，那将是无与伦比的骄傲。人有了目标，就会有行动的动力，有工作的热情，有上进心，这是成功的开始，没目标没志向的人，长久混下来也不会有什么发展。

东莞的冬天，只有三四度。虽然没有老家那么冷，还是有些凉意的。方宝和师父罗畅已经很久没有同室而眠了。这分分合合的师徒缘又续在了一起，他们睡上下铺，晚上聊了很多，聊事业，聊人生，聊未来的发展，他知道师父罗畅想往培训方面发展，因为师父说培训可以直接让更多人受益，这让方宝眼界大开。罗畅也发现方宝已跟刚来时判若两人，成熟稳重，见多识广，用他的话说，是练出来了。

夜深人静，其他同事呼呼睡去，他们压低声音，对方一声喉咙间的咕噜都可以听得清楚，一个翻身的动静都能熟悉到他现在是什么姿态。他们在对彼此的深入理解和认可的喃喃细语中进入梦乡。

方宝在睡梦中被什么动静惊醒，睁眼看时，师父罗畅正拿着一个洗脸盆往洗澡间走，一条雪白毛巾搭在肩上，健美的身躯在朦胧的晨光中犹如罗马米开朗基罗的大卫雕像，线条起伏，肌肉饱满。在深圳的时候就知道师父罗畅爱干净，每天都要冲澡，而且是早上冷水澡，晚上热水澡。可是现在是冬天，气温寒凉，方宝睡眼惺忪地悄声问：“现在这天气，还要冲冷水澡啊？”

“根据中医的理论呢，因为晚上是阴气上升阳气下沉，这个时候泡个热水澡是合适的。”学识广博的罗畅压低声音，“而早上起来，是阳气逐渐上升，阴气逐渐下降，这个时候可以冲冷水澡。”

已经形成习惯的罗畅，在东莞寒凉的空气中走进洗澡间，方宝知道，这其实是在磨炼意志。他于是也鬼使神差地下床，跟师父一起冲。在宿舍的浴池，他感到冷水从白色莲蓬喷头里浇下来，从头顶到脖颈肩膀，再到胸腔，腹部，顺腿而下，是一股寒气。同时，为抵挡寒气，腹部似有一股能量自动迎上去，充满身躯，与那肌肤上的凉水相遇，激起一身冷战，让人心志高昂，神清气爽。

隔壁格子里的师父被冷水刺激到的时候禁不住高呼："好热啊！好热啊！"似乎这么一喊，真的就浑身发热。罗畅说："这就是心念的力量！"

方宝喊不出来，但他一整天都感到精力充沛，行动如风。

带着徒弟们一到东莞，方宝开始希特勒式的疯狂推销，徒弟们跟着他一起发疯。他推行"闪电战术"，领货快、吃饭快、走路快、出货快，从来不多花时间，哪怕一分钟也不花在无关推销的事上，即便生病了，他也绝不窝在宿舍。他始终相信，和人打交道，病反而好得快，意志是治愈疾病最好的良药。罗畅作为经理无须上一线，方宝一出师就是大满贯，搞得下面的人不敢马虎，纷纷把他当成挑战对象。东莞虽然成立不久，但不管士气还是业绩都直逼深圳。

方宝在大风大雨天也出门。走在水齐腰深的街头，浇得像个落汤鸡，头发和衣服湿淋淋地不停滴水，嘶哑着嗓子，照样一家一家敲门，这个时候成交率反而超高，几乎一敲门一个准。大雨瓢泼，一个人敲开家门，热情似火地介绍自己的产品，谁能拒绝这样感人的场景呢？如果拒绝，那他一定是铁石心肠。

人见多了，方宝几乎能在第一秒钟就能判断对面走来的是哪里人，是南方的？北方的？中原的？当然这里南方人多，广东的？广西的？都能大体知道。更厉害的是，他左右顾客的情绪，想让他笑他就会笑，想让他哭他就会哭，以至于王东竖起大拇指对他说："你哪里是推销，明明就是抢钱！"

方宝的狂热大大激发了队员的热情，不管新人还是老人个个都想争上游，生怕掉了队。你追我赶的劲头连罗畅都啧啧称赞，方宝干得更起劲了，起早摸黑，废寝忘食，晚上开例会时，嗓门喊得比谁都亮。

在外面作业，流氓、小偷、劫匪、骗子，三教九流都可能碰上，碰到这种人，第一要保证自己全身而退，第二保证货物完好无损，得脑子转得飞快。说说容易，做起来又是一回事，碰到棘手场面，那就不是能不能成交的问题，而是性命攸关的危急时刻。

方宝自恃功夫高强，什么地方都敢闯，铁锁高挂、大门紧闭、院里有狗，都不能阻止他敲门的决心。这天他在一户偏僻的院落敲了半天，无人应门，轻轻推推门竟然开了。他想门开了当然要进去，右脚刚踏上门槛，暗叫不好。

首先映入眼帘的是一个上身赤裸，胳膊上布满龙形文身的家伙，留着莫西干的发型，就是两边剃光中间留一道刺猬一样挖挲着的头发。发胶浇筑得硬邦邦的，一双眼睛有如刀子般锐利，直接插在方宝突突狂跳的小心脏上。旁边整齐站着二十多个穿黑西装的年轻人，头发奇形怪状的，什么颜色都有，就是没有黑色的，他们齐刷刷地一起对准方宝。

难道这就是传说中的斧头帮？方宝顿时感觉全身发冷。

“你是干什么的？”莫西干一声厉喝，就像要撕碎方宝。

方宝想这回完了，闯进贼窝了，但要淡定，过了两秒钟，他突然傻呵呵地笑起来：

“啊，我想起你了，你是香港那个演电影的，叫什么来着，哈哈，我终于见到真人了，你们在这儿演戏的吧？”

莫西干先是一愣，随后摸摸自己瘦长的刀条脸，哈哈大笑：“嗯嗯，我是演员呢。”

“你们演得真好，和电影里的一模一样，我是上门推销的，不打扰你们演戏了。”方宝故作镇定地向后退。“你卖什么的？”莫西干似乎对方宝的恭维有些受用。

“就是洗发水，各位要不要来一支？能认识大明星是我的运气，我就赠送给几位啦！”

“嗯嗯，正好，我们也需要，兄弟们一人一支，钱是一定要给的，这个面子不能丢！”

旁边有个马仔闻言过来拿了货，给钱。方宝道谢，轻轻地合上门，一出院门，撒腿就跑，跑出百米之遥才停下来，拍着突突直跳的胸口直喘气。在外做推销，你永远不知道门后面站的是谁，是黑帮，是暴跳如雷的醉汉，是怒气冲冲的主妇，是要打 110 报警的无聊男，总之什么人都能碰上。所以永远要有十二分的智慧和处变不惊的冷静，然后以发射卫星的速度运行 CPU 才能和他们斗智斗勇。

方宝经历这次遭遇后，再碰到看门狗，或者有人拿扫把追赶，这类的遭遇都是浮云了，起码没有性命之忧。

方宝愈加精神抖擞，热火朝天，把推销事业做得风生水起，也开始逐渐摸索着带徒弟的经验。与此同时，那天在世界之窗王新月的话也让他陷入思考，做这些，即使事业做大，究竟为了什么？自己需要的只是把老家爸妈的房子翻盖一新，现在这已经不是问题；然后把孩子接来，有钱总是会解决很多现实问题的。然后呢？对了，好兄弟杜永泽，那个家伙在干什么呢？还在陶瓷厂吗？还在给罐子上色吗？每月领 180 块钱，嘴馋了出去吃三块钱一份的盒饭？怎么没想起他呢？对，明天给那家伙打个电话，让他过来，让他干推销，肯定比陶瓷工人要强。

现在正是公司用人的时候，跟罗畅一说，他立马同意。

他拨通陶瓷厂的电话，找杜永泽，不一会儿，电话那边响起熟悉的声音：“方宝啊，你现在混得不错吧？”

“总之比在厂里好点吧，真没想到你还在这儿啊。”

“没办法，你说我们能去哪儿啊？又没文化又没技术的。”

“老杜，你信我吗？”

“呵呵，那还用说？你一打电话我就知道，你小子一定是混出名堂了，我是随叫随到，跟你干啦！”

杜永泽心直口快，没等方宝邀请，就主动答应了。方宝也很开心，只是有一丝隐忧，算了，来了再说吧！

好兄弟一样严要求

第二天，杜永泽就拖着一只旧箱子到了。还是那张胡子拉碴的脸，一看到他，方宝满心欢喜，让他填了员工登记表。

杜永泽乐颠颠地四处转悠，坐到方宝的办公椅上不停地转啊转。

“你小子发大财啦？”

“没有，就是帮别人管管公司而已。”方宝根本无法掩饰自己的喜悦和骄傲。

“还而已呢，升官了就升官了，发财了就发财了，说说给我的是什么差事啊？”

这小子不会以为过来打秋风的吧，方宝得赶紧扑灭他这个念头。“跟我一起干推销吧。”

“好。”他不假思索就同意了，回头看见整理文件的王新月礼貌地冲他笑了一下，不由心头一动。

第二天方宝带他扫大街，一路上跟他说自己这段时间的心路历程，这个光屁股一起长到大的老乡，似乎很难理解这半年他的变化。他好像受了天大的冤屈，气鼓鼓地说：“你就让我做这破事儿？”

方宝诚恳地说：“我也干这个啊。”

挨家挨户敲门，一个上午东西卖了一大半，方宝拉开背包让他看，对他说，“你看，这个好做吧，你要做成我这样，一月能挣好几千呢。”

最后那句话调动了他的神经，整个人像打了鸡血一样激情澎湃，“那我跟你干！”

三天后方宝没带他，让他跟别人跑，晚上一回到公司就大倒苦水。

“这是什么狗屁工作？把我骗到东莞来，我还以为你当经理，能给个一官半职，我还得和那帮小子东跑西颠，到处看人家脸色。”

杜永泽怨气冲天，像机关枪一样呼呼扫个不停。

“你先别这么生气，我也是这么熬过来，你看现在不挺好。”方宝看着杜永泽一副半死不活的样子，笑着宽慰他。

“你真是这么干出来的？”杜永泽一脸不相信。

“那你以为这经理是我爹给我的？给你看一样东西。”方宝脱下鞋袜，光出一双脚给杜永泽看。脚趾头上指甲全部脱落，原来长指甲的地方变作灰白色，小脚趾头弯曲得像秤钩。

“天哪，你这还是脚吗？”杜永泽惊呼。

“你知道我每天要走多少里路吗？”

杜永泽茫然地摇摇头。

方宝伸出四个手指头，“四十。”

“你知道要拜访多少个人吗？”

“300 个”，杜永泽说，“昨天例会上你这么说。”

“我的最高纪录是 474 个，比公司要求的还要多，至今公司还没人破我这个纪录。”方宝得意地说，“我们推销员个个都是这么熬出来的。工资高我没有骗你，是实打实地干出来的。”

“可这工作也太寒碜了。”杜永泽叹一口气。

“每天猴在工厂就体面啦，每月领 180 块你就体面啦。你是我最好的朋友，没有理由不帮你，让你过来就是想你也能过上好日子。”

“唉！”老杜未老先衰的脸上显出一种心不在焉的表情。

“相信我，你看到咱公司的推销员，个个能说会道的，见一个卖一个，见两个卖一双，那可都是我一手带出来的。”

“这么厉害！”他眼中又燃起了希望。

“那当然！哈哈，你不是还没女朋友嘛。拼上一年，有钱了要好房有好房，要美女有美女，怎么样？”方宝对此深信不疑。

“那你呢？嫂子现在有着落没？”杜永泽顺势问了一句。

“嗐，别提了。”方宝只有这一个说私房话的老乡，忍不住跟他说了酒店巧遇的事。

老杜也摇头，叹了口气，说：“变了，人一到大城市都会变的呀！”

“什么都在变，问题是往哪里变？是变好还是变坏？这是自己说了算的。”方宝认真地说。

老杜咳咳了两声，没言语。

方宝带的人，个个都是一等一的高手，一个月打钟空包，两个月直冲领队，但这次他高估了自己，也高估了杜永泽。一个人如果没有真正的热爱，如来佛祖也帮不了他。这个道理，方宝后来才知道。杜永泽经过这番鼓动，心里嘭地燃起一团火。方宝铁了心要把杜永泽调教成推销之才，决定亲自带他，手把手地教。

出去作业，方宝在后面看着他，他只能硬着头皮一家家敲门，当然方宝也不能总看着他，也要卖货。吃午饭时方宝三下两下扒完饭，杜永泽慢条斯文地嚼着食物，方宝不得不催他，“快点吃，我们还要抓紧作业。”

他本来想磨蹭一下，见其他几个队员都吃完饭，每个人都看着他，也不好意思磨蹭，往嘴里胡塞几口。他碗筷刚放下，其他人就已经走了出去。方宝让他赶紧跟上，一齐拐进一个巷口。

“我今天的任务就是监督你。”

方宝不含糊，看他磨洋工，不当监工是不行了，逼得他不得不加快脚步往前走，想磨驴都不行。这是一户独门小院，几个脑袋圆圆的人在院子里大榕树下围在一起品茶聊天。茶几上放着茶壶，茶杯，闻香杯，茶托，茶盘一应俱全的工夫茶具，一水儿的宜兴紫砂，茶香飘出门外，清爽扑鼻。茶几旁边立着一个茶色的暖水瓶，矮墙上是几株奇形怪状的盆栽。来不及赞叹这神仙洞府的逍遥日子，方宝冲杜永泽使了使眼色，他不乐意地说：“人家正玩得高兴，咱去卖东西，会不太好吧？”

“不漏一人是我们的推销原则，你赶紧去！”

方宝低声但是坚决地督促着，但是看杜永泽还是站着不动，只好自己走上前，兴冲冲地和人打招呼：“几位神仙，好悠闲的日子啊！”一只脚就踏到茶几边上。

“哦，呵呵，你有何贵干？”一个主人模样的大头哥仰脸问到，然后忽然变色，“小心暖瓶！”

“我是——哎哟！”

只听咣当一声，方宝还没说完自我介绍，暖水瓶已经被踢翻在地，热水从活塞弹出的壶口喷溅出来，方宝刹那间感到脚上火辣辣的痛，脚背好像被千万只毛毛虫蜇过，又觉得像一只狮子正啃他的肉。他赶紧脱下袜子，脚背瞬间膨胀起来，形成一个透明的大水泡，看起来触目惊心。

几位茶友拿毛巾的拿毛巾，递凉水的递凉水。方宝强忍灼痛，让杜永泽扶着他用毛巾蘸了凉水，轻轻地敷上。感觉好些后，他一瘸一拐地回到桌边，继续介绍产品。一个中年妇女使劲摆着手说不要，要轰他走，她老公开口了：“你看这小伙子多敬业，脚都烫成这样了也不去医院看，我看还是买一套吧。”

从院子里一瘸一拐走出来，他让杜永泽扶着找门诊。水泡已经磨破，表皮就像吹破了的气球，蔫巴在皮肤上。医生涂了药水和消炎膏，一再叮嘱方宝不能多走路。一出小门诊，方宝又拔腿就跑，抓紧时间，一瘸一拐地朝下一户人家走去，杜永泽只好跟着，老老实实地一家一家敲门。这一天，一包货空了一大半，这是杜永泽有史以来最好的成绩，坐在回公司的公交车上，方宝说：“今天要不是脚伤，走得慢，咱们可以卖得更多。”老杜频频点头。

卤水点豆腐，一物降一物，方宝就不信老杜成不了形。

我也有被挖的一天

东莞这个城市不大，像长庆、联达、海宝在东莞都有分公司，有时候是他们前脚出，方宝后脚进。这天，方宝带着队员，在樟木头宝山森林公园附近的一个村子里推销，中午约在公园东门的星记快餐店集合。当他们顶着日头快要到那儿时，远远地看到有三十多号人，或站或坐地在店门口，方宝走近才知道他们是长庆和联达商会的推销员。同在 WWI 界，但同行很少有机会打照面，难得有机会碰到一起，大家互相打招呼，击掌欢呼，唱同样的歌，就像是在举行 WWI 盛会一样。WWI 的企业文化几乎是一样的，这套模式在 1981 年由默里・莱因哈特（Murray Reinhart）在加拿大多伦多创办，至今在全球 168 个国家和地区已开出二万多家分公司，后由长庆公司的凌雅芳引入国内，后来又不断分裂出更多的公司。

方宝和长庆的一个推销员聊天，说起各家公司趣事，不禁哈哈大笑。笑声惊动了餐厅的老板和服务员，他们确定这些年轻人不是非法集会，也不是搞传销，才安心下来做午餐。

方宝到得晚，快餐店里人满为患，他只好站在店外的一棵榕树下乘凉，远远看到三个女孩朝这边走来，她们背着包，一看就知道也是做 WWI 的。扎着马尾巴的女孩见这个男人一直看她，她大胆走过来，向他介绍产品，方宝装出极大的兴趣听她的讲解。她大概刚做不久，几句话就被方宝挡了回去，她只好愣在原地脸涨得通红，乞求地看着她的两个同伴，可惜她的同伴背对着她，看不到她的求救信号。方宝看她可怜，不忍心装下去，道明自己的身份，一一纠正了她的几处小失误，她的脸红到脖子根，连声道谢。

原本安静的小村子一下子多了近四十号人，变得热闹非凡，路上挤满了人，大家唱着笑着，空气中充满快活的味道。

吃完饭，方宝想走到外面透口气，一辆白色的凯美瑞轿车在方宝身旁停下来，车窗摇下来，一个男人探出头来，他留着入时的分头，头发上打着发胶，眼睛有点小，带着成功男人的自负和风流。方宝注意到那个男人的脸极其熟悉，但是想不起来，旁边老杜惊呼："这不是李向阳吗！"没等方宝出声，那人先发话了，"方宝，是你吗？"

"李向阳！"方宝确认他是他们穿开裆裤的老乡，又惊又喜。

人高马大的李向阳从车里钻出来，和方宝老杜一阵熊抱，久久没分开。

"我们都知道你是最早出去的那一批，现在发达了吧？"老杜喜不自胜。

李向阳像没听到杜永泽的话一般，没接这个茬，向其中一桌队员招了招手。方宝才确定以前听说的他是长庆的副总，分管广东近十家公司。

"你来广东很多年了吧？"方宝看着他，一张熟悉的脸上被岁月留下一堆似是而非的东西，几乎有些不认识。

"来广东六年了，在长庆也干了四五年，你现在在哪家公司？"他穿了一身昂贵的西装，打着漂亮的领带，手腕上一块典藏版劳力士闪闪发光，半靠在树上说。

"赛普，听说过没？"

"赛普？是不是老马开的公司？"

"你也知道他？"

"那可不，他和我是同事过，算起来我还是他师父，那小子，现在要当官呢！"李向阳面露不屑。

方宝笑笑说："对，他说过，他是长庆出来的。做这行还真是出人才！"

"长庆就是 WWI 的黄埔军校，你看海宝、联达、美星这些公司的老板，几乎都是长庆出来的，长庆是最早干这行的。"

"那你很厉害。"

"肯熬的推销员都不错，听说你也干得很好。"李向阳眯起眼睛，点燃一支万宝路。

“我哪能跟你比，你都副总了，我才干半年多，嫩着呢。”

“我可是耳闻你七天就成了 Top Sales。”李向阳呵呵一笑，喷出一口烟雾。

“这个你也知道？”方宝说，“跟你比我就是小小巫了。”

杜永泽感觉这个老乡不地道，一起玩大的兄弟，发达了就这样牛气哄哄的，让人讨厌。但是他们谈的，他也的确插不上话，只是有一搭没一搭地听着。

“好歹我在这个圈里混了几年，总有小道消息传到我耳朵里，出色的推销员是我重点关注对象。咱兄弟好几年没见面，有机会好好聊聊，这是我电话，等收工了我找你去！不为别的，就为他乡遇故知，就得好好庆贺一番。”

李向阳把自己的名片递给方宝，在上车前回身问清方宝的住址，拍了拍他的肩膀，钻进小轿车。小轿车绝尘而去，卷起一阵黄土，然后消失在荔枝林里。方宝回头，看见杜永泽呆呆地站在那里，孤立无援的样子，楚楚可怜。他说不出为什么，只是觉得，这个老乡，很难融入这个行业。

例会结束后，方宝照例写下一天的心得。合上小本，他想叫上老杜一起去，老杜一直往后退，说：“那小子没约我，我不是不知好歹的人，你自己去吧！”

方宝只好自己朝约好的大排档走去。远远看到白色的凯美瑞停在那里，李向阳悠然自得地坐着抽烟。方宝有种直觉，这小子变了很多，是麻雀变凤凰的变。一身笔挺的衬衣，露出手腕上的那块明晃晃的劳力士，夺人耳目。身体微微发福，说明他这几年油水不错，一看就知道事业有成。他身旁坐着一个女孩，姿色妖娆，莺莺燕燕地和他说着话。

档口老板递菜单时格外热心，着重推荐了几样贵重菜品。

“几年不见，咱哥俩好好喝一顿。”李向阳倒也不介意，老板推荐的都点了。

“我不能喝酒。”方宝客气地说。

“啥时候不能喝的，你别和我装。”他推开方宝的手，满上一杯。

以前他们喝过酒，但是跟阿蓉结婚后方宝就戒了，烟酒全戒，不为别的，只是为了省钱，给儿子攒点奶粉钱。而李向阳也离开老家，早早出来找活路，所以都不熟悉了。方宝拗不过他，只好仰脖喝了一杯。

女孩一脸浓妆艳抹，给方宝倒了一杯酒，嗲声嗲气地说："我听李总说了，你们是六七年不见的兄弟，这酒是少不了的，李总可不轻易和人喝。"

方宝赶紧捂住杯口，被李向阳拉开，"你放心，我不会灌醉你，今天咱们就是叙旧，你要喝醉了，我找谁叙旧？"

"李总，要是他不能和你叙旧，那不是还有我呢嘛！"女孩扭着水蛇一样的腰肢撒娇说。

"去，你知道什么？我们兄弟之间有你啥事？"李向阳佯装生气伸出胖墩墩的食指在她鼻尖上刮了一下，然后笑着对方宝，"忘了给你介绍，这是我公司文员琦琦。"

方宝眼睛瞪得老大，惊得说不出话来。

"你别像外星人一样看着我，女人嘛，我不调她来东莞，她只能在快餐店端盘子，是不是，小琦琦？"李向阳得意地瞅了一眼女孩。

琦琦娇嗔说："那我不是谢过你了吗？"

李向阳右手搂着她的肩膀，左手捏着她的下巴说，"算你乖。"

方宝一时语塞，这俩人也太不管不顾了。公司文员就和老总这样乱搞？

两人搂搂抱抱地亲昵了一会，大概看到方宝一脸不自在，李向阳收回右手，坐直身子，玩世不恭地笑着说，"忘了你成家立业了，唉，当初你和阿蓉可真让我嫉妒，我就像白雪公主的后妈一样，对了，阿蓉也在东莞吗？你们没离吧？"

"怎么可能？她在深圳。"哪壶不开提哪壶，方宝低头闷声回答。

"那就好，广东这鬼地方男的见色起意，女的见财生心，"李向阳突然压低嗓门，"今天找你一为叙旧，二来是想和你商量一件大事。"

"什么大事？"

"你能力突出，我也有所了解，你想不想当经理？"李向阳盯着方宝，像盯着猎物。

“做推销员，谁不想当经理啊？”

“如果你肯到长庆，我现在就能让你当经理。”

方宝一愣，手一抖，酒洒了一地。

“现在广东片区都在我的管辖之下，你要是有心，我立刻就能划拨一个地方让你成立分公司，”李向阳凑近方宝的耳朵说，“工资在你现在基础上涨 20%。”他似乎志在必得。

方宝的脸顿时一阵燥热，一阵风拂过后才恢复。“我何德何能，受这样的抬举？”

“因为你是我的兄弟，记不记得咱们上学那会儿，每次带咸菜你都大方地分给我，就冲这咸菜我也感激你啊。我妈过世得早，没人给我腌咸菜，食堂的菜又买不起，那些咸菜真是好东西。”

“那都是过去的事了，”方宝笑着摇摇头，“都不算什么。”

“咸菜真好吃，我再也没有吃过那么好的咸菜了。你记不记得，那会儿总吃不饱，咱们还在晚自习下课后偷瓜。”

“记得，记得，我那次被蛇咬了，你背我回学校的。”方宝又笑了，总感觉说这些的时候，李向阳又是那个他认识的李向阳了。

“呵呵，瓜没偷着，人被蛇咬了，想起来真好笑，还不敢让人知道，偷偷让我二叔给你治，幸好我二叔是镇上的中医呢。”

“幸好有你，要是让我老爸知道我偷瓜被蛇咬，怕是要再挨一顿揍了。”

他们唏嘘半天，把满桌的酒菜扫了精光，临了分手，李向阳郑重其事地说，“你好好考虑我的建议，不为别的，只是为你好。”

方宝心里忽冷忽热，像风中摇曳不止的烛火，摇摇晃晃往宿舍方向走，考虑着李向阳说的话。

高薪、高职位谁都想要，一方面是多年的老朋友，一方面是赛普的知遇之恩，都令方宝难以取舍。方宝记得以前听过一个故事：有一个公司，聘一位司机，问三个司机，如果有一块金子在悬崖边，你会开到离悬崖多远停车？有人说一米，有人说三米，但公司最后录用的司机是离开悬崖远远开走的那一位。这个故事是说人要正确地处理遇到的诱惑。

高薪固然很吸引人，而且一上来就是经理，但是方宝深知，自己的水平还不能肩负起经理的职责。在赛普，有师父罗畅的培养和公司提供的机会，他正在不断成长和锻炼，如果自己放弃这个成长的机会，靠着关系当上经理，势必对自己的职业发展不利，也会令长庆公司的员工不服。不能因眼前一时的利益诱惑，就放弃脚踏实地一步一个脚印的努力，毕竟，学到真本事才是关键。

同时，王新月的脸在此时也莫名其妙地在脑海若隐若现，让他举棋不定。思来想去，他决定还是留在赛普。

路过一间大排档，一眼瞥到田长贵坐在里间，正对着一瓶啤酒猛灌。

田长贵的业绩不尽如人意，这在方宝意料之中，看他业绩做不上去，成天跟个受气的小媳妇似的，有点于心不忍。田长贵在深圳的时候就一般，但不至于露底，但在东莞一切都得重新开始。好推销员都是逼出来的，方宝原想逼他一下，结果把他赶进了死胡同。

守株待兔成不了真正的推销员

开过早会，各路人马领货开道。身教胜过言传，方宝深知这个道理，对手下的队员，他从来不说教、不讲道理，把事实摆出来就能说明一切，业绩好抵得过三筐大道理。桃李不言，下自成蹊。初来乍到，他们的业绩不俗，不落后于东莞本土部队。

晚上回公司，让人惊讶的是田长贵空包打锣，更难得的是接下来整整一个月他都保持稳定的销售业绩，和方宝不相上下。方宝心里纳闷，这小子神灵附体了吗？

这一个月他一直蹲守厚街，那里难道是风水宝地吗？他不愿意挪窝，WWI是行销，不是坐销，地方轮着来，今天这里明天那里，方宝有心了解他的高招。这天他们背包出发后，方宝不动声色地跟着他来到厚街。

田长贵不慌不忙地走到康乐南路，那里有一个农贸市场，这会儿正是人流高峰期。他找个地方往地上铺块布，袜子就在上面铺开，大声吆喝起来，“卖袜子啦！卖袜子啦！挥泪大甩卖，赔钱大甩卖！真正的美国进口货，机会难得啦！”

这家伙，居然摆起了地摊。方宝进退维谷，这事怎么处理他还真不知道，以前也没发生过这种事，得向师父罗畅汇报。

罗畅一听，浓眉倒竖，“这王八蛋！”

反应之强烈让方宝以为他冒了天下之大不韪，罗畅当即让人找到田长贵。田长贵乐滋滋地走过来。

“你今天在哪里推销？”罗畅脸色阴沉。

“在厚街。”田长贵瞄了方宝一眼。

“厚街哪里？”罗畅冷冷地看他。

“康乐南路。”

“你拜访了多少人？”

“按公司规定，300。”

罗畅猛地一拍桌子，吼道，“现在你还骗我？”

“我哪有？我在康乐南路挨户敲门推销……”

罗畅抢着说：“在农贸市场的十字路口。对不对？”

田长贵含着敌意看了一眼方宝，他知道方宝今天也在厚街那片推销。

罗畅说：“你别看他，我今天正好到厚街办事，看到你了。”

“摆地摊没什么不可以，反正卖出去了，而且卖得很好。”田长贵辩解道。

“推销员是什么？推着卖，不是等顾客上门。像你这样干推销，一天空两包我也不稀罕。但那锻炼不了你真正的能力，也无法让你有资格更进一步发展。”罗畅怒不可遏，方宝从来没看他发过火。

“马总说过，不管是白猫还是黑猫，逮着老鼠就是好猫。坐着卖，走着卖，有什么区别；推着销，等着销，有得销就好。”

“你别提他那一套，总之我不能容忍你这种行为！”罗畅稍稍平复下来，对方宝说，“你怎么看这件事？”

“平静的湖水练不出精悍的水手，安逸的环境造不出时代的英雄。这是你曾经对我说过的一句话，我一直牢记心中。好的推销员都是在顾客的拒绝声中磨炼出来的，坐销只会消磨人的斗志。”方宝面色平静地回答。

“推销员卖的不是产品，而是你这个人。做推销没有捷径，也没有坦途，唯一的办法就是走更长的路，敲更多的门，见更多的人。双脚磨出水泡，水泡破了结成痂，最后长成一双铁脚板，多长多难走的路也不怕；敲门敲得手关节都快断了，碰壁碰得鼻子都扁了，再难敲的门也能敲开；人见多了，鬼见到了也怕，还会怕长鬼脸的人吗？顾客再刁难、再挑剔也能一一化解。记住，做人比做事更重要。”

“可是这样也能出货。”田长贵还是垂着眼皮嘟嘟囔囔给自己找台阶。

“永远不要把自己当成一个卖货的。我宁愿要一个上进的推销员，出货差一点也没关系，但我绝不能容忍一个不求上进、只知道卖货的家伙！推销员的经验和能力从哪里来？有师父带、有讲师讲授推销技巧，但这是远远不够的。在教室里，你能碰到骗子、小偷、劫匪和流氓吗？你能碰到打你、骂你、追着你满街跑的人吗？走出去，什么事情都可能遇到，理解你的、不理解你的，但这也让我们越来越有能力解决问题，在应对各种挑战时不断提升应变能力、思考能力、心理承受能力，学会不发牢骚不抱怨，不怪天地不骂娘。赛普要的是这样的推销员！而且也只有这样的推销员能坐上领导的位置。”罗畅面色铁青。

田长贵像一棵晒蔫的白菜，耷拉着脑袋。

看了几秒钟，罗畅面色忽然柔和下来，认真地问面前的田长贵：“田大哥，来赛普多久了？”

“一年多，”田长贵抬起头，一脸诧异地看着罗畅，“怎么了？”

“你觉得在这里干得开心吗？”

“挺……挺开心的。有人一起跑，还有得学，我觉得挺舒服的……”

“可是一年了，你还是愿意跟摆地摊的混杂一起，你觉得在这里真的对你有意义吗？”

罗畅小心翼翼地试探着问。

“不就这一次吗？我以后不这样了好不好？咱们开会不是老说……不抛弃，不放弃，我们都是一家人吗？”田长贵的脸上已经出现可怜巴巴的表情。

“这个不是几次的问题，而是你在这个环境里并没有得到成长，反而助长了一种惰性。这对这个团队，对你自己都不是一件有意义的事。我们是常说不放弃，是每个人对自己不要放弃，当你都对你自己的进步没有期待、止步不前的时候，谁还能对你有期待呢？你自己把自己放弃了，别人还能怎样呢？”

田长贵知道自己的问题，不答话了，只是坐着不动。罗畅继续说：“我们公司的企业文化三原则，不错，是说过像家庭般的温暖，像学校般的教育，可是你没记住第三条——像军队般的严格啊！”

罗畅扫了一眼方宝，方宝无可奈何地摇摇头。罗畅说：“这样吧，公司再考虑一下，你也考虑一下，我们是不是继续合作。”

田长贵站起来，抬头毫不掩饰地凶巴巴地瞪了方宝一眼，走了出去。

送走了老黄牛田长贵，罗畅说：“生于忧患，死于安乐啊，古人没说错，冲着这件事，田大哥可能需要考虑换个地方了。”他拨弄着手中一张 A4 纸，方宝看清那是一张招生简章，北京的一所大学，营销专业那一栏里用红笔画了一个圈。

方宝也不知道怎么接话，只好扯开话题，“你想上学吗？”

罗畅说：“是啊，我父亲这辈子最大的愿望就是看我上大学。中考那会儿怕父亲太辛苦，我报考中专，气得他整整骂了一天，这一生气后，他就嚷着眼睛痛，后来看东西就模模糊糊的，我们没当回事。中专毕业后，父亲只能靠拐杖，摸摸索索走路。三年中专熬得家徒四壁，为争取镇变电站的职位他求神拜佛，宰了家里唯一一头猪换钱送礼，他哪知道那点钱人家根本瞧不上，我只好南下深圳打工，先在工地里干活，后来跟着老马跑推销，撞了一鼻子灰，撞得南墙倒了一大半，熬到今天。”

师父在方宝的心目中，一直是个高不可攀的人物，但是现在他这么诚恳地说出自己的身世和想法，很让方宝感动。

“现在有了条件，我想完成学业，因为说实话，我们这行业，起点低，门槛低，但是很锻炼人，是全方位的锻炼；我们一旦做出来，个个都是人才。现在我们需要做的事，是让更多的人了解这个行业，改变命运，提升能力，获得财富。那么我们现在实践经验是足够的，我现在就想继续深造，在理论上跟上来，然后就可以进一步培训更多人理解推销，加入推销，爱上推销！改变自己，改变世界！但……”

方宝认真地听着师父热情满满的话，他每一次听师父的话，都能感受到一团熊熊燃烧的生命的火焰，摧枯拉朽，振聋发聩。

“你好好干，这段时间我一直想找一个可靠的人，能把赛普的担子接过去……”他目光深邃，看着方宝，不再说下去。方宝心领神会，镇定自若。

CHAPTER SEVEN

行业让我脱胎换骨

团队里每个成员都进步，我们才有发展。每个人都发展，我们才可能成功。每个人的成功都是建立在帮助别人成功的基础上的。越是帮助别人，自己就越成功。

做“跳槽龙”不如做“卧槽马”

这天清晨，大雨滂沱，雨点砸在地上像在爆炒豆子。

方宝在给队员们加油：“干推销，就要保持严肃认真的态度，保持 24 小时高效的热情。每天都要订立目标，今天的事情今天做，决不留到第二天。业绩难道会从天上掉下来吗？业绩都是做出来的，比别人早起床，比别人晚睡觉。大家问我为什么能做到全公司第一，因为我热爱推销，我时刻保持兴奋和热情，不是为了取悦经理，也不是因为我是副经理，要以身作则。自愿自发地工作，不找借口完成任务，才会成为优秀的推销员。下雨出去作业，是为了目标不被大雨冲走；烈日出去推销，是为了斗志不被烈日融化。推销员就应该有这样一种态度，每天都是工作日。”掌声雷动。

说话要煽情，行动要煽动。方宝冲到前台整理背包，罗畅冲他打了个手势，说：“这雨下得太大，等雨小点你们再出去。”

“他们可以晚点出去，我先出发，”方宝说，“我做表率，他们也就没有理由赖在公司不出门了。”

罗畅朝方宝竖起大拇指，笑赞：“好样的！”

“你说过的，这是我们自己的事业！”方宝背上一个鼓鼓囊囊的大包，挎上它坚定地走出公司，他知道后面那帮小子一定不敢闲着。

当你把一项工作当成毕生的事业时，它也会以事业来回报你。

与方宝不同，杜永泽只把推销当成一份赚钱工作，所以他不在意过程，这样得到的回报也只是一份能养活自己的工作。

一个单位的领导，对事业型和工作型的员工是不同的，他会在事业型的员工身上倾注更多。因为他知道，这样的员工将有更长远的发展，会付出更多的努力，百折不挠，投入更多的热情与精力，为之奋斗。企业需要的就是这样的人才，所以，成功的第一步，是确立一个为之奋斗的事业，因为只有全心投入，辛勤耕耘，才会有意想不到的收获。

每次出门，都要经过文员办公室，方宝看见老杜总会不由自主地往里面张望，看见里面王新月的身影，他才会安心地走开。方宝看在眼里，心里百转千回，五味杂陈，但是不知道该说什么，只好一言不发。

这天方宝一如既往，进入一间写字楼，连闯两关保安后，顺利地进入一个办公室，很快找到老板，游刃有余地介绍产品。

“小伙子，没关系，你先等一下，”老板冲着外面喊了一嗓子，“小张、小李，你俩过来。”两个年轻人一前一后走过来，垂手站在一边。

方宝心里一阵得意，机会来了，老板一定觉得产品好，又叫了几个顾客，心里一阵窃喜。“你把产品重新介绍一遍。”老板叼着香烟，口齿不清地说。

方宝用双倍的热情介绍了一遍。

“这产品多少钱？”老板取下香烟，突然开口。

“300。”

老板微笑地递给方宝一沓钱，转向两个年轻人，乌云转瞬积聚在他脸上。他猛地拍了一下桌子大吼道：“你们看到没有，看看人家是怎么做推销的，你们俩要是像他这样做，会是现在这个业绩吗？”

方宝顿时明白了，老板是让他示范做推销。他顿时觉得这是再成交的好时机，索性再掏出一套产品，打趣说：“老板，其实我们公司的产品比我本人更好，您不妨再买一套算是给我的学费？”

旁边两个人面面相觑，老板吃了一惊，愣愣地看着他。

“您作为大老板也不在乎这几百块钱，但他们看到我在成交后还能把东西卖给您，这非常难得的一课，这是活生生的例子。我现在就把它放在您桌上，一共是300块。”

老板犹豫了一下，慢慢地掏出钱包，抽出三张人民币，但他并没把钱递给方宝，在犹豫。

方宝吸取教训，这个时候一定要趁热打铁。“我看看您手上的钱，不会是假钞吧？”方宝乐呵呵地接过他手里的钱，这个时候应该为顾客做决定。

做完这笔交易，方宝想该走了。

老板拍拍他的肩头，让他坐下，面色阴郁地朝着两个可怜巴巴的职员说，“你们回去吧，好好想想怎么做。”

他递给方宝一张名片，“小伙子，这是我的名片。”

方宝赶紧伸出双手，毕恭毕敬地接下，“我一眼就能看出您是老板，只有老板才有您这样的气魄。”

“你现在多少钱一个月？底薪我给你3000块，提成另外算，怎么样？”

3000块，这工资多诱人，他的第一份工作工资才180块，他激动得直想哭。之前也找过差事人家都不要，说学历低，个子矮，肩不能挑手不能提，现在工作自己找上门，开出的工资是他想都不敢想的。难道做了一段时间推销学历变高了吗？个头也长大了吗？才工作半年，工资就是原来的几十倍，如果做三年呢？那时的工资会是多少？

赛普并没有保底工资，工资就是销售佣金。方宝看着老板，大脑顿时一片空白，无意识地摇了摇头。

“工资没问题，可以再商量。”

他竭力按捺住内心的惊喜，师父罗畅的一番话在耳边响起，“在赛普，只要你敢想，你就有机会，别说每月五六千的工资，将来你们个个都能像我这样。”

方宝婉言谢绝了这位老板。

“提成再给加一个百分点。”

“我很喜欢现在的工作。”

“我知道你有能力，也有冲劲，你考虑一下，不用立刻答复我，哪天想好了再找我。”

方宝诚恳地对他说：“我真不能答应您，如果我在您这里做销售，别的老板许我更高的工资我就动心了，您觉得我这个人值得留吗？”

老板半晌不说话，把他送到楼下，朝他挥手时貌似依依不舍。

“你傻呀？他要是让我去，我就去！”杜永泽听方宝回来这么说，忍不住叫道，“上次李向阳那小子让你去，你不去，这回有底薪的工作你也不干，非要干这个累死累活的破工作！真不知道你是咋想的！”

他看方宝笑着不说话，终于憋不住说出了一直藏在心底的那句话：“难怪阿蓉走，就你这被驴踢的脑子，哪个女人你也留不住！”

尽管方宝视老杜为一起玩到大的亲密伙伴，阿蓉也已因忙碌的工作而逐渐被淡忘，他亦早已练就掌控心态、保持定力的“武功”，听到老杜这句话，他忍不住笑了。他看着老杜，这个憨直可爱的老乡，这个跟社会格格不入的兄弟。

方宝用笑容掩饰着那句话带来的刺痛，认真地看着老杜说：“老杜，听我说。”

杜永泽并不惊讶方宝的宽宏大量，因为他们太熟悉了，没好气地说：“你说！”

“阿蓉的事，我的确有对不起她的地方，不该让她受那么多苦，可是我当时不是没有门路吗？”

“那你现在这么多门路为啥不走呢？”一脸气愤的杜永泽忍不住插嘴。

“现在的事情，你想一想，他们为什么会不惜高薪要我？”方宝耐心地给老乡分析。

“我哪知道？用你你就去！是给你钱，又不让你掏钱，你怕啥？”愤怒的情绪还充斥他那单纯直接的内心。

“老杜，是这样的，他们用我，说明我有用。我为什么有用呢？因为我在这个行业得到了锻炼。如果没有赛普公司的平台，没有这么好的企业文化，没有我师父罗畅细致入微的指点，我会有用吗？”

话没说完，方宝看老杜已经低头了，从老家来大城市不久的人，还有一种纯朴之气，虽然他未必明白什么企业文化、平台，但是知恩图报，饮水思源，这是不用说的道理，他懂。

“还有，”方宝进一步解释道，“我自己觉得，我不过是刚刚起步，正在成长之中。在这个地方，暂时看，钱可能不多，但是我是踏踏实实干出来的，没有水分，没有别人的照顾。我一点一滴积累，下一步就是带人，组团队，我们大家努力，不会比跳来跳去差的。重要的是，在这里，大家不是可以互相照应吗？而我走了，我带你来的，你们怎么办？”

老杜更加沉默不语，他开始为自己刚才的冒失自责了，他忽然抬头说：“那个，我刚才一时冲动，你……”

“我知道，咱们俩谁跟谁呀！你也是为我好嘛！”

方宝打消了老杜的顾虑，老杜一脸褶子的胡楂子脸上居然露出孩子气的天真笑容。

“以后刮胡子的时候细心点，刮干净，这样对别人也是尊重，别人才会尊重我们，工作就好做了。”

方宝体贴地提醒着，老杜嘴里答应着，频频点头。他们好像比从前更理解对方。因为老乡关系，在一起工作时候的磨合互动就更加亲密，方宝开始更踏实地投入工作，而老杜也更加努力地学习基本功，他已经掌握了五步八点平均法。

方宝喜欢带老乡的另一个深层的原因，是他可以通过老杜回想到自己刚来公司的样子，看到自己巨大的转变，这让他无比自豪。

这天回公司，跟师父罗畅谈起自己的感受，师父说：“每个人都是这样的。他们刚来时都很青涩，不善言辞，一脸茫然，这是每个人都会经历的。无论徒弟们出现什么状况，我们都要耐心解决。因为只有团队里每个成员都进步，我们才有发展。

每个人都发展，我们才可能成功。这是这个行业、这个公司的运行机制，每个人的成功都是建立在帮助别人成功的基础上，越是帮助别人，自己就越成功。”

方宝啧啧称赞，心悦诚服。师父看问题永远都那么透彻，深远。

“这几天看你兴致挺高，有不少开心事吧？”

话题一落到业务上，方宝就开始兴奋，“一个新队员空包了。”

“是吗？除了新队员，还见过什么人没有？”

“有个新鲜事。”

“说来听听。”

“前两天我还碰到长庆、联达商会和美星的人呢，四十多号人在那欢呼，气势真让人兴奋，东莞把咱们的同行都聚齐了。”

听到长庆，罗畅皱了皱眉头，“碰到什么人没有？”

“更巧的是碰到了我一个穿开裆裤时的朋友，六七年没见面，没想到在那个地方遇到了。”

“你说的是李向阳吗？”罗畅脱口而出。

“你怎么知道？对，就是李向阳，我们一个村子，光屁股的时候就在一起玩。”方宝惊讶极了。

罗畅舒了一口气，“你知道他现在做什么吗？”

“知道，他在长庆做副总经理，听说他还是马总的师父呢，他也知道你。”

“他还说什么了？”

方宝不确定该不该说李向阳挖自己的那番话，为了避免误会，他决定按住不说。

“没说什么，后来他找我叙旧吃饭，聊的都是老家那些事。”

罗畅眼神专注地看着方宝，听他说完，不动声色地哦了一下。

从经理室出来，经过文员办公室，看见王新月，似乎想起什么要说，发现杜永泽在里面办交接，只听他们说：“杜永泽你这几天卖得不错嘛！”

“那当然了，主要是我老乡方宝跟着我呢，我心里就有底。”

“哦，我们这儿，他就是你师父。”

“嗯，我知道，说顺嘴儿了。我们之间没的说，光着屁股玩到大的好兄弟呀，他小时候尿过几回床我都门儿清！”

“哈哈哈……”他们一起笑起来。

方宝忽然莫名其妙地有点忧伤，没有打搅他们，自己走了。

严格是大爱，放纵是伤害

心情有点说不出的不快，方宝背了一大包货，信马由缰，坐车乱逛。他没有预设目的地，看到一栋叫德明大厦的高级公寓楼，地段优越，环境优美，很多外国人在此居住，方宝判断德明公寓绝对是块风水宝地。外国人有钱，掏钱也痛快。对这种地方，伙伴们总惴惴不安，老担心会被扫地出门。方宝却奉行这样一个道理：“选对池塘钓大鱼。”钓鱼的人不都在有鱼的地方钓吗？一大早他敲开第一户，还没到中午，背包就空了。赶紧跑下楼，坐上一辆摩的，风风火火回公司加货，继续工作。晚上六点，第二包又卖完了。

从德明大厦出来，往北 200 米就是建材市场。刚到市场，肚子咕咕叫起来，方宝这才意识到没吃早饭和午饭。他东张西望想看看附近有没有餐馆，哈，左边是卖水泥的，胃消化不了，右边码放着一堆钢材，牙齿咬不动。建材市场对面倒有一家大酒店，他犹豫了一下，但没走进去，薪水虽然涨了，但是他记得，阿蓉给孩子看病垫的三万块，理应由他这个爸爸出。另外他也没有挥霍浪费的习惯。这个时候建材市场人潮涌动，他琢磨着先加货，一边拜访一边找东西吃，推销吃饭两不误。回公司加货，再返回市场继续卖。当发现一家小餐馆时，他都不觉得饿了，继续往前走。卖完第三包货，才赶回公司，参加例会，回到宿舍吃饭已是子夜一点。

杜永泽看他狼吞虎咽，打趣道："大家知道你能干，没想到你还能吃。"

"你们知道吗？这是我今天的第一餐饭。"

王东跳了起来，"啊？！这是你的第一顿饭啊！这样干要饿出胃病的。"

方宝轻描淡写道："那你以为三包货是怎么空的？"

"工作归工作，但也要吃饭，"杜永泽关心地说，"身体是革命的本钱，身体搞垮了还怎么工作呢？"

"你说得对，工作时一定要按时吃饭。"

可是后来，方宝还是会忘记吃饭，总觉得时间飞逝如电，自己要拼命努力只争朝夕。晚上集合时，他让队员们先回公司，自己接着干，他已经到心想事成的境界，只要有人出现在前面，就仿佛是顾客在向他招手，"我们在等你呢，赶紧过来。"他应邀而至，所向披靡。因为他知道，公司的成长需要勤奋的员工，需要忘我工作的工作狂，而他只有以身作则，才可能带动大家的热情，激发每个人的潜能。而且他知道罗畅暗示让自己担任副总，可他觉得自己还不够资格，需要付出更多的努力，做出更大的业绩。

这个月，方宝毫无悬念地摘得桂冠，他带的新人一个逃兵也没有，老杜、王东表现不错，经过公司考核，众望所归，他当上了副总。从此以后方宝除了自己带人做业务，也带出了一批可以带人的领队，他逐渐加强了团队管理方面的工作。

有一个新人，积极性不高，老是说休息不好，不想去做业务，不愿意出去工作。王新月反映了这个情况，方宝便请这个新人到办公室来。看他无精打采的样子，方宝对他说："你既然没有休息好，那就到宿舍睡觉去吧！"

这孩子一听，抬头看了一眼方宝，没有动，他不敢相信自己的耳朵。

"除了吃饭时间，下来吃饭，其他时间，睡觉！你可以看书，看《羊皮卷》。"

这下他好像明白这是真的，兴高采烈地回宿舍了。

到宿舍里，就让他读书，只有吃饭时间下来，吃完饭上楼，睡觉。方宝故意憋着他，让他自己感觉不舒服，不好意思。终于第三天，他来找方宝说想去工作。方宝说："你还需要休息呀，我看你没有休息好，继续回去休息！"

又过了两天，满一周时间了，看着别人开早会晚会互相激励，谈卖了多少货，不同客户怎么打交道，热火朝天的，他在楼上终于憋不住了，找到方宝，说想出去跑业务，必须出去跑，以后再不偷懒了。

方宝说："我看你们还没休息好啊。继续休息吧！"

"我不休息了，休息够了，我非常想工作！求求你了，让我工作吧！"他整个人都有点失控了。

"这是你说的哦！"方宝笑笑说。

这件事情全公司都传开了，以后再没有一个人偷懒。

此后几年，在珠三角地区，分公司如雨后春笋般纷纷组建。而新人出现的最大问题，都是心态问题。所谓技巧，是在心态的基础上，在销售实践过程中自然生发出来，而且是自己独一无二的经验。影响新人最重要的一个方面，就是心态训练，而现身说法是最有用的。

有一次，在福州，方宝在早会上激励大家："销售是一个必须不断要面对挑战的行业！不仅要面对业绩的挑战，面对新客户的挑战，还要面对自己极限与能力的挑战，一个成功的推销人必须在这种环境中挑战自己，成就自己，因为这是销售人员的成功之路，拒绝挑战，就等于拒绝成功。所以，永远要提醒自己，当一个人害怕挑战的时候，负面的语言就一不小心脱口而出——不可能！做不到！我不行！太难了！这些语言一旦出现，最直接的影响就是，我们和成功的目标远离一步。如果这种语言进入意识，就注定我们远离成功了。做自己不敢做的事情，做自己不喜欢做的事情，挑战自己，才是真正的修行。不要为他人的希望而活，为你自己的梦想而活。你是你自己的，你不是任何人的。无论何时何地，都要给自己定目标，不要松懈，时刻告诉自己：我能行！"

"我能行！"下面的新人一个个都被点燃，挥臂呐喊。

这段时间是卖洗发水，20 个人的小组，设定的 10000 元的销售额，他们纷纷领货冲出去，像一把豆子撒向全世界。方宝送走新人后也乘摩的出去办事，半路上遇到一个小孩忽然跑过来，车夫临时反应，翻在路边，导致方宝左臂皮开肉绽，鲜血直流，车夫赶紧载方宝到就近的诊所，大夫看了，伤口不深不浅，有十多厘米，延伸到胳膊肘那里，天气潮热不能包扎，只是上了点云南白药，略略止血。办完事晚上回公司，看见新人们早早就回来交差，问目标是否达成，他们回答只达成 8000 元。而且似乎若无其事，毫无愧色。方宝二话不说，站起身来，站到会议室中央，在众目睽睽之下俯身趴在地上，做俯卧撑。

这是一个约定俗成的规矩，任务没完成，罚做俯卧撑，但是这次方宝带头做，让他们有点汗颜。他们看见方经理一只胳膊还受着伤，都不忍心，有的也跟着趴在地上。

方宝厉声说："起来！我的梦想是带好团队，完成任务。团队没完成任务，是我的责任！"

王东在旁边看着不忍心，说他做。方宝说："不行，没你事！"

咬牙做完 50 个俯卧撑，鲜血早冲破云南白药的微薄遮盖，顺着胳膊肘流淌到地板上，他们都跪下，低头不语，无声流泪。

"站起来！是我的责任，不许跪！你们来这里是做世界上最伟大的事业，不是为了给谁下跪的！"

新人们一个个如坐针毡，无比纠结，这纠结的能量给了他们巨大的动力，像一根拉满的弦，在第二天做出了 16000 元的超出常规的成绩！

公司没有扩张之前，方宝只需带好推销员干出业绩就行，现在他得把精力集中在高层管理的培训上，尤其是经理后备人选，那是决定能否开新公司的关键。

赛普下一个据点就是佛山，于金波就是重点培养的对象之一，观察考核是必需的。他很聪明，天生就适合做推销员，长相特喜庆，因此有得天独厚的优势，不像别的推销员吃苦卖力才能成交。这一点和罗畅有点相似，认真时业绩好得令人吃惊，马虎起来就做半天歇半天，和队员说话总是吊儿郎当的。他以前做过传销讲师，说话特有煽动性，性子不定，有两次在外闲逛的纪录。队员们都在扫街，作为高领他却在游戏室里打游戏，这是方宝不能容忍的。

事不过三，接连警告他两次了，但是他的业绩还是出奇地低，方宝想重点调查一下。

方宝注意到于金波这天转搭公交车到目的地后，和四个组员挥手告别，沿街走了大半天，既不敲门，也不跟人打招呼，方宝寻思他想从最里面开始，这样即使有人赶也不怕。很快就到了巷子尽头，最边上的一户人家门口系着一只小狗，冲他吠个不停。他做贼心虚地俯身伸手摸地，小狗撤身往家里躲。

走完小巷，再往里是一个 V 形胡同，狭窄得仅容一辆三轮车经过，一家小吃店的店主趴在桌上打瞌睡，往前就是按摩店，灯柱不停地旋转，两个穿着超短皮裙的女子浓妆艳抹，露出白白的大腿坐在门口嗑瓜子。

于金波在一扇玻璃门前停下来，不起眼的招牌写着好友电影院。玻璃门上覆着厚厚的灰尘和油污，里面挂着布帘。他给了看门人十块钱，大踏步走进去。方宝站在门口观望，门前支着一块小黑板，上面写着：

> 今日放映
>
> 《卿本佳人》
>
> 《清朝十大酷刑之杨乃武与小白菜》
>
> 《罗马帝国艳情史》

乱七八糟的。方宝还抱一丝幻想，放映厅的人多，会不会在里面推销呢？

他对看门人说要进去找人，卖票的大叔嘿嘿一笑，“进去的都说自己在找人。”

“他刚进去，我真的找人，马上就出来。”

他摇摇头，方宝只好给了他十块钱，掀开厚厚的布帘。里面很暗，唯一的照明完全靠银幕。情侣们在黑暗中不时发出奇怪的喘息，单身的观众不时发出响亮的吞口水声音。

方宝四下张望，眼前黑压压一片。他出去找守门人要了手电筒，弯腰一排一排找过去，在第三排终于看见于金波那张瘦脸。等他认出方宝，一双眼又是心虚又是惭愧。

方宝招招手，示意他跟他出来，一个穿着小红裙的女孩亲昵地吊着他胳膊。他急忙甩开，跌跌撞撞走过来，差点摔了跤。

小红裙在后面叫，“等等我，等等我！”于金波的女朋友方宝见过，是个辣妹子，很显然小红裙不是。他挠挠头，一个劲儿地向小红裙使眼色，让她别跟着来。

他们摸黑走出放映厅，看门人向他打招呼，“这么快就出来了，没上次好看吗？下次再来哈！”

方宝瞪了于金波一眼，“你是常客吧？”

他伸出两个手指头，“今天是第二次，下次不会了。”

“上班时间看电影，不是浪费我的时间，而是拿你自己的前途开玩笑。不要把时间不当回事。以前我干推销，为了赶时间连饭都不吃，水也喝不上一口。我不能容忍推销员放纵自己，把大好的时光浪费在看电影上，没有下一次。”

“今天上午不顺利，心里很烦，所以就过来看电影。”他耷拉着脑袋极力为自己开脱。

“我不耽误你看电影，你也别在赛普混日子，对大家都好。”方宝知道，一个没有事业心、只靠别人监督的人是干不好推销的。如果他自己不求上进，别人再催也没用。

“以后我再也不看了，原谅我这一次吧。”

“没得原谅，现在就跟我回公司办理辞职手续。”

机会留给有准备的人

2004年，赛普公司在珠三角的业务，在方宝的带领下蒸蒸日上，业绩直逼北京上海。

罗畅找方宝商量："现在中原地区还是一个空白，我们不去占领，'敌人'就会占领。据说，你老乡李向阳的长庆公司已经进驻郑州了，我们不能落伍啊！"

"哦，我跟你想到一起去了，其实我也有这样的想法。只是我担心……"方宝欲言又止。

"我知道，我不担心，"到底是师父罗畅，聪明人话不用说完，就心领神会。他向方宝明确表示，"到郑州后，你就是郑州公司的经理，按照制度，工资上调五十个百分点，公司的业绩你都有提成，干得好还有奖金。做得好一个月的收入少说两三万，你还有独立的人事任免权。郑州公司我就交给你了！"

方宝感动不已，铿锵有力地说："一定不负师父厚望！"

他倒不是因为涨工资，他感动的是，师父明明知道李向阳在那边，也知道挖角在这个行业很寻常。师傅一定知道李向阳向方宝抛出过橄榄枝，还如此器重方宝，委以重任。

情到深处，无以言表。方宝第一次流着热泪跟师父罗畅默默拥抱。

罗畅看见这个流泪的男子，想着他刚来时的种种，用力地拍了拍方宝的后背，说："我信任你，放手去干！"

方宝安排好东莞的一切，带着杜永泽、王新月、王东到了郑州，四人分头行动，一天工夫就把办公室和宿舍落实下来。时间不待人，招聘推销员成了当务之急。

王新月笑容甜美，善于待人，成功地留住前来应聘的人。方宝讲述自己的推销经历，现身说法，新人们听了啧啧称奇。杜永泽鞍前马后地摇旗呐喊，遥相呼应。一天培训下来，新招的七个人兴奋不已，个个摩拳擦掌，恨不得立刻展开手脚大干一场。

方宝玩命推销得到很好的传承，七个新人个个就像小老虎，郑州公司成立三个月，人均业绩直逼深圳。王东扬言要和方宝试比高，使出浑身解数，学他下班不打烊，毫无悬念地拿到郑州公司的推销冠军。这一切让罗畅大喜过望，时不时打个电话以示褒奖。而很快，罗畅到北京学习的计划也因为公司的稳步发展而实现了，他将赛普公司的业务委托方宝全面负责。

到了郑州后，方宝平添了很多工作，找人谈心是他的一项重要工作。在外跑业务跟顾客磨叽，回公司例会要激励，一对一谈话要开解，一天下来嘴皮子都快磨破了，但是他深刻感觉到自己的提高。以往，他和人说话都要打磕巴，现在居然能谆谆教诲下属，像师父罗畅当年对他一样，侃侃而谈自己的经历，教授他们解决问题、迎接挑战的方法。他甚至脸不红心不跳，讲得平静而生动，下属们听得津津有味。他想，要不是这些年的历练，断然不能如此。

王新月每天为方宝煮上一杯八宝菊花茶，有胖大海、金银花，据说可以消暑解热，润喉清肝。他出去卖货经常说得声音沙哑，这杯茶能缓解不少。

杜永泽已经找到自信，对王新月的示好愈加明显。方宝看在眼里，有时候一闪念，想问问王新月到底怎么看待杜永泽，礼节性的同事友谊，还是……可他转念又想，这跟他有什么关系呢？只好放下，集中精神，考虑眼前的事。

此时的方宝面对的问题是日益壮大的销售队伍的管理问题，赛普公司在全国已经发展三十多家分公司，他觉得自己需要在这方面进一步提高。王新月告诉他，大名鼎鼎的金哲要到郑州讲课。

这位老师不只是亚洲顶级培训师，也是一位成功的企业家。他的企业由于表现优异，短短三个月即被台湾电视媒体专题报道，称为“杰出企业”，他的影响力遍及海内外华人地区。

罗畅建议方宝去学习一下，虽然课程学费不菲，但是方宝求知若渴，自然不愿错过良机。

学习会场在郑州一家五星级酒店，人员爆满，会场气氛空前热烈。工作人员根据他的登记表引领他进会场，跟里面的助教耳语几句，助教便领着他到王新月帮他预定好的位置。

看得出，来的人都是久经沙场的商界宿将，业界风云人物，举手投足都显得气度雍容，神采奕奕。方宝想，即使不听课，在这群人里面待一天，也会精神饱满，信心百倍。

台上的金老师风趣幽默，气度不凡，话题纵横捭阖，颇具大师风范。讲完一个环节，金老师转换话题，说："亲爱的朋友们，大家刚才听了我分享的内容。我想告诉大家，跟我学习是一个方面，毕竟我能教给大家的东西是有限的，而你们同学之间相互交流，可以学到更多的东西。我们现场就有一位企业家，就是通过自己做销售，从一无所有一步一步做过来，现已在全国已经开了几十家的分公司，带出很大的销售团队。我们现在有请他来跟我们分享。"

方宝一听，心想：啊？还有这样的人？我要好好学习一下！

金老师接着说："那就是我们的方宝同学！大家掌声不要停，直到他上台为止！"

这话一出，把方宝搞蒙了：没有人跟我说啊？什么时候让我上台的？叫我上台也没跟我事先沟通啊？怎么搞的？是不是有重名的啊？

这时，只见领他进来的那个助教，狡黠而友善地冲他一笑，意思是：方总，请吧。

方宝觉得，讲台是那么高，他两腿发软，看着台上春风满面的金大师，也有点眼花缭乱，模糊不清。临时上台，看到下面密密麻麻人头攒动，方宝心里直打鼓，他知道下面很多老板，企业家，商界奇才，他们比他的成就更大，比他讲得更好，他哪有资格讲这个东西？可是台下的人一直在鼓掌呼喊"加油加油"，他发现自己两条腿已经把他带到台上，他只能认真面对。虽然以前在公司里也经常给大家讲，可那是小范围的，有几十个人就不错了，现在这么大的场面，会场这么豪华，有上千人，灯光这么耀眼，这可如何是好？

幸好有长时间的销售经验，心理素质也已锻炼得能够随机应变，临场发挥。方宝定了定神，磕磕绊绊开始讲："各位尊贵的朋友，感谢金老师给我这次猝不及防、却非常宝贵的分享机会，我叫方宝，是从偏僻的农村出来打工的一名普通农民……"

这是他第一次敞开心扉，在大庭广众之下，将自己的故事，一五一十地说给世界，整个会场，鸦雀无声。真感情就是好文章，方宝一开始的紧张，被后来居上的真诚所替代，当他开始叙述自己的成长经历之时，就进入忘我的状态。

他是第一次面对这么多人演讲，也是第一次这么认真地回顾自己刚刚走过的不算很长却曲折生姿的人生。每一次绝望，每一次坚持，都是一次洗礼，陷入低谷，绝地反击，坚持到底，小有所成。整个过程流畅自如，长达三十分钟的演讲，一气呵成。在演讲的后半部分，他重点谈到推销行业对人的塑造和改变，他本人的现身说法是这个观点活生生的证明：

"我学历不高，文化也不高，做到现在还是挺感谢推销行业的。现在我也跨四五个行业，有自己的公司和管理层，通过这些平台改变了很多人的命运。在座诸位都是商界元老，企业高层，而我愿意以一个推销员的身份提醒大家重视推销，理解推销，支持推销！

"读万卷书，不如行万里路。行万里路不如阅人无数。男男女女还是次要的，还能遇到不男不女的阴阳人。有一次在青岛，我敲门，里面说：谁呀？我说：阿姨在家吗？开门一看是一个满脸络腮胡子的大汉，说话细声细气的，我不知道该叫阿姨好还是叫大叔好。在长沙一个酒吧里，男的坐到男的腿上亲嘴，亲热无比，我跟他们推销产品，他们也买。我出来就吐了。

"国与国之间的竞争，是经济实力的较量。经济实力背后是企业家的力量，强大的企业离不开强大的销售。一个好产品，没有销售出去就会在库房积压，过了保质期就是垃圾。而垃圾找对了地方，物尽其用，就能变废为宝。人人都在推销，比如，求职，求爱，招聘，竞选……求职是把自己推销给用人单位，求爱是把自己推销给心上人，招聘是把公司推销给有才干的人，竞选是把自己推销给选民！你不一定要一辈子做推销员，但你的人生一定要懂推销！"

掌声如潮，经久不息。以前大部分人以为销售是素质不高的人在万般无奈下的选择，是卖力气就能干的活儿，挣几个辛苦钱，没什么前途，不受人待见。不仅一般人这么想，就是很多运筹帷幄的公司老总和大财团的董事们，也没特别看重销售的意义，他们只看到销售是利润的来源，不一定能看到推销可以改变和塑造人。从社会底层成长起来的方宝带给他们的是完全不同的经验。门槛不高是事实，无奈之选或许也是真的，但是只要干起来，个中滋味，置之死地而后生的感受，没有做过的人很难明白。

一些从底层销售做起来的企业家们发出无比真诚的欢呼和热烈的掌声，他们觉得方宝说出他们想说但没说出来的话。方宝一讲完，就围过来一大堆人，要签名的，要名片的，要合影的，舍不得离开。

一个当时在场的银行界朋友，后来跟方宝成了好朋友，还说:“你这家伙挺能讲，把我眼泪都搞出来了。一开始看你那么紧张，我还替你担心，话筒快被你捏扁了。你的脸都已经变形了，你知道吗？哪知道你那么能讲，越讲越来劲，越讲越来劲。”

方宝知道，因为讲的是自己真实的经历，加上自己经过训练之后，做什么都可以。上台只是一个不适应的过程，适应以后，多大的场面都不是问题。

此次活动组织方还安排了中原文化之旅，大家去洛阳看了武则天脂粉钱开凿的龙门石窟，中国佛教第一名刹、释源祖庭白马寺，观赏了雍容富贵的中国国花洛阳牡丹，到登封少林寺领略名震中外的少林功夫……中原文化尽收眼底。

门里门外的爱情

金哲享誉华人世界，此次来郑州演讲，业界震动，几乎所有的行业精英都到场，因此方宝和赛普公司的名字随着他的演讲蜚声全国。郑州分公司的业务也稳步提升，开拓中原市场。方宝让王东接手，自己定期飞往全国各地巡视，以深圳东莞惠州为重心主持全局工作。

罗畅在北京给方宝打来电话，说："方宝，你演讲的视频我看到了，你现在在全国的 WWI 系统可是人尽皆知啊。"

"这还不是师父培养得好嘛！"

从听筒里传出的声音，因为贴在耳朵上，比当面说话感觉更亲密。得到师父这么含蓄而高度的夸赞，方宝高兴得有点脸红。

"变化真大，和刚进公司那会儿简直天壤之别，那会儿你就是个二愣子。"

"干推销，人不知不觉就变了。"方宝稳定了情绪，认真地说。

"听说你现在每天还出门作业？"

"我闲不住，就爱往外跑，喜欢和别人打交道，一天不卖点什么东西，我全身上下不舒服，骨头痒痒的。"

"我现在有点懒喽，没以前那么有斗志了。"罗畅的声音有点倦怠。

"人又不是机器，哪能时时刻刻激情四射呢。"方宝安慰师父道。

"你记不记得，你刚进公司我问过你一个问题：推销员卖的是什么？"

"记得，我回答是产品。"

"其实推销员卖的是自己。同样的产品，甲和乙卖的结果完全不一样，你和老杜去卖，结果也不一样，为什么呢？产品是一样的，价格是一样的，甚至面对同一个顾客，对方的反应都是一样的，所以优秀的推销员卖的都是人：信心、魅力和影响力。"

"这句话我有同感。记得一次下大雨，我在一户院子门前推销，那家女主人一看我淋得跟个落汤鸡一样，赶紧让我进她家躲雨，后来还痛快地买了三包产品，我知道她买的不是产品，而是我的敬业精神。"

"好，现在呢，你还是要把更多的精力投入到团队的管理，这也是一门大学问呢！我现在在人大学习MBA的课，越学越发现自己无知，以后我们见面多多切磋。”

“我很期待，到时候我要向师父多多学习。在北方气候干燥，要多注意身体啊。”

“放心，我们跑业务出身的，没有什么环境适应不了。”

“那您保重！”

“你也要注意身体哟！”

跟师父结束了通话，方宝憧憬着未来跟师父一起征战推销界的壮阔场面，不由得心潮起伏，跳动的思绪勾出小时候看过的武侠小说上的字眼儿，闯荡江湖，历尽磨难，功成名就，万人传颂，此生不虚此行，大丈夫当如是也！

隔壁办公室传出一男一女的笑声，是王新月和杜永泽。刹那间，方宝心灰意懒。他感到太压抑，但是不知道怎么疏泄。一方面，他还是已婚身份；另一方面，他一心扑在工作上。在老杜来之前，方宝和王新月是有那么点意思，但是公司明令禁止员工谈恋爱，更主要的是自己吃饭还是问题，无暇顾及其他，所以跟王新月保持同事关系——好吧，比同事近那么一点点。不知深浅的老杜，竟然捷足先登，这让方宝很不舒服。方宝又觉得自己没权利说，要说，就是用公司规定阻止他们，这等于公器私用。为了暧昧不明的感情吃干醋，拿公司制度冠冕堂皇地对待自己的兄弟，方宝觉得不值得，也太下作。他此时能做的，就是打探一下王新月的心思。

他想，现在终于有时间，郑重其事地请王新月吃顿饭了。

晚上，在一家海鲜酒楼，酒楼装饰得金碧辉煌，门前的停车场豪车云集，两个模特儿身材的礼仪小姐亭亭玉立，巧笑倩兮，美目流转，仪态万方。

大堂左侧是海鲜区，各种鱼类在水箱里游来游去，几只通体红色的大龙虾龟缩在玻璃箱里，不耐烦地挥动它长长的螯爪和触角，再看价格牌：298元/斤，以前方宝曾经从这家酒楼的外面走过，那时候看见这个价格会吓一跳，心里盘算吃这么一顿饭得花多少钱。但是现在的方宝对此并不关心，他明白在哪里吃饭，只是意味着主人对客人的重视程度；若亲如家人，反倒在哪里都无所谓。方宝跟王新月曾经如家人一般默契，所以才可以在办公室用语言铺陈一桌梦想大餐，如今，他已不确定，在不确定之前，只能以客人之道，给予尊贵的招待。

他们选了一个雅间，双方落座，方宝看着对面的王新月，她脸上的表情也模棱两可，似笑非笑，似嗔非嗔，接到方宝的邀请，既不惊喜，也不拒绝，只是说好，一副无可无不可的样子就跟随方宝来了。这丫头，在这儿时间久了，也神鬼莫测，方宝心想，纵使我明察秋毫可以瞬间判断客户的心情而施以手段完成销售，此刻竟然也无用武之地。

事实上，当一个人心中被情感干扰的时候，很难做出准确的判断。还是开口问吧，他打定主意，叫了几个菜，也让王新月点了两个。服务员端来一瓶红葡萄酒，给两人各斟了半杯，服务员关门出去，方宝举杯问候："新月，来，你为公司服务这么久，辛苦了！"

印象中，这是方宝第一次这么称呼王新月，既亲切，又陌生。她的回答也滴水不漏："谢谢，这是我的工作，应该的。"

第一个回合，不分胜负。方宝只好奋起直追："你觉得我兄弟杜永泽怎么样？"

"他做得很好，大家不是都在进步吗？"

"最近你好像很忙？"

"公司业务多了，我们的工作也会相应多起来，你不是也很忙吗？"

"我是说，我们聊得比以前少了。"方宝尽量把话往明里说。

"是啊，你没时间，我也不能追着你吧？以前我觉得我可以帮到你，现在你是大忙人了，再去打搅，就是不知趣了。"王新月还是一脸的淡定，露出温和的笑意，光洁白净的脸颊上，酒窝隐约浮现。

方宝愣了，他从来没想到，王新月会这么想。她在他最艰难的时候给他支持，在他受挫折的时候给他信心，在他丧失斗志的时候给他鼓励，可是现在他小有成就，她竟然认为跟他一起变成攀附了？方宝忽然觉得自己疏忽了很多东西，但是他从来没有觉得在她面前，自己有什么改变，他鼻子一酸，有点感动了，忽然想起什么来，问："那老杜呢，他现在也是需要你的帮助，对吗？"

“他是你老乡，到公司不久，他来找我帮忙，我没有理由拒绝。”

方宝忽然不知说什么好，这时服务员敲门上菜，一盘一盘端上来，他们谁也不知道上的是什么菜。

打包好菜，他们保持着经理跟文员的距离，走出雅间。此时的方宝心里很踏实。他想，阿蓉那边应该做一个了断。想什么来什么，王新月拎着打包饭盒等在门外，方宝经过盥洗处，无意中看见对面镜子里反射过来一个熟悉的身影——阿蓉！她半弯腰，对着镜子好像在补妆，原本乌亮的长发如今染成了金咖色，显得更加华贵，发尾处向内卷起来，略带些俏皮而有女人味。一袭昂贵的晚装，将她的身段包裹得凹凸有致。方宝发现她的时候，她似乎也发现对面镜子里有个男人在关注她，她的动作和腰肢忽然僵硬起来，呆住不动了。

方宝走出门外，只见王新月眼光闪烁着在等他。

他想，应该告诉阿蓉，他可以还钱了，于是站在小花丛旁边一个大理石茶几前。

实际上只有大约一分钟，而方宝感觉有半小时，阿蓉终于迎面走来，白皙滑嫩的面颊不像以前素面朝天，而是略施粉黛，显得精致而庄重，细长的手指柔嫩依旧，只是指甲盖上涂了粉红色的指甲油。方宝甚至看见了那指甲上精描细绘的樱花。晚装是V字形领口，当胸坠着一颗小钻石。那双多情善变的大眼睛依旧顾盼生辉。她朝大堂人声嘈杂之处张望，然后迅速看了一眼方宝，小声说：“回头再说。”

“不用回头，告诉我银行卡号，我把三万块连本带息还你！”

阿蓉睁大眼，吃惊地看着西装笔挺的方宝，似乎面前这个小个子男人已经跟从前那个穷光蛋判若两人。她欲言又止，急匆匆赶去大堂那边，跟那帮吆五喝六的人热络地打招呼。

方宝只好往门口走，王新月正在玻璃门外朝他微笑示意。

他正准备推门出去，此时，大堂那帮人里有人站起来，大声说：“你们看，那不是上次金老师课上分享经历的那个方宝吗？”

“嗯，好像是，问问他，老婆跟人跑了这事儿，是瞎编的还是真的？”

“是啊，方老师，方老师留步！”

另外几个站起来，其中一个说：“方总，您忘了，那天您还给我签名呢，笔记本我还带着呢！”

阿蓉脸色一会儿红一会儿白，愣愣地看着这一切，似乎没懂是怎么回事。

此时的方宝被一群人围在中央，他们重新开了一桌，要茶要水，请方老师详细说说，而门外的王新月，大堂的阿蓉，都似乎不在方宝的视线之内。

今天，阿蓉只是陪酒，那个南山区饭店老板早已是20世纪的事，她经历无数次的抛弃与背叛，也面临无数次的重新选择。每一次选择，都将穷光蛋方宝排除在外，她誓死不回陶瓷厂。直到那次她被老板软磨硬泡逼着以贿赂的方式去酒店陪一位领导，巧遇方宝，才知道方宝也已不在陶瓷厂了。她曾有一刻想了解方宝现在的生活，可是音信全无。

这次看见西装革履、神采奕奕的方宝，刚才听他说要还钱的那句话，现在又听这些人七嘴八舌的谈论，然后一桌子的人围过去找方宝聊天，她忽然明白该怎么选择了。她安静地坐着，等着他们凑热闹起哄闲聊。

门外的王新月手拎饭盒，耐心地等着。

方宝虽然乐于跟人分享自己的经历，但这时候，他明白分寸，尽量用简短的语言回答他们的问题，并告诉他们，欢迎大家去赛普公司参观指导，希望大家多支持推销行业。闹了半小时，人群才陆续散去。阿蓉在最后一个人离去时，酿足情绪，赶了上去。

“真没想到，我们会在这里见面。”阿蓉抹了抹眼泪，粉底、眼影、睫毛膏被泪水洇得满脸都是，“他有钱，他说他爱我，我以为我们会结婚。一开始我根本不知道他有老婆有孩子，后来才知道。我跟他闹。可我听说儿子生病了，等钱救命，我能眼睁睁地看着不管吗？我问他要了三万块。你以为我容易吗？”

“对不起，是我没用，连儿子也照顾不了。”方宝本想狠狠骂她一顿，好好发泄一下这么多日子以来的绝望、艰难和孤独，但他看见自己的结发妻子楚楚可怜的样子，哽咽了。

“现在呢，我可以帮你把钱还上。”

“不用了，我跟他已经分手了。那次酒店真的是他逼着我去的，也是为了还那三万块，你要相信我啊！为了我们儿子的将来，我现在只能靠自己，还能靠谁呢？”

方宝的心已经软了一大半，刚才在雅间里想好的事，忽然又如梦影飘飞。他偷眼看了看玻璃门外表情诧异的王新月，阿蓉也顺着方宝的视线看过去，大体明白了，问：“你现在过得好吗？”

“我……”方宝不知道该怎么回答，再看门外，已经空无一人。

“圆圆现在应该长大了，我们回去看看吧！”

方宝没有理由拒绝孩子母亲的提议，他甚至一直想的都是能跟阿蓉和好如初，带圆圆在身边。经阿蓉这么一说，一家人和和美美，恢复往日幸福的渴望，在方宝内心绝对占据主宰地位。彷徨无定的心，从刚刚停靠的王新月那边，飘向失而复得的阿蓉。他知道这样对王新月很不公平，但是事出无奈，他只能跟王新月说抱歉。

很快，阿蓉那边传来消息，说要来惠州。方宝以前空闲时喜欢和王新月聊天，阿蓉即将来惠州，他觉得还是避嫌为好。他刻意让自己忙个不停。以前如果不外出，中午就会和王新月光顾楼下的大排档，现在他借故不和王新月一起吃饭，王新月也默默无言，知趣地离开。方宝只能疏远王新月，她在他最无助的时候给了他很多帮助，他也知道她喜欢他。但圆圆不能没有妈妈，爹娘不能没有儿媳妇，更何况，他还爱着阿蓉。以后他可以堂而皇之给儿子打电话，不怕爹娘和儿子问起阿蓉。

对，找房子，得找到一所干净的房子，一个人挤宿舍没问题，阿蓉来了得有个住的地方。以前找宿舍、订酒店之类，方宝都交由王新月办理。他习惯性地叫来王新月，对她说，“帮我找个房子好吗？两个人住的。”

她咬咬嘴唇，断然说道：“这是你的私事，又不是公事，凭什么让我做！”一扭头，她转身快速跑出办公室。

方宝忽然觉得，是自己疏忽了，看到她冲出办公室，跑到电梯口，拼命摁着电梯，嘤嘤哭泣。杜永泽恰逢其时出现在楼梯口。

一个星期后，阿蓉拖着大大小小七八个行李箱来到惠州。为了迎接她，方宝特意将新租的房子彻底打扫了一遍，到花店买了一束红玫瑰，穿上刚买的衬衣，光顾了街上最贵的一家理发店。镜子中的方宝容光焕发。

方宝到车站把阿蓉接回来，老杜作为一起从小玩到大又同时来深圳打工的老乡，也出席了给阿蓉接风洗尘的晚餐。在餐桌上，杜永泽西装革履，白衬衫，蓝领带，看上去比以前精神多了，阿蓉挑着眉梢瞧着杜永泽，笑嘻嘻地说："你别说，人靠衣装佛靠金装，乡下的大老粗一出来，都捯饬得跟大款似的，呵呵！"

"谢谢嫂子夸奖！是方宝带我出来的，我要敬大哥一杯！"杜永泽知道阿蓉话里多少有些揶揄的味道，但是他不生气。阿蓉的话里还是有赞扬的意思。她能这么评价他，他已经很满足了。更重要的是，现在他希望方宝跟阿蓉和好，真心希望。记忆中对阿蓉残存的一点幻想，如今已经被王新月取代，"朋友妻、不可欺"的古训也让他将一腔热情抛向王新月。作为这对患难夫妻千回百转幸福路的见证者，杜永泽保持着适度的感慨，举杯祝福他们地久天长，陪他们一起诉别后情形，把酒言欢。

吃完晚饭送走老杜，方宝和阿蓉回到住处。阿蓉带着久别重逢的雀跃心情，美满安定的家庭生活忽然而至，她情不自禁地跟丈夫聊起乡下的生活，谈分手后的际遇。哭一会儿，笑一会儿，互相擦着眼泪，安抚着彼此。奇怪的是他们好像从来没有分开过一样。她蜷缩在他怀里，唤醒沉睡已久的激情。

早上起来，阿蓉熬好粥，买来油条早点，笑吟吟等方宝醒来。方宝揉了揉眼睛，又掐了掐自己的胳膊，疼。多少年了，这样的梦时不时就出现在脑海，没想到，今天居然成真。可是真的发生了。发生在当下的幸福，那么虚幻，像梦境，好像一不小心就会从手中飞走。方宝乐颠颠地吃完早餐，在阿蓉额上深深一吻，恋恋不舍地揽着她的腰。她笑着推他出门，你侬我侬，好像回到热恋时。

方宝觉得自己是世界上最幸福的人。他找了个空闲时间，带阿蓉回乡，把二老接到深圳安享晚年。圆圆也终于回到爸妈身边，在深圳上了一所学校，一家五口甜甜蜜蜜地过日子。半年后，家里盖起了三间冬暖夏凉的新瓦房。爹娘在深圳住了一段，还是习惯在老家，就回去了。

幸福像扇着翅膀的蜂鸟，倏然飞过。人们总喜欢坐在窗台上，无比神往地望着夕阳，将瑰丽绚烂却无法触及的梦当成幸福，在渴望幸福中错过幸福。

拿什么拯救你，兄弟

深圳作为赛普公司的总部，在罗畅去北京深造之后，全权交由方宝坐镇。方宝自己开发出来的是惠州，东莞是跟师父罗畅一起打下来的，中原市场也已经打开，所以方宝经常会在这几个地方巡视，但主要还是在深圳统筹规划，也会灵活机动地调兵遣将，适时调整，同时掌控全国其他地方的分公司情况。这样一来，方宝就差不多成了空中飞人，陪阿蓉的时间自然减少。

深圳是包容的，她接纳全国各地怀揣梦想的外来工；她又是狭隘的，这些人要有暂住证才不会被遣散或拘留。在震惊全国的孙志刚事件发生之前，出租的村屋、廉价的平房，经常遭遇到治安人员半夜三更来查暂住证。熟睡中的人们被惊醒后，不得不手忙脚乱地翻找一张小纸片，就是用以证明他们居留合法的暂住证，否则就会被当成流民，遭到收监，直至家人送来赎金才能重回自由身。赛普因此流失了好几个推销精英。

因为方宝常在深圳，就把管理层一班人马拉回深圳。为了能多招呼老乡，就把杜永泽也带了来。这天杜永泽跟伙伴们到鲤鱼坝作业，那里离深圳龙岗咫尺之遥，但是天黑他也没回来。同伴们说，集合时没看到他，打电话也没人接。方宝不停地打，打到 12 点，手机关机。一晚上方宝睡得不安心，猜他应该被关起来了。

事实是杜永泽到下午 6 点才卖出去一半的货，不好意思回去跟人汇合，就自己在这人生地不熟的地方乱逛。他深一脚浅一脚地走到龙岗，碰上两个治安员，没来得及辩解，就被拉上车，直接送到收容所。治安员把他拉到地下室，关进牢房，跟小偷和嫖客关在一起。

可想而知，从未见过这个场面的杜永泽会如何惊恐万状，担惊受怕。在那种地方，自然免不了被欺负和殴打。

这种事情方宝有经验，因为他去过，熟门熟路，找了几个收容所，第七天才找到杜永泽，交了 2000 块把他领出来。

这个七尺男儿一见老乡方宝，哭得地动山摇，胡子拉碴的脸皱纹堆积，全身散发一股恶臭，三米之外都能闻见。

方宝想他没少挨饿，赶紧找了家餐馆。杜永泽大口囫囵，风卷残云。方宝在一旁看着心疼，说："不着急，慢慢吃。"杜永泽一言不发，埋头足足吃了 5 大碗饭，最后瘫坐在椅子上站都站不起来，这才说了第一句话："我好几天没吃饭了。"

方宝为了安慰老乡，聊起自己以前类似的经历："这种事是难免的，我也被关过两次。头一次代价是贡献了钱包和新买的手机，外加一条纯牛皮的皮带；第二次更不走运，电话不让打，被关在一个阴暗潮湿的小房子里，吃喝拉撒全在里面解决。墙角挖个地洞就是厕所，旁边有个水龙头，喝了就喝一口。四面的墙壁渗着水，泥浆流得遍地都是。那两天偏偏天公不作美，气温忽降，屋子里又湿又冷，一开始我还能站着，站久了就想蹲下去，腿蹲麻了就瘫到地上，困了就一头倒在泥浆里，咋办呢？半夜被冻醒，我全身裹着泥浆，衣服湿透了。天亮后进来一个狱友，他指着铁窗外一个浓烟滚滚的大烟囱说，'看到没？那是殡仪馆。'看着直往外冒的鬼影子一样的黑烟，我当时全身直起鸡皮疙瘩……"

方宝给老乡讲这段经历，目的是缓解他的压力。杜永泽两眼失神，机械地问："那你最后怎么出来的？"

"求爷爷告奶奶啊，半个月后终于打通电话，补交半个月的五星级饭店住宿费，我才重见天日。我的腿因此得了风湿性关节炎，每逢刮风下雨就麻麻地痛。”

听方宝讲完这些糗事，杜永泽瞪着一双无辜的大眼睛，满是惊慌和恐惧，停了半天才幽幽地说，“如果是我，肯定不在深圳待了。”好的不灵坏的灵，真是一语成谶。

方宝想着应该没事，自己二进二出，好几个队员也光顾过收容所，大家对这种事情已司空见惯，因为不常遇到，而且都会解决。可是杜永泽三天后仍然像霜打过的空心萝卜，虽然一如往常地跟着方宝扫街扫楼，但整个人恍惚得六神无主。

方宝看他神色不对，午饭时特意开导他，和他击掌鼓励加油后，他就沿着临街的铺面开始推销，方宝在他对面的店铺。刚拜访了两家，就听到对面有人高喊，“小偷！抓小偷啊！”方宝赶紧跑过去看，却看到杜永泽被人狠狠扇了一个耳光。两个男人拳脚齐下，杜永泽抱着身子四处躲闪，不停地辩解，“我不是小偷，我没偷东西！”

敢情他被人当成小偷了。

“还说没偷，我看见了！”一个人高声说。

“我只是看看。”

“还不承认，不承认我揍扁你！”另一个人抓起一根鸡毛掸子，劈头盖脸地朝他挥舞过来。他躲不过，疼得他叫唤。

方宝赶紧冲上前，拉着那个人的胳膊说：“有话好好说。”

店主或许是打累了，改破口大骂了，引得两边的店员和行人围观。方宝解劝几句，拉老杜走出人群。在人家地盘上也不好说什么。方宝看他的手指尖上正滴血，赶紧扶着他找药店。他面色苍白，走路摇摇晃晃的，像一个被倒空的麻袋一样，在方宝的搀扶下木然地向前走。

“我要回去，深圳不是我待的地方。”

“老杜，你没必要把这件事情想得这么严重，这是偶然的。”方宝说。

“推销就不是人做的，我不干了。”

“先调整好心态，别放在心上。做个深呼吸，慢慢地吐气，吐出所有的烦恼、郁闷、沮丧、难过、不如意。”方宝耐心地安慰，不希望他就此丧失信心。

“我吐不出来。”杜永泽很气馁，他什么都不想做。

王新月走过来，耐心地劝解道：“这不是什么大不了的，你看这事方经理也遇到过，什么事有经验就有免疫力了。”

王新月话音没落，谁都没想到，杜永泽忽然抓住王新月的手说：“你还会喜欢我吗？你会看不起我吗？”

“你先撒手！我回答你！”王新月厉声喝道。

杜永泽触电一般松开，再次回到沮丧。

“杜永泽，我们是同事，我当然是关心你们每个人的，”王新月口气缓和地说，“我们不会看不起任何人，而且你的进步大家是有目共睹的！”

“我知道，你不喜欢我，你喜欢方宝对不对？”杜永泽突然直愣愣地问道。

王新月感觉一下子从腮边热到耳根，急忙辩解：“你胡说什么！”

“我没胡说，我没有你想的那么笨，傻子都能看出来，可是傻子也知道，方宝是有家有室的人。你不知道吗？”

王新月气得浑身发抖，不能自已，起身跑了出去。

方宝半天没说话，等王新月出去，才慢慢跟这个直心眼儿的老乡说：“我的好兄弟，公司不准员工之间谈恋爱，我告诉过你。我跟她不可能有什么，这个你也知道。你追她，已经不符合公司制度了。你追她，她同不同意，是你俩的事，为什么要扯上我呢？”

气走王新月，老杜知道自己刚才是冲动了，他一直觉得自己不行，刚刚在这里建立一点自信，又被新的问题困扰。他生怕别人看不起，尤其是怕曾经欣赏他而他心仪已久的王新月会失望，这种挫败感跟他一厢情愿的单相思纠缠一处，一旦受挫，自然伤心至极，是职场情场的双重挫伤，难怪他乱了方寸。

方宝平心静气地好说歹说，从里到外反反复复地掏心窝子，摆事实讲道理，现身说法。他觉得这比攻克一个客户掏钱买东西难度都大。看着老杜的苦瓜脸慢慢缓和过来，方宝又安慰了他几句，让他回去好好休息，睡一觉就好了。

王新月，王新月。方宝心里默念着这个名字，没有声音地自言自语，这辈子，只好对不起你了。

CHAPTER EIGHT

销售也是一种修行

真正的修行是对自己的全面提高，是对外界任何阻碍的无所畏惧，是对任何侮辱和打击的不动于心，是对自身弱点的克服。当一个人完成了自身的蜕变，圆满的佛性不请自来。

99% 的心态，1% 的技巧

方宝随着位置的变化，开始将工作重心转移到招聘、激励、团队管理上来。因为这个行业常说的一句话就是：进才就是进财，育才就是育财，留才就是留财。

罗畅进入人大 MBA 研修班如饥似渴地学习知识，同时开阔了视野，认识不少企业家和教授。他与国外的许多知名企业接触后，跟国内的企业交流和对比，了解到中国的企业还是比较落后的：一方面是企业理念的差距，另一方面是在管理战略等方面比较缺失。他将事业重心转向咨询业，在北京成立了一家公司，做得风生水起，在咨询行业迅速崛起，他也成了行业里的领军人物。国内的主流媒体几乎全部报道，中央电视台《对话》栏目还为他做了专访。

他常打电话跟方宝分享一些观念，比如企业家和老板的区别：老板只是寻找和捕捉商机而赚钱的人，而企业家是创建和打造组织体系与团队，不断组织和整合社会资源去创造价值的人。所以，招人是一个重要的环节，销售行业需要不断补充新鲜的人才，这个行业也因为塑造高素质的人才而变得更有价值，为社会创造更多无形财富和精神价值。

杜永泽有一次跟方宝来到人才市场招人，才发现这里是茫茫人海，很壮观。大部分是大学生，有的是夏天刚毕业，干了一段偶然碰到的工作；有的是一直在找理想中的工作，可是一直没找到。

杜永泽看着一个个愁眉苦脸的大学生，忽然想笑，趁没人应聘的空当问方宝："你说，他们上了那么多年学，都学啥啦？还不是得找工作吗？"

“那是，过去是分配的，现在扩招那么多，国家哪有那么多工作机会啊？机会是有，适合他们的没有那么多，或者说，他们能胜任的不多。”

“那人家也不会来咱这儿啊？这都是我们这种人干的。”杜永泽一脸心虚地苦笑。

“你没听说林静和姚志强吗？人家都是大学生呢！”方宝纠正他的老乡。

“哈，不是就那几个吗？大部分人还不是因为没文化才干这个的？”

“没文化可以学啊。我们这个行业更重要的是，一边学一边练，不比大学四年更实在？上学是花钱，我们这是挣钱。而且我告诉你，不比他们学得少。”

“这个我相信，看看他们那精神，干活还不如我呢！”

“嗯，那一会给你几个带带。”

“没问题呀，我这两下子，带他们不是玩一样！你说我以前是想上大学，羡慕大学生，现在是我可以随便辞退大学生，呵呵！”

方宝看这老乡要是长了尾巴这时能翘到天上，马上制止他这种小人得志的想法："老杜，每个人不都是从一张白纸开始的吗？你嘲笑别人，就是嘲笑自己的过去。"

“哦，那倒是，可是他们的确是大学出来啥都不会啊！”

“你不要小看大学，现在大学毕业虽然是没有实质性的技能，但是有基础、没基础还是不一样。尤其我们推销，其实没有门槛，不要求专业的技术，主要是拼心态。”

老杜低头不语，他知道自己还是有欠缺的，心态忽好忽坏，不稳定。

说话间，招聘台前已经站了一排人围观。方宝提高嗓门道：“各位同学，可以看一看，这不是一个高门槛的行业，却是个最有收获的事业。读万卷书，不如行万里路，行万里路不如阅人无数。世界没有推销员，一夜倒退五百年。麦当劳的垃圾食品每一天都在大把大把地赚中国的钱，赚全世界的钱。我们也可以做推销强国，把中国的好产品推到国外去，赚外国人的钱，赚全世界的钱！”

他们没见过这么热情的，其他公司的工作人员坐着聊天，有人问才搭腔，只有方宝热情如火，谈吐不凡，所以驻足观看。

方宝继续说：“谁都喜欢挣很多的钱，我想告诉你们的是，让自己值钱，而不是去赚钱。这是一个学习的机会，每天都会进步一点点。只有脚踏实地，让自己能力提升了，成功就是水到渠成的事。结交高人，不如把自己变成高人。主动出击，不要觉得怀才不遇。怀才如怀孕，你抱怨没人看出你的才华，那是因为你的才华还不够大。来！加入我们，给你机会，让世界看看你到底多大本事！”

聚集的人越来越多，有人一脸迷茫地问：“我们倒是想干，可是我们没经验，也没技巧啊！会不会很难做？”

方宝越说越带劲：“99% 的心态，1% 的技巧。心态是决定性的，你们谁没谈过恋爱？请举手。”

忽然听到这个问题，他们一脸茫然，面面相觑，不知要干吗，当然没有人举手。

方宝笑着说：“谁是学会谈恋爱，才去谈的？你们爸妈教过吗？你们怎么自己就会了呢？你朝思暮想，就会想办法，问别人。就连最内向的人也会自己想办法，怎么见到她，怎么跟她谈。只要你想做，就能做好！而且我们这里有团队，有师父手把手教你，只要你肯学，没有学不会的！”

“那会不会很苦啊？”有个小伙子傻呵呵地问。

方宝耐心地解答：“怕吃苦的吃一辈子，不怕吃苦的吃一阵子！什么是奋斗？奋斗就是每一天都很难，可是一天比一天容易；不奋斗，每一天虽然都容易，可是一天比一天难！”

他这么一说，有几个人跃跃欲试。杜永泽让他们报名，填表，筛选简历，心里忍不住窃喜。

这一天他们招到八个人，第二天来上班的有六个。方宝给老杜一个机会，让他带带人。一方面是考察新人，一方面也是督促老杜成长，就让他带三个，王东带三个。分头行动。

这天老杜带着三个新人走街串巷，来到一条僻静的街道，刚敲门，就有人哗啦泼出一盆水，正好浇了老杜一个醍醐灌顶。老杜站在那里，看着那个倒水的胖女人。那女人脸色由懵懂转为愠怒，似乎是显示她泼水的正当性：“一大早就敲敲敲，你们是干吗的？”

老杜站着没动，他第一天当师父，昨天信誓旦旦地跟方宝夸海口，说带徒弟没问题，现在可不能临阵逃脱，他定定神，脸上挤出笑容说：“我们是做推销的，谢谢你免费给我冲凉！”说着他递上一张名片。

“推销？怎么又是推销？你们真够烦人的！我什么都不需要！你滚！”那女人说着把递过来的名片刷刷刷撕个粉碎，甩到老杜那张笑意犹存的脸上。

这张脸的笑容随着纸屑的冲击烟消云散，代之而起的是一种不容侵犯的神情：“你以为只是撕了一张名片吗？你撕掉了我们几个年轻人的梦想！你罪孽深重！”老杜不知道哪里来的一股勇气，嗓子里发出铿锵有力的声音。

对面的胖女人惊呆了，似乎自觉有点过分，赶忙说：“那个，大兄弟，看你这么认真，我买你东西还不成吗？”

这时候杜永泽下巴倔强地一扬：“对不起，我不卖了！”

“嗨，你这不是较劲吗？劝你干点别的轻省活吧，年纪轻轻干啥不好要干这个？”那女人还在找台阶下。

老杜义正词严地说：“这工作怎么了？不偷不抢不骗！这工作不知道多好呢，很能锻炼人，年轻人才需要锻炼自己，每天可以见不同的人，你知道吗？而且只有做了这个，你才能感受到其中的滋味哦。像您这样天天在家，也就跟老公孩子打打交道。我们可不一样！不吃苦中苦，难为人上人。我们很享受我们的工作！”

这一幕不仅让那女人目瞪口呆，也让后面三个新人心中暗暗佩服。更重要的是，杜永泽忽然觉得，自己不一样了。做推销就是这样，有时候，自己不知不觉就开始改变。

这一天，杜永泽给徒弟们做了一个榜样，鼓舞大家，让大家对这个工作充满信心。但是回到公司，方宝听完他的汇报之后笑呵呵地劝说老乡：“老杜呀老杜，这事儿也就你能干出来！咱们推销员的确是有尊严的，不能为了钱丢了人格，可也不能为了自尊拒绝客户的购买行为呀。咱还是要靠业绩说话的，不能为了精神上的满足放弃现实利益，这个可要平衡好。”

“为了精神，放弃现实？”老杜忽然像被什么击中，痴呆一般，半天无语。

肉身的磨难是神性的开启

方宝接手管理公司，林静心里虽然有点不服，但也知道，自己的确没有打牢群众基础。她这才觉察到，人的确是社会性的动物，人是需要群体意识和归属感的。她难以克服根深蒂固的个人主义倾向，不是没有原因的。

她上大学时接受的是普遍强调个性、不注重团队的观念。这是因为在她成长的时期，整个社会思潮，对过去个性被压抑、片面强调集体主义和奉献精神，有一些反弹。

社会就像一艘巨大的邮轮，被冰山暗礁触碰改变方向之后，开始朝另一相反的方向开足马力，矫枉过正。长期被集体主义意识形态压抑的个人主义，一旦挣脱牢笼，就像一匹野兽撕咬一切束缚它的东西，形成极端个人主义——私欲膨胀，秩序混乱，盲目拜金，道德沦丧，信任危机。

人们在这种巨大的、吞噬一切的社会思潮中迷失方向，随波逐流。整个时代，所有人都被裹挟在时代思潮中，饱受折磨，难以自拔。本就处于社会底层、不关心社会思潮的罗畅方宝辛未这类人，反而没有思想包袱。他们只知道要吃饭，要挣钱，要获得好人缘，就得帮助别人，这是很简单的道理。所以这个公司的平台正好符合他们的信念，在克服个人私欲方面，并没有遇到像林静这样受过高等教育的人这么多的牵绊。

改变是由她进入这个行业开始的，给她带来明显转折的，却是她的诗人男朋友。

在大学期间，她性格开朗，交游广泛。她五官精致，皮肤白皙，气质不俗，所到之处总能聚集所有男孩子的目光。她有与生俱来的特立独行的气质，不急于在学习期间谈朋友，而是广泛参与社交活动，组织各种兴趣小组，在学校广播站做主持，参加各种文艺活动。大学第三年她走出校门，进行社会实践，在商场做促销、兼职家教等。这在当时的社会环境下是不多见的。即使大学校园里恋爱成风，她也没有接受任何的追求者。大四毕业前夕，在一个诗社，遇到一个才华横溢、超凡脱俗的中文系男生，她一眼就知道，就是他了！

男追女，隔层山；女追男，隔层纱。这个男孩后来成了她的白马王子。他叫白俊杰，面如温玉，文采飞扬。他写了很多诗，还写了一部长篇诗剧《广陵散绝》，长达 60 万字。气势恢宏，场面壮阔，结构奇谲，意蕴深远，被当时中文系德高望重的苏溪教授高度称赞，说仅次于海子的诗剧《太阳》，而且在对中国传统精髓的挖掘、诗歌架构与容量上均有海子不能匹敌之处。这让白俊杰血脉贲张，兴奋不已，他信誓旦旦，在心里立下志向：此生只为诗歌而活！

但是花前月下，不适宜大部头的诗剧，他常常为林静读海子的简洁而优美的短诗：

从明天起，做一个幸福的人

喂马、劈柴，周游世界

从明天起，关心粮食和蔬菜

我有一所房子，面朝大海，春暖花开

从明天起，和每一个亲人通信

告诉他们我的幸福

那幸福的闪电告诉我的

我将告诉每一个人

给每一条河每一座山取一个温暖的名字

陌生人，我也为你祝福

愿你有一个灿烂的前程

愿你有情人终成眷属

愿你在尘世获得幸福

我只愿面朝大海，春暖花开

“面朝大海，春暖花开，意境好美啊。”学市场营销的林静闭眼沉浸在诗歌带来的幸福感中。她像是故意调皮，也像是认真地请教，短发俏皮地一甩，口吻一转，“只是我不明白，为什么是从明天起，做一个幸福的人？为什么不说今天呢？那今天干吗？”

白俊杰一时也不知如何作答，只是腼腆地笑一笑，不说话。他知道，海子没等到明天。在昨天的自由和明天的幸福之间，他把今天弄丢了。

相见恨晚的邂逅，注定了短暂相聚之后漫长的离别。毕业之后，林静选择自己喜欢的销售，她的王子选择继续读博。因为爱，他们支持彼此做自己喜欢的事，时不时写信联络，鸿雁传书。

两年之后，林静已成为赛普公司最优秀的推销员，月入两万。她的王子被分到了一家诗刊杂志社。这个杂志社曾经洛阳纸贵、一册难求，如今发行量日渐萎缩。

白俊杰的梦想是把自己的大型诗剧《广陵散绝》出版，并且异想天开地计划着，如果诗剧畅销了，他就有可能将诗剧排演出来，让更多人看到。可是浮躁喧腾的时代，谁会静下心来吟咏诗歌呢？他被告知，如果想出，可以，你要自己花钱，三万块，而且是香港书号，在大陆也看不见，这让他十分受挫。

他不愿意步海子的后尘，因为他有林静。当男人这架风筝有了女人在尘世的情丝牵引，就不那么容易凌空高蹈，而是更容易接受现实的人间烟火。经过一段时间思想的挣扎，他跑去跟苏溪教授告别。这个告别充满仪式感，意味着与多年的象牙塔之梦告别。

当时苏溪教授正在他堆满书籍的书房戴着老花镜钻研魏晋文学。他听见自己的得意门生这么说："苏老师，我以后不写诗了。"

他好像没有听清楚，摘下老花镜，无意识地摸了一下花白的乱发，颤巍巍地说："你说什么？"

"我已经从诗刊杂志社辞职了。"

"为什么？"

"因为这不是一个诗歌的时代。"

"哦……哦……那么，"教授顿了顿，沉吟半晌，然后慢慢地说，"他们需要什么，你就去吧！"

苏溪教授的镇定出乎白俊杰意料。他不知道的是，恩师并不是一个食古不化的老学究，他只是尊重学生的选择。尽管苏教授觉得当今之世，应该多一些人坚守精神层面纯粹的东西。既然他的学生白俊杰已经做出自己的选择，那么，这选择就是应该被尊重的。他无权干涉。

在谈话的最后，他叮嘱他的爱徒："无论做什么，记得不忘初衷。记得你的梦，可以埋在心底，但是不要轻言放弃。"

白俊杰热泪盈眶，辞别恩师，听从女朋友林静的召唤。

一开始，刚从象牙塔中走出的白俊杰自然不能适应这巨大的改变。林静明白，他照样要从推销员做起，没有这个基本功的训练，做什么都不行。在深圳凉爽的秋意中，诗人白俊杰遭受到的白眼和冷遇因为他心性的细腻敏感而加倍放大。然而诗歌精神所赋予他的顽强意志和女友成功在前的现身说法，也让他有了坚持下去的勇气。

他在街头楼道间挥汗如雨，经历了在诗歌中苦苦寻找的神性洗礼。在意志力融化冰封脸孔和脚上的血泡结痂成茧的过程中，他感悟到，肉身的磨难，是神性开显的必由之路。

林静的爱，成为引领和激发他的生命进入新境界的力量。因为白俊杰身上重视诗歌架构的能力，让他很重视现实人际关系中同事关系的培养。当他克服无病呻吟的小我文艺范之后，实实在在的行为里，不由自主带出博爱无私，带团队反而比林静更快上手，很快就胜任领队，发挥潜藏的领导才能。他带的几个队员竟如乳虎下山，业绩出人意料的好。白俊杰一时被同事们尊为“白大将军”。

因为白俊杰的后来居上，林静也开始从内心真正重视起队员的成长。

佛门内外皆修行

人有时候会因为某一件事，或者某个人，某个画面，某句话，改变一生。杜永泽就是这样，从方宝无意中对他的一个评价，发现自己的实质。这个实质是他以前懵懂无觉从未发现的，就是对精神上的满足超过对物质的占有。

这种特质通常发生在不那么底层、如白俊杰这类受过高等教育不怎么接地气的人身上，但是在老杜身上的表现是深层的。他不是因为学习了什么东西，才跟现实隔离，而是骨子里的对精神生活的重视。

比如，他可以一直暗恋阿蓉但不挑明，他可以常伴左右却不以他不能相伴而痛苦。他只要看到她开心，自己就开心。看到她难过，自己也难过。他享受这个内心中发生的精神经历的过程，而不是很渴望进入实质性的关系。因为他不需要通过现实的关系，只需要通过自己的臆想就能满足。

在跟王新月的关系中，他也并不希望明确什么，他甚至潜意识中拒绝明确，因为明确的结局就有一半的不可能，这会让他失去内心的美好感受。这也是为什么当他遭受挫折时担心被王新月轻视，那样恐惧。这之前都是一种无意识的流露，他在其中并不知觉。

现在，方宝无心的一句话点亮了他，“为了精神，放弃现实。”他记得以前去厦门出差考察市场，路过一个寺庙，见到一位出家人，飘逸如仙鹤，举手投足，都安然自在。他心中无限神往，居然忘记了卖东西。但是他不知道这是为什么，以为就是自己累了。

今天这一刻，他忽然觉得，自己不属于这里，这不是自己想要的生活。他闷闷不乐回到宿舍躺在床上，昏昏沉沉地睡去，恍惚中又鬼使神差地被带到了记忆中那个寺庙门口，金钉红门洞开，门口香烟缭绕，信众络绎不绝，门楣匾额上镌刻着乌木金书三个大字“松峰寺”。

一看即知，是乾隆皇帝的墨宝，运笔潇洒，飘逸遒劲。然而这个寺庙的特别在不名字，而在于名为松峰，但是并没有建于山间松林，而是正好在闹市的一条街上。杜永泽想不明白，这皇帝是什么意思，怎么会这么马虎。他看见跟寺庙隔壁就是一个夫妻保健用品店，玻璃门上贴着的“印度神油”“延时半小时”的广告海报，跟松峰寺墙上的“毗卢性海”“入般若门”的字样倒是驴唇不对马嘴地相映成趣。

“都是印度人，这差距咋这么大呢？”他顾不得细想这些，直入天王殿，看见有人在弥勒像前的拜垫上匍匐在地，磕头如捣蒜。奇怪的是，以前杜永泽觉得真愚昧，对着泥胎木偶当祖宗，可是现在忽然觉得他们的表情和身姿是庄重和安详的。

他正想着，忽然看见那天见过的那个飘逸如仙鹤的僧人手捧饭盒走过天王殿，往斋堂去。

“师父留步！”杜永泽不知哪里来的勇气和动力，叫住了这个出家人。那人剃着油亮的光头，油光之下隐隐泛出一层淡青色，从发迹往上，一片清凉之感。见有人呼唤，站住搭话：“有事找我？”

杜永泽看见这出家人也就不到40岁，面色素洁，神色安详，穿一身土黄色僧袍，白袜芒鞋，真的是行如风，站如松，浑身透着一种潇洒自在的气度。杜永泽一时不知说什么好，嗫嚅着："哦，没事。师父怎么称呼？"

那僧人粲然一笑，吐出两个字"喜雨"，转身走开。

杜永泽忽然想到了什么，脱口而出："喜雨法师，我想出家！"

那僧人又回头看一眼杜永泽和他背后的包，笑一下，穿过回廊，进了斋堂。斋堂门口架着一只巨大的木鱼。木槌竖在旁边。

第二天一早，杜永泽到公司，直接去经理室找方宝，"我想出家！"

"啊？"方宝从摞得高高的应聘简历里面抬起头，像弹弓一样跳起来，"你怎么会有这种念头！"

"我真的不适合做推销员。我不像你，热情、乐观、积极。正像你说的，我是一个更重视精神的人，做事提不起劲。这对推销员来说是致命的，我想我还是放弃吧。"

方宝这才明白老乡说的是认真的，就郑重其事地开导他："我以前不也这样吗？你看我个子没你高，长得也没你帅，咱们一起玩到大，你知道老婆嫌我没用都要跟人跑，还想过自杀，我不比你失败十倍、百倍、千倍？可是你看到的，现在的我和以前完全不一样。推销改变了我，也改变了我的命运，它也能改变你。人不是一成不变的，我就是一个活生生的例子。我看你现在已经可以当师父了，所以才说得重一些，你可不要灰心啊！"

"我也知道推销确实可以改变我的命运，这是再好不过的事业，但我无法欺骗自己，我并没有那么大的雄心，也不想取得多大的成功，我对挣钱的欲望真的不高，可是我觉得出家最适合我了。"

"早知道我真不应该让你离开陶瓷厂。"

"陶瓷厂也不是我待的地方，出家才是我最好的归宿。"

"你打算去哪个寺庙？现在谁要你呀？"

"厦门松峰寺。我感觉跟那儿的喜雨法师很投缘。"

“既然投缘，你没卖产品给他吗？”方宝心下一转，冒出一个点子。

“我们卖的是梳子，出家人怎么会要？”杜永泽愕然。

“那我和你一起去，不过你知道我，上哪里我也要工作的。你明天也背上产品，记住，背上一包梳子，如果我们成功地卖出去了，你可不能出家。”

杜永泽无可无不可地笑笑。

他们就这样决定了，晚上乘大巴赶往厦门，第二天一早七点多，车到厦门，他们随便吃点东西，马不停蹄地一起来到隐于闹市之中的松峰寺。在方宝看来，寺庙虽然年深日久，但屋宇庙檐保存完好，丝毫没有衰败残破的迹象，跨过门槛，闹市纷扰忽然消散，顿有幽远清静之感。门槛左侧的碑文撰写着它的历史渊源，据考证清朝著名的得月禅师年轻时曾在松峰寺修行。正殿两侧的圆柱上刻着一副楹联：“有福方登圣贤地，无缘难入解脱门。”

他们绕过天王殿，朝里面的大雄宝殿走去，一个穿着僧衣的人迎过来。

“师父，我又来了！”杜永泽像见到久违的亲人，跨步上前说道。

“阿弥陀佛！”喜雨法师看见两人，站住双手合十，远远行礼。

方宝也走上前去向他问好：“听到永泽提起喜雨法师的名号，如雷贯耳，今天得见真是我的幸运。”方宝人情练达，开口就是称赞，这一套在哪儿都吃得开。

“见面即是有缘！”喜雨大师将合十的双手略微抬高，轻轻颔首以示还礼，脸上没有什么得意和高兴，很平静的样子。

方宝不由得暗暗佩服，也连忙还礼，道：“法师，我今天带来了一样东西，是特意给您带的。”

“随我来。”喜雨法师带他们到客堂，让他们在古色古香的椅子上坐下。方宝从包里取出一把梳子。杜永泽在一旁都出汗了。

“梳子？”喜雨法师略显惊讶地接过梳子，光头活泼地一晃，比画着说，“你看我，需要吗？”

“它的用法非常奇妙，师父有所不知，来，我来给您介绍一下。它不是一把普通的梳子，而是一把魔梳！”

“魔梳？”喜雨法师眼光一闪。

“哈，按摩梳。”老杜老老实实地纠正道。

“对，可以促进血液循环，尤其在关节部位，”方宝给他演示按摩梳的用法，“像您经常打坐，膝盖就很容易血液不通……它还可以防止疲劳，打坐的时间久了，身体就会僵硬，用它可以舒缓筋骨呢。来，我给您试试！”

梳子在喜雨法师的腕部震动。

“施主打过坐吗？”喜雨法师笑眯眯地问。

“那个……我没有，但是看见师父们打坐，把双腿盘起来，能不难受吗？”

“如人饮水，冷暖自知，”喜雨法师说，“不过施主用心良苦，贫僧也不知这梳子是接还是不接。”说完微微叹了一口气。

方宝一听，隐隐觉得法师另有深意，不过他为了不让杜永泽出家，还是抢着说：“是不是很舒服，有点痒酥酥的感觉吧？像你们长期不需要梳头，所以头部的血液流通不畅，用我们的按摩梳子也很管用呢。”

“嗯，是啊。”法师侧身看了一眼杜永泽说。

“我……”杜永泽说。

此时方宝沉醉在法师接受梳子和成功推销的喜悦中，不禁想平时教杜永泽绝不放过任何一个人，这么优质的顾客，竟然被他想当然地放弃，真是恨铁不成钢。

喜雨法师对一个小沙弥说：“你让慧觉师来一下。”

不一会儿，一个年长的僧人进来。

“你们带了多少梳子？”

“我的加他的，总共就两百把。”方宝指指杜永泽的背包，向他报了一个优惠价。

“好，那就全要了。慧觉师给他们结账吧！”

方宝得意地看看杜永泽，他转脸看着别处。

“如果没什么事的话，我就失陪了。”喜雨法师说。

“法师，我还有事。”杜永泽说。

喜雨法师停下脚步，会心一笑说：“你有什么事？”

“我想出家，剃发为僧。”

喜雨法师看了方宝一眼，说：“我们不能答应你。”

“法师，请您答应我的请求。”

“到松峰寺，施主还做尘俗之事，根本就是尘缘未了。”

“法师，尘世中已经没有什么能在我心上。梳子不是我要卖的，是他要卖的。”杜永泽指着方宝。

“那出家为僧，也要征得父母同意才行。”

“父母早已过世，也没有兄弟姐妹，所以您不用担心这个。”

“可我还是不能答应你。”

杜永泽扑地跪在法师面前恳求：“请您一定要答应我的请求，现在我无父无母，无亲无故，再无可牵挂之人。”

喜雨大师指着方宝说：“他不是你的故人吗？”

“我们只是朋友。”

“你这位朋友煞费苦心，特意背两百把梳子卖给老僧，你也不改变主意吗？”

“我心意已决，谁也不能改变我的想法。”

喜雨法师看了方宝一眼，淡如微风地说：“你的朋友好像还有很多话要跟你说，你可以再考虑一下。”说完，转身而去。

喜雨法师对一切事情了然于胸，不禁让方宝心生佩服：“你看，梳子能卖给和尚，在这么短时间里就能卖出两百把，推销其实很好做。”

“我不关心这个。”

“喜雨法师真的是很厉害，居然一眼就看出来了，我知道他在帮我，你应该明白的，推销员如果做得好，顾客也愿意帮他的忙。我用心良苦地和你上山，推销梳子给法师，只是想让你重新考虑推销这份工作，打消出家的念头。”

“我不是一个合格的推销员，但我会是一个虔诚的僧人。你不要再劝我了，与其让我做蹩脚的推销员，倒不如成全我，当一个安贫乐道、清心寡欲的僧人。”

成就自己，成就家人

一般发心出家的俗家弟子需要通过一段时间的考察期，以观发心是否坚固，待考察期满才可正式受比丘戒，成为僧人。一周之后，2006 年 9 月的一天，推销员杜永泽身着灰色僧袍，在松峰寺成为净人释慧泽，吃斋念佛，作务修行。

方宝思绪万千，人和人之间的际遇真是千差万别。当初自己和杜永泽一起到深圳，几年后，方宝成了赛普的掌门人，老杜却避世隐居成为出世修行的净人。同喝一口井的水长大，在同一间教室听同样的老师讲课，在他们 30 岁时，命运之神大手一挥，一道红墙，从此化为两界，红尘内外，各自修行。他由此得出一个结论：不管师父多厉害，徒弟不愿意进门，是修行不了的。意愿比什么都重要。而杜永泽，不，净人释慧泽，因为佛缘深厚，发心坚固，所以机缘成熟，续佛慧命，弘扬正法，也算一种人生选择。这同样是因为内在的动力改变命运的轨迹。

对于修行这件事，方宝认为真正的修行，在这滚滚红尘，在每一天与众生的互动中，在每一刻对自己的磨炼和坚持中。真正的修行是对自己的全面提高，是对外界任何阻碍的无所畏惧，是对任何侮辱和打击的不动于心，最终，是对自身弱点的克服。当一个人完成了自身的蜕变，圆满的佛性不请自来。

所以方宝想在日后招人时，认为他“被迫工作”，那么就可以预见他一定做不长。他绝不姑息和勉强他们压制反感和厌恶去工作，他们势必会怠工、磨洋工，得过且过。对这样的推销员，他绝不强求。

跟老杜不同的是，王东是个内在动力非常强大的人，当然也是形势逼人强。方宝了解他，是在来公司一段时间之后，跟他一起来的几个人有的半途而废，有的被家人带回去了，他却一直坚持下来。经过半年时间的磨炼，如今他已经成长为赛普公司新一代的管理人才。

在一次聊天中，方宝才了解他的身世。

和方宝一样，王东也是出生在一个偏远地区的农村家庭，他七岁那年，母亲在地里干活，突然晕倒在地，一家人手忙脚乱送到医院一查，竟然是肝癌！从此母亲长年卧床不起，本来的小康之家为了给母亲治病，卖掉了家里的几头牛和一头母猪。父亲背着病重的母亲，跑遍了县城和市里大大小小的医院。母亲治病期间，家里时常只有七八岁的王东和姐姐两人。两个孩子自己做饭、上学。然而，一切的努力还是没能挽回母亲的生命。王东12岁那年，母亲撒手人寰，把姐弟俩抛给了父亲。

父亲本是一个结实淳朴的汉子，妻子的突然离世让他的头发一下子白了一半。可他无论如何也无法忘记妻子临终前的嘱托：“一定要让两个娃好好念书，以后才有出息啊……”可是家里只剩下几亩地，根本赚不了什么钱。一年到头的收入除了吃穿，连缴纳王东和姐姐的学费都很困难，更不要说欠了好几万外债。父亲省下所有能省下的开支，供姐弟两个上学读书。为了照顾好姐弟两人，有人上门提续弦的事，父亲也一直没有答应。

在王东17岁时，他面临着要不要读高中的问题。虽然自己的学习成绩一直很好，考上大学很有希望，但他觉得不能再让衰老的父亲独自支撑这个家了。他打定主意，要辍学南下深圳打工。父亲知道了他的决定，心里很不是滋味。

王东说：“爹，家里欠了好几万块钱，我要是继续读书，将来也不知道什么时候能把这钱还上。还不如现在出去闯闯，只要腿勤快，肯定有活干的。要是有机会，还可能多赚些钱让家里好过些！”父亲还是不愿意，但拗不过倔强的王东，只好替他收拾行李。临走时，父亲交给儿子600元钱，那是家里仅有的一点积蓄。他只对儿子交代了一句：“孩子，爹给不了你什么。要是外面太累，你就回来，家里怎么也有一口饭吃啊。”王东使劲地点点头。第二天一早，一个人踏上了南下深圳的火车。

王东至今都记得，他坐了两天两夜的火车。从深圳火车站走出来，他的第一印象，仿佛从土黄色的中原大地忽然到达梦中的极乐世界。

看着四周的高楼大厦和山海相应的深圳，层峦叠嶂的花丛绿树，各种不知名的亚热带植物……他高兴极了。他找到一家便宜的小旅馆住下，心想，这城市这么漂亮，工作肯定挺好找。可是，他没料到，他既没有学历又没有技术，年龄也小，很多企业都不要他。

两周很快过去了，王东身上带的600元钱也花得差不多了，可是工作还没有着落。正当他几乎要流落街头时，命运之神安排他邂逅了赛普。后来的事，方宝就跟自己的记忆接上了。他知道，王东是个肯吃苦爱学习的孩子，天公不负有心人，付出迎来了收获的季节，加入公司仅仅一年多的王东，就因为业绩优秀被公司破格提为深圳宝安分公司经理，负责五十多人的推销团队。公司为他举行了丰盛的晚宴，方宝还记得，在宴请会上，王东的泪水再也忍不住了，哗一下子全都涌了出来。这泪水有心酸的，更有喜悦的。

那天晚上，王东给他父亲打电话。他父亲高兴得哭了起来：“儿子，你真是好样的，好好干！”

与此同时，王东的姐姐也来到东莞一家工厂工作。他和姐姐觉得，虽说家庭条件慢慢好转，但父亲年纪大了，老是一个人在家，让人放心不下。

“能不能给爸爸再找个老伴？”王东把自己的想法和姐姐一说，立刻得到姐姐的赞同。

“瞎胡闹！”王东给父亲打电话，不出意料，果然遭到父亲的强烈反对，“你们小的时候我都没找，不是一样把你们养大成人了吗？你爹身体好着呢，根本不用人照顾。再说，这么大岁数还弄这事，那不是让村里人说闲话？”

王东劝解他说：“老伴、老伴，到老才是个伴儿。怎么说也是两个人在一起才有个照应啊！我们小时候您没找，我们知道那是怕我们受欺负；再说，我们家里那个时候条件也不好，怎么还能拖累别人？现在我和姐姐都能赚钱了，日子一天天地好起来了，难道您还该过苦日子吗？”

经过姐弟俩一遍遍地劝说，父亲的心终于软了下来。可是，这个“后妈”又到哪里去找呢？王东通过一位在市广播电台工作的朋友，发布了一条给自己找“后妈”的征婚广告：

“我们的父亲是一位勤劳肯干的农民。他壮年丧偶，又当爹又当娘，把一双儿女拉扯成人。如今，他的儿子事业小有成就，女儿也生活如意，希望为操劳一生的父亲，寻找一位性格善良、懂得生活的适龄女性，携手走过今生。”

听着收音机里的征婚广告，王东的父亲老泪纵横。

两个月后，经人介绍，一位同乡张阿姨走进这个家庭。她比父亲小两岁，也有一双比王东小几岁的儿女。巧的是，张阿姨的爱人也是因为癌症病逝的，为了给丈夫治病，家里欠下了几万元的外债，生活比较困难。王东父亲了解到张阿姨的情况，发现她是个善良朴实的人，可他又担心儿子和女儿不会满意，毕竟人家家里欠着几万元的外债。张阿姨的儿子女儿都还没有开始工作，这笔钱将来要谁来还呢？

老父亲忐忑不安地给王东打来了电话，儿子早已在电话里听出父亲的心思。他说：“我是您儿子，找老伴这么大的事情，最终还要您自个儿决定。您放心，只要人好、您满意就行，欠下的债务我们能想办法还上！”在儿子和女儿的支持下，王老爷子和张阿姨走进婚姻的殿堂。

方宝对于王东这样的大孝子行为甚为感动,刚好公司组织员工亲友赴海南旅游，就建议王东也带父母出来转转看看，王东做了一番思想工作，说动了老人。

“爸！妈！”两位老人刚刚走出深圳机场接机口，等候已久的王东就一眼认出父亲身边的这位新母亲。第一次见面，王东丝毫没有不好意思开口，这让张阿姨也有点意外。然后他们跟公司大部队一起去了海南。大家很尽兴，拍照，游泳，吃海鲜，阳光浴，两位老人是第一次出这么远的门，也是第一见到大海。王东在天涯海角给两位老人拍下了自豪的合影。看到儿子如此鞍前马后地照料，张阿姨心里很感动。她对王东说出自己当初的担忧："我一直觉得'后妈'最难当，你和你姐都这么大了，真没想到你们还能接受我……"

"妈，你什么都别说了，"王东打断张阿姨的话，"我从小就失去生母，是父亲把我和姐姐亲手带大，我们能够理解他的辛酸。您和我们的父亲一样，有着同样无私付出的经历。您的儿女就是我们的亲弟弟、亲妹妹，您就是我们的妈妈！"

后来，王东在惠州给父母买了一套临海的房子，给爱车的老太太买了一辆越野车。在家乡，王东除了给老人置办了一栋两层小楼房，下面是商店，上面是住宅，还在村里修了一条柏油路，大大方便了村里人进城回村，下雨天也不怕踩烂泥了。村里人称这条路为"王东路"。其实王东知道，世上除了有王东路，还有方宝路。

王东的事迹在赛普公司被传为佳话，大家被这种人间真情感动，也为了自己同样有能力给家人一些关爱而更加勤奋地工作。

因为无常，更要珍惜

在北京的罗畅，经过多年脚踏实地的拼搏奋斗，各种荣誉纷至沓来，包括"联合国工业发展组织高级顾问""中国企业联合会管理咨询委员会副主任""中国农业大学客座教授""北京市优秀创业企业家""四川北京商会副会长"等。

方宝也已经将赛普公司带上一个稳步发展的快速轨道。他们两人越来越忙，见面的次数也越来越少，但有空了还会打打电话互相激励问候。

时间不知不觉来到 2008 年，有两件事深深烙在中国人的集体记忆中。一个是突如其来的汶川大地震，一个是期盼已久的北京奥运会。老天好像故意考验中国，先用灾难动摇我们的意志，再用盛会考验我们的能力。

噩耗传来，方宝第一时间组织公司高层直接奔赴灾区，租用了几辆大型集装箱货柜车，为灾区群众发放救灾物资，与此同时，号召全国各地分公司举行自助爱心捐款活动。不仅如此，他还组织广东当地的企业家、同学、朋友一起参加救灾和捐款活动，尽其所能，全情投入。罗畅出生在四川，虽然远离家乡，却时时不忘故土。听闻家乡遭此劫难，他第一时间组织捐款捐物。他们并没有通气，却不约而同地做出一样的选择。

这就是赛普精神。他们都懂得，这场深重的灾难，所带来的伤害需要举国之爱才能抚平。赛普倡导的一直是“取之社会，用之社会”的经营理念。不仅在公司内部的企业文化是“像家庭般温暖”，面对全社会，公司也是以大家庭的一分子的责任感存在着，在这个危难时刻当然义无反顾，责无旁贷。

他们一鼓作气，向团委领导一起分发救灾物资，和阿坝州州长一起到帐篷医院探访受伤灾民，给什邡第二人民医院捐赠轮椅，还深入救灾一线，与汶川县的县委领导商讨救灾事宜。赛普公司投入数百万元物资，通过四川民政部门捐出 12 万册图书，抚慰震后留给人们心灵上的阴影。

在灾区，方宝见到断壁残垣间脆弱的生命，忽然对人生有了新的感悟：人生如此无常，如此短暂，即使绚烂无比，也如烟花般稍纵即逝。所以，在短暂的一生中，又有什么不能舍弃的，又有什么是不能突破的呢?

为社会创造财富，为顾客提供实惠，为人才提供机会，是公司发展源源不绝的动力。大家从中获得远远超过为挣钱而工作的精神力量。什么是幸福? 幸福就是实现梦想，然后帮助所有心怀梦想的人实现他们的梦想! 幸福在哪里? 幸福就在每个坚持梦想、珍爱生命、忘我投入以实现梦想的人们心中!

刚刚忙完救灾工作，方宝马不停蹄赶到北京人民大会堂，受邀参加“中国民营企业信用建设研讨会”。这次高规格的研讨会受到国家领导人的高度重视。国务院研究室、国家发改委、国家开发银行等相关联领导和学者都分别作了专题演讲。作为一家民营企业，赛普为国家的经济持续发展做出应有的贡献。

方宝参加这次盛会最大的感触，就是民营企业的春天即将到来。因为政府已经看到，民营企业为国家创造大量财富，积极有效地解决就业问题，维护社会安定，为人民谋福利，为政府分忧，功不可没。

方宝作为深圳民营企业家的代表，在会议期间受到中央领导同志的亲切接见。

让方宝感动的不仅仅是在救灾过程中体现出来的全中国人民共同面对灾难的勇气和大爱，更在很快到来的 8 月 8 日举世瞩目的北京奥运会开幕式上展现得淋漓尽致、气势磅礴的阵容，如梦似幻的表演，从鸟巢中迸发的绚烂烟火照亮夜空，无一不是民族精神的升腾、压抑太久的民族情绪的释放！这璀璨的光芒让宇宙星河黯然失色。方宝看着那空中巨人的脚印，也不由联想，那仿佛是自己一步一步走向无悔人生的坚定步伐。

忙完工作，方宝掐指一算，又有半个月没回家了。这已不是第一次，他总觉得有些对不住阿蓉，前一段给她搞了一个超市，希望她忙起来可以忘记无人陪伴的孤独。但是这次回家，已经是半夜，家里居然没人。他往衣架上挂衣服，无意中碰到挂在上面的阿蓉的外套，有什么东西掉在地板上，方宝捡起来一看，一打附近迪厅的舞票。他知道那是李向阳新开的迪厅。他们的公司因为他自己生活散漫，招个文员都要看脸蛋，最后变成他的秘书，上梁不正下梁歪，整个公司毫无学习氛围，更无战斗力。听说做饭的老头都能跟刚来的小姑娘搞在一起，公司的生意自然越做越坏。他就琢磨着整点快钱，所以方宝知道他承包娱乐城这件事。

方宝的心情忽然沉重起来，但是他控制自己没有乱想，独自睡下。一夜无事，天快亮时方宝睡梦中听见门锁响动，立马清醒，从声音判断是阿蓉开门进家，就躺着没动。阿蓉一进卧室，看见床上躺着个人，吓得“啊”了一声，再仔细一看，才又气又恼地吼道：“你怎么神不知鬼不觉就回来了？”

“你怕什么？我回来，你不高兴？”

阿蓉一屁股坐在床上，故作娇嗔地说：“我当然不高兴，整天见不着你的面，我能高兴吗？”

“这是怎么回事？”方宝取出那打舞票。

“你整天不招家，还让我一直守着空屋子不成？”

“是不是去找李向阳了？”方宝打量着衣着暴露的阿蓉，强压怒火。

“既然你知道了，还问啥呀？”

“你现在怎么变成这样了呢？我真不理解。”

“你当然不理解了，就知道你那破公司！人家开公司为挣钱，公司倒了，老婆照样有花不完的钱。你倒好，眼里只有公司，你眼里有我吗？你陪过我几次？给我花过多少钱？”

“每月不是给了你零花钱吗？还给你个超市挣钱呢！”

“哟哟哟，还意思提你那破超市，那是人干的活吗？别人给一次就抵上你半年的！”

“李向阳是慷慨，那你跟他过吧！”

“你以为我稀罕你呢！正想跟你谈这事呢，与其跟你守活寡，还不如干脆离婚！”

没有更多需要解释的了，方宝全明白了。人跟人真的不一样，离婚吧！他们这次真的是想清楚了。过年前，他们回了趟老家。虽说一直吵吵闹闹，但是真离婚那天，反而格外的平静。方宝记得那天在乡政府民政局门口，阿蓉最后看了一眼方宝，有点惋惜又有点戏谑地说：“小方，连我你都能容忍，你以后会很幸福。”

办完离婚手续出来，方宝含着眼泪，又气又恨地踢了她两脚，泣不成声地说：“哎呀，老子这辈子吃舍不得吃，给你吃，用舍不得用，给你用，一辈子没打过你，现在成公家的了，成别人的了，我踢你两脚！扯平了！”

“哎呀，别这样嘛，别这样嘛。”阿蓉嬉笑着跳开了，自此从方宝的生命中消失。

后来，方宝让儿子圆圆以亲戚的名义去看过她，知道最后李向阳也没有要她，她嫁给一个老家县城的小伙子，靠着当老师的父母的退休金过日子。

办完离婚，恰逢除夕，方宝虚脱一般，回到家倒头就睡，浑浑噩噩。每天吃完睡睡完吃，反正楼下馆子手艺还不错，年就这么过去了。王东打过电话，邀他去玩，他意兴阑珊，想一想那年跟王新月一起过的春节，如今恍如隔世。听说她交了新男朋友，他也不想过问。儿子方圆遭此变故，也不愿在家，跟同学旅游去了。

方宝有点懈怠，虽然还是按照惯例给新员工开早晚会，给员工家长寄新年慰问信和发奖金，但是他自己的生活忽然失去了重量。

刚过元宵节，一天晚上，他被手机铃声叫醒："喂！方宝？你师父罗畅出事了！"是辛未的声音，他很少主动联系方宝，这次语气平静，但是方宝非常着急。

"师父怎么了？"

"听说是烟花爆炸了，在普宁杨老板家……"

话没说完，方宝一个鲤鱼打挺从床上跳起来，奔出家门，钻进车里，直奔普宁。

一路上，方宝想着，吉人天相，应该没事。他一直相信罗畅来世间是有使命的，是要做大事的，我们的大事还没有完成，老天爷怎么忍心……

他不敢想下去，他只想到那里好好安慰一下师父。师父永远那么英俊潇洒，行动如风，眼神那么坚定，笑容那么灿烂。师傅一定会笑一笑，反过来安慰方宝说，没事，都会过去的。

奔驰车风驰电掣一般，不知开了多久，又漫长又短暂。方宝听说过这个杨老板，早年几兄弟都外出打工，近几年生意做得都不小，杨老板在深圳华强北从事电子集成电路生意，还是深圳福田区某五星级酒店的股东，身家至少有几个亿。热心公益，一家人算是当地的名门望族，提起来都知道。普宁乡下的风俗是过年"拜老爷"，就是常说的拜神，而且很"念心"（潮汕俚语：虔诚），近年来在正月初十到十五的拜神日子里都花钱大办仪式。这年正月十三，正是当地游神"送金花"的节日，家家户户到村中心的三山国王庙祭拜，然后由村里的年轻男丁提着灯笼走街过巷，把象征福气的"金花"送到各家各户，接"金花"的人家一般都要准备鞭炮以示迎接，有钱人家甚至下重本放烟花助兴。作为村里的富家望族，杨家要放烟花，这在村人的眼里再正常不过了。然而，悲剧就在烟花中爆发了：一颗本应射向空旷地的烟花侧倒了，引燃了后方集中堆放的几十箱烟花，紧接着便发生了剧烈的大爆炸……

罗畅在北京发展，但是他们有一些往来，杨老板当然要请这位上过电视的名人朋友来捧场。方宝要不是因离婚的事情耽误着，正要趁过年见见师父，好好聊聊呢！

一路上，方宝心里七上八下的。车到了普宁乡下的这个小村，人不多，在凄迷月色中，杨家的六层小楼现在只有满眼的废墟，但是在村中还是格外引人注目，铁门、防盗网扭曲变形，梁柱倒塌，半面墙孤单地立在那里，虽是深夜，还有人在旁边围观，救护人员穿梭忙碌，方宝看见周边户舍窗玻璃尽被震碎，附近轿车被炸成废铁……方宝看到地面上一个巨大的深坑，一堆烟花的碎屑，刺鼻的硫黄味依然历久不散。

旁边围观的两个老婆婆窃窃私语："真惨哪，炮仗快赶上炮弹啦！"

"就这个还是杨家专门请的师傅来放的呢！"

"那还出这么大事？"

"你不知道，是因为燃放烟花的那片田地太软，放烟花的架子倒了，烟花一下转了方向，斜射了出去，点了旁边的一堆烟花，轰轰地炸开了。我亲眼看见的，当时被点的那堆花炮有几十箱，都用纸皮箱装着的，放在杨家门口的水渠边。"

"难怪炸这么大坑！二十多条命啊！刚才他们不是来救人吗？好多是被抬到医院，有的都炸没了，人影儿都找不到！"

"阿婆，是哪个医院你知道吗？"方宝插问一句。

阿婆神色凝重地说了那医院的名字。方宝赶往医院，但是查了登记表又查遍病房，没有罗畅的名字，也没有罗畅这个人。

他重返废墟，天已破晓，眼睛看得见地面上坑坑洼洼，各种混凝土构件碎块和各种说不出来的杂乱东西乱糟糟铺满一地。方宝似乎感觉不到痛，因为心已麻木，他只是两眼茫然在废墟上寻找着什么……忽然他眼睛一亮，一片亮晶晶的东西映着熹微的晨光，上面镶着一颗浑圆透亮的绿色玉石。"啊，那不是师父第一天借我后来还回去的那枚领带夹吗？"

一刹那，方宝恢复了知觉，一种痛彻心扉的潮水淹没了他！

往事历历，都出现在眼前，他想起面试时那个短发根根直立，俊眼修眉，满面春光，让一屋子都闪闪发光的帅小伙……

他想到吃早点时，他说的话——

“你知道我为什么想带你吗？因为，你很像以前的我，我知道你的担心，但是你不用担心，相信我。”

他一直记得，罗畅深深地看他的那一眼，似乎大有深意。

他还记得第一次试工受挫，师父的安慰：“没事的，方宝，第一天都这样。我第一天也很难受，也没有放开自己，也没卖出货，但是我知道你一定行的，你只是需要一个点……”

他还记得那个同室而卧彻夜长谈的不眠之夜，还记得东莞清冷的晨光中，师父健美如大卫雕像的身躯被冷水刺激到时禁不住地高呼：“好热啊！好热啊！”

他还想到自己得意忘形时，师父的谆谆告诫：“成功有时是失败的假象，失败有时也是成功的假象。像你目前取得的成绩，不过是昙花一现，要想成为伟大的推销员还需要更多的努力！”

他又想到师父在鼓励他带团队时候对这个行业的分析：“每个人都是这样。他们刚来时，都很青涩，不善言辞，一脸茫然，但这是每个人都会经历的过程。无论徒弟们出现什么状况，我们都要耐心解决，因为你明白，只有团队里每个成员都进步，我们才有发展。每个人都发展，我们才可能成功。这就是这个行业这个公司的运行机制，每个人的成功都是建立在帮助别人成功的基础上。越是帮助别人，自己才会越成功。”

一切恍如昨日。

方宝无论如何不能相信，师父就这样悄无声息地告别了这个世界。他一直觉得师父只是出差远游，等他归来那天，再举杯共话别情，同创伟业。

后来，他在公司办公室整理文件，无意中看见一张旧报纸，是当年一个记者对罗畅的专访。当记者问他持续创业的动力是什么时，罗畅回答：“我的人生理想是和所有志同道合的人共同努力，尽量消除世界贫困……我 50 岁开始要全职做慈善事业，50 岁之前一定要多多积累财富，50 岁之后就全部捐掉。比尔·盖茨就是我的人生偶像！”

方宝仰天长叹，不忍卒读，泪飞顿作倾盆雨。

他在这一天的日记上写着：

“生命之所以珍贵，是它可以因为我们的努力而改变和提升，呈现绚烂多彩、睿智超拔的高远之境，令人赞叹。而生命的可悲也在这里，无论多么绚烂高远，多么温润如玉的谦谦君子，最终要消失，和昏聩的君王、谄媚的小人一样死去，必将陨灭，永不再来，令人扼腕。

“那么，摆脱这种忧伤的唯一出路，就是在花开之时，不将花香据为己有，在如切如磋如琢如磨的君子风度与德行完成的过程中，觉察空性，彻悟无我。一方面，活着的每一天都要展现生命的意义与价值，这是无愧人生的必然选择；另一方面，在这展现的时光里，时刻提醒自己，那不是自己的，那只是自己合于大道的善良本质的自然呈现，没有个人的任何功劳和虚荣。

“唯其如此，才是真正彻底的解脱。伪君子因为对欲念的执着而轮回，真君子因为对美德的执着而轮回。修行者因为没有执着，摆脱人性的一切束缚而解脱，融入生生不息的无形之道。”

黄浦江畔华灯初上

如梦似幻的人生，犹如这黄浦江畔的夜色，人群熙攘，华灯璀璨，轮船的汽笛声浑厚悠长。方宝与王东走过陈毅市长的雕像旁边，海风习习，浦江西面一字排开的哥特式、罗马式、巴洛克式、中西合璧式数十栋风格各异的建筑群，弥漫着大上海才有的混合了殖民色彩的浪漫风情。虽然后面新建的摩天大楼增添了新鲜的时尚元素，从那巨大的石料建筑上深藏不露的沧桑感，依稀可见属于十里洋场独有的历史风韵。路边咖啡馆传出一首叶丽仪的《上海滩》：

浪奔　浪流
万里滔滔江水永不休
淘尽了 世间事
混作滔滔一片潮流
是喜 是愁
浪里分不清欢笑悲忧
成功 失败
浪里看不出有未有

这次来申城，并不为观光，方宝接到上海分公司文员的电话，说辛未经理要脱离赛普，独霸一方。他个人谋求发展，没有什么问题，但是事情不仅如此，他很可能要带走一帮赛普的得力干将。这对公司的打击会很大。更重要的是，很多人认为不就是卖东西吗，完全可以自己进货自己干，可是他们不知道，这种另立门户的欲念不仅伤害公司，更会让出走的人全军覆没。因为没有互爱互助的企业文化和配合工作的组织机制，事业是无法做大的。很多个人能力很强的人往往看不到这一点，方宝能猜到辛未就是其中之一。

就方宝对辛未的了解，他很可能不会久居人下，他跟马经理时已经表现出特立独行的苗头，迟迟得不到提拔。他也不一定服气师父罗畅的安排，所以他很可能依仗自己的个人能力另立山头，占山为王。方宝感到情况严重，立即动身带王东飞来上海，到公司详细了解情况。

果不其然，辛未联合女朋友游说下面的推销员，大部分人已经倒戈，事态比想象的严重。少数不明就里的人也许在例会上被辛未鼓动跟着走，所以要把握这个关键时机。将辛未就地免职，人心还是会大乱，必须争取更大胜算，稳定军心。

方宝决定和辛未在例会上 PK，文员小李和王东配合，要让队员自己决定去留。

在江边想好了对策和一些应对细节，方宝跟王东返回公司宿舍。第二天一大早，方宝召集公司员工开会。

这是一场智力 PK，规则是双方只有一次发言的机会。

会议一开始，辛未很大方地让方总先讲。方宝先从赛普的优势说起，历数以往战绩，回顾刚进公司的情景，忆苦思甜了一番，最后总结陈词：

“喝水不忘挖井人，我和大家情深似海，感念大家在公司的付出。我自己也是从赛普公司一步一步成长起来的，所以我会有比较切身的体会。这是一家注重人才培养的公司，我们有很重要的企业文化，这大家都耳熟能详。这是一个为我们提供学习，成长，发展，赚钱，自我完成的一个平台，我们非常重视集体荣誉感和团队精神。在这里的每一位精英都深深地明白，成功不是一个人的事情，而是一个集体、一个团队的使命和荣耀！我很欣慰，看见大家几年来跟公司一起成长。我最后强调的一点是：赛普最重要的晋升原则，是没有先来后到，能者居上！一切都是公开透明的，希望大家互帮互助，劲往一处使，创造更大辉煌！”

方宝看到好多人泪光闪闪，心想着胜算略大。他对这番陈词基本满意，不少人愧疚地低下了头。随后辛未上场了，先是把赛普和马经理、罗畅、方宝感激了一番，然后将方宝的话一一反驳，方宝想：坏了，早知道不应该第一个发言，他给我挖了一个大大的坑！但事已至此，只能顺应事态发展再做变通。

辛未挥舞着手臂说：“这一段工作让我们增长了见识，提升了能力，我相信每个人都希望有更好的机会。俗话说，人往高处走，水往低处流。如果有一个新公司，为你们提供更好的薪资待遇，有更广阔的升职空间，你们不会拒绝吧？”接着他的女朋友上场了，做拉票演说，无奈口才不好，讲话结结巴巴，总是词不达意，方宝紧绷着的心慢慢放下来，看着众人的反应，想着如何应对。她满面通红地站在那里，说一句，停一句，方宝果断地让王东走上去发言，力争挽回局面。

王东表现得落落大方，成功地扳回一局。“辛经理说的话句句在理，但我们首先要想的一个问题是，这些能力是从哪里来的？换一个地方这些能力还能提升吗？能力如果不能和职位相匹配，我想你们过去做领队、高领也不能长久。在赛普我们能学到最好的推销技巧，还有最优秀的师父带我们，我相信再做上一年半载，每个人都会有更大的成就，而不是像现在被许以高薪升职就跳过去，能不能兑现先不说。所有的钱，都是我们自己靠本事获得的，有本事在哪里都是值钱的！所以最重要的是：在哪里能提高自己，成就自己，哪里才是最好的。增强能力才是我们选择公司的核心价值所在。”

这时，下面鸦雀无声，每个人的神态都处于若即若离之间，两边都有道理，所以犹豫不决，想一想，到底是去还是留？人心总是面临长远利益还是眼前利益的选择。

方宝决定争取主动权，果断地说：

“现在，给你们三分钟，每个人自行决定去留，想跟辛经理走的现在就请离开房间，开始计时！”此处方宝耍了一点小聪明，想离开的人必须在他的眼皮底下走出去，还得接受那么多人的目光审判，他们在心里已经认定这是背叛行为，走出房间就意味着将自己送到道德的审判席上。

没有第一只螃蟹，这是好兆头，时间一分一秒地过去，还是没有人站出来。一分钟过去了，没有人动，两分钟，仍然没有人走出来。

辛未急了，走到一个老乡面前，说：“咱们不都商量好了吗？”那个人低头不语。

“我们关系那么好，你要支持我啊。”辛未慌了。

一片死寂，两分半钟，仍然没有人离开。三分钟，两个人走出了房间。这场叛乱以流失一人圆满收场，方宝部署完工作后，由王东接管上海分公司。事实上，在WWI界，像这样的事情不在少数，处理得漂亮也会流失一半以上的人，但像这次处理得这么漂亮实属罕见，但要归功到一点，提前发现。

第三天，辛未试图游说队员，但已回天无力。他失去了最佳机会，只好灰溜溜独自离去，听说后来也没有做多久，好像在哪个地方摆了一段地摊，然后从这个行业销声匿迹了。

又是黄昏，外滩人流如织，华灯初上。方宝与王东看着滚滚东流的黄浦江，忽然，方宝看见对面走过的人群中闪现一张熟悉亲切的脸，不禁脱口而出："姚志强！"

几乎在同一时刻，那人也发现了方宝，喜出望外："方宝！真是人生何处不相逢！"

两个大男人兴奋地撞到一起，抱作一团，用力地拍着对方肩膀，共话离别。屈指算起来，自天津一别，十年过去了，各自都有了新的变化。方宝跟他说了自己的近况，公司的发展，自己的成长。

姚志强先是热烈地恭喜他荣升经理，他现在也已经在上海开了分公司！他回忆起当时来上海找写字楼租房子的事情。签了租房合同，他就先上洗手间，然后走过去坐电梯，经过刚才签合同的物业门口，恰好听见四个老头开始搓麻将聊天：

"喔唷！吾说对家的，侬就不能快点？照侬这速度老年组都不会跟你玩的啦！才刚来那个小瘪三，听说带了群小小瘪三来这开公司，不晓得是不是捣糨糊的阀？"

"着什么急呀？吾要是点炮了，侬替我付账呀？喏——六万！呵呵，租金一交一年的，伊玩伊的，阿拉玩阿拉的，管那小比样做撒！"

那天姚志强就暗下决心：我一定要创造奇迹！一定要带着我的兄弟姐妹创造奇迹，我不能让别人看不起我！从那以后他每一天都是整栋大楼第一个上班的，最后一个下班的，保安都是他叫起床的。以前他进大楼时，保安叫他小姚，下面的业务员非常气愤，说："经理，他叫你小姚啊。"

姚志强平静地说："要想被别人看得起，自己要做得了不起，要努力做好。做不好，人家看不起我们是正常的。"

就是这样，一年以后，姚志强的员工超过了一百人。两年以后，就是今年，开了十一家分公司，团队发展到五百人。从这以后他再走进那座大厦，他们都毕恭毕敬，大厦总经理都会非常佩服地叫他一声：姚总。

“我是整栋大楼最年轻的老总。”姚志强踌躇满志地说了一句，和方宝微笑着，看着高高矗立插入云霄的东方明珠电视塔。

上海滩一直是一个追逐梦想的地方，王东又听旁边的咖啡馆里传出那首看尽繁华不忘梦想的《上海滩》：

爱你恨你 问君知否

似大江一发不收

转千弯 转千滩

亦未平复此中争斗

又有喜 又有愁

就算分不清欢笑悲忧

仍愿翻 百千浪

在我心中起伏够

CHAPTER NINE

浴火重生

作为领头人，一定要有坚定的信念，因为信念可以托起一个人的灵魂。如果一个人的信念积极向上，足够坚强，他可以面对任何艰巨的挑战。如果一个人没有正向的信念，他可能就易于堕落。

遭遇小人，公司一下散了摊

老杜、阿蓉和罗畅，分别以各自的方式辞别了方宝的人生。他忽然空了下来。一天无意间听到王东带他们开早会，晨读《羊皮卷》，忽然想起跟师父一起朗读的情景，不由自主跟着读起来：

假如今天是我生命中的最后一天。

我该怎么办？忘记昨天，也不要痴想明天。明天是一个未知数，为什么要把今天的精力浪费在未知的事上？想着明天的种种，今天的时光也白白流逝了。企盼今早的太阳再次升起，太阳已经落山。走在今天的路上，能做明天的事吗？我能把明天的金币放进今天的钱袋里吗？明日瓜熟，今日能蒂落吗？明天的死亡能将今天的欢乐蒙上阴影吗？我能杞人忧天吗？明天和昨天一样被我埋葬。我不再想它。

今天是我生命中的最后一天。

这是我仅有的一天，是现实的永恒。我像被赦免死刑的囚犯，用喜悦的泪水拥抱新生的太阳。我举起双手，感谢这无与伦比的一天。当我想到昨天和我一起迎接日出的朋友，今天已不复存在时，我为自己的幸存，感激上苍。我是无比幸运的人，今天的时光是额外的奖赏。许多强者都先我而去，为什么我得到这额外的一天？是不是因为他们已大功告成，而我尚在途中跋涉？如果这样，这是不是成就我的一次机会，让我功德圆满？造物主的安排是否别具匠心？今天是不是我超越他人的机会？

……

假如今天是我生命中的最后一天。

如果这是我的末日，那么它就是不朽的纪念日，我把它当成最美好的日子。我要把每分每秒化为甘露，一口一口，细细品尝，满怀感激。我要每一分钟都有价值。我要加倍努力，直到精疲力竭。即使这样，我还要继续努力。我要拜访更多的顾客，销售更多的货物，赚取更多的财富。今天的每一分钟都胜过昨天的每一小时，最后的也是最好的。

假如今天是我生命中的最后一天。

如果不是的话，我要跪倒在上苍面前，深深致谢。

他仿佛回到刚入公司的时候，充满奋斗的激情，在懵懵懂懂中克服软弱和恐惧，义无反顾、勇往直前开辟新世界！重读这些激情昂扬的诗篇，让方宝有痛入骨髓的真实感，这给他无与伦比的神奇力量。

一年光阴忽忽又过，又是年底，整个深圳洋溢着喜庆的气氛。百货公司的橱窗上贴满了雪花、钟形装饰物。圣诞老人不远万里来到这个陌生的国度，一袭红衣，笑容可掬地看着穿戴一新的人们。“恭喜啊发财，恭喜啊发财……”满大街都回荡着这首歌。

方宝看完财务报表，心里在盘算晚上的例会，一年的最后一天，当然不同往日。年底庆功宴必不可少，王新月敲门进来，将各地经理、业务员的一叠报销单据放在桌上。方宝感激这个聪慧活泼、内心善良的女孩，但能给她的太有限了，能做就是送她一盒巧克力，别无他意，只是上司送给下属的礼物，兄长对妹妹的关心。她接过巧克力，脸上浮出淡淡的笑容。

“不知道我还有没有福气，喝到你泡的菊花茶？”方宝声音喑哑地说。自打阿蓉来后，这个待遇就没了。方宝听说也有人给她介绍了男朋友，所以即使他离婚了，也没有再想打听她的事，虽然他们每天低头不见抬头见，仅止于公司日常的工作。

“谁都没福气，我再也不泡茶了，”她狠狠地剜了方宝一眼，“我才没那么不知趣，人家不领情，我还屁颠屁颠地给他泡茶。”

“你还是给我泡一杯吧，嗓子太难受了，你知道，那时候我要尽到丈夫的责任。昨天话说得太多，今天又上火，晚上的庆功会我还得主持，要不然只能演哑剧了。”

她面无表情地走出去，几分钟后回来，手里多了一杯菊花八宝茶。

“谢谢你！”

“不用谢！只要是喝下去，不倒掉就行。”

“你总是这么不饶人，我现在给你赔礼了！”

方宝领受宝血一般喝下，一股清香温润的液体顺着喉咙流下去，像一只温柔的手抚摸干裂而焦躁的伤口，这是一种久违的温柔，是阿蓉不曾给予的。

晚上队员们陆续回到公司，就像寻食归巢的小鸟，一回到办公室，个个叽叽喳喳地说着嚷着，空气像被点燃一般热火朝天。会议室十几个推销员戴着尖尖的圣诞帽，围在一个二十磅的三层大蛋糕前，七手八脚地插着蜡烛，还有几个人在布置天花板和墙面。彩色的锡纸悬吊在天花板上，流苏在随风轻轻飘摇，王新月组织三个女孩吹着气球，偶尔听到“呯”的一声巨响，刚吹好的气球被哪个恶作剧的推销员踩破了，然后女孩站起来打他，你追我赶，好不热闹。

方宝开场发言：

“今天是今年的最后一天，希望大家玩得开心！我希望大家可以每一天都这么开心，为什么呢？因为大家走在一条让自己无限提升的路上！我们知道，我们选择的是一个全世界每一个人都必须扮演的角色。人们无时无刻不在推销着自己的产品、服务甚至自身。谈恋爱是把自己推销给你的心上人，找工作是把你自己推销给单位，招聘是把你的公司推销给人才，选举是把自己推销给人民。

“奥巴马不是神，只是把自己推销给选民；乔布斯不是神，也是个卖苹果的；比尔·盖茨也不是神，他只是很懂销售，他在自传中说，亲自卖了6年软件，才开始管理工作；王永庆卖米起家，训练出灵活的经营手段，成就塑胶王国；曾经的台湾首富蔡万霖卖酱油起家；华人首富李嘉诚 16 岁就开始做推销员，6 年后就创办了长江实业。

“世界上 80% 的富翁都做过推销员。美国管理大师彼得 · 德鲁克说过：未来的总经理，有 99% 将从业务员中产生！世界上所有的财富都来自买卖之间。销售训练我们满足别人，需要爱心；说服别人相信你，需要信心；售后服务需要耐心；学会聆听顾客反馈，需要专心；及时应对，需要用心……一个人事业的成功离不开各方面素质的提高，而推销员是让你综合素质迅速成长全面提高的最佳选择。推销是每个人一生中的必修课，你可以不做推销员，但是必须懂推销！

“在新旧交替之际，我希望大家总结一下在过去这一年里，有过什么样的付出，获得了什么样的回报。每个人都会有自己的答案。我代表公司衷心祝愿并且全面支持大家在新的一年里更快地成长，实现自己的人生梦想！”

大家热烈鼓掌，欢呼雀跃。三个浓妆艳抹的男生袅袅娜娜地走进会议室，人群顿时就像一锅煮沸的粥，爆笑达到前所未有的高度。于是男推销员纷纷成为女孩们描摹的对象，有的不惜贡献高跟鞋、发夹和假发，“如花姑娘”出镜，“石榴姐”粉墨登场，“泰国人妖”妩媚生姿。领队也没逃过恶搞，王东被三个人逼到墙角接受睫毛拉长手术，左手被人紧紧攥住，三个手指头涂上了鲜红的蔻丹。墙角的唱机正播放《眉飞色舞》，几个抢不到蛋糕、也挨不着化装舞会的家伙贴墙站着，踩着节奏摇头晃脑。

这是晚上例会的节目，也是一天中最开心的时刻。他们能想出几百种玩法，只为开心解乏，释放压力。对于推销员来说，这是每天必不可少的精神食粮。

饿了要吃饭，骂了要安慰，推销员出去一整天，谁没被拒绝、辱骂、驱赶过？就像孩子受了委屈，回家后需要母亲安慰和鼓励，例会就是让大家能快速摆脱沮丧、痛苦和劳累。

之后就是分享一天的经历，高领和领队就疑难做解答，模拟现场做演示。这样打气加油后，第二天他们就昂首挺胸地奔赴新战场。

平时大家就是这么疯，好不容易过节了，就更加肆无忌惮地尽情玩闹。这时，门突然被踢开了，四个警察带头闯进来，手持相机的记者也窜进来。几个不速之客挤进狭窄的房间，屋子里顿时鸦雀无声，只闻到蜡烛熄灭后一股糊香味，里面还夹杂着甜甜的奶油香气。

"谁是负责人？"说话的是一个身材魁梧、眉眼开阔的警察。他的嘴很大，看起来就像一只胖头鱼。

"我。"方宝从人群中挤出来。

"跟我走！"胖头鱼冷冷地说。

方宝不知所措地看着眼前的"天兵天将"，还有一架正对着他的摄像机。"为什么？"

胖头鱼冷笑道，"你们在搞非法传销！"

悬着心放下了一大半，方宝笑着说，"你们搞错了，我们是正经公司。"

"正经公司？！那他们干吗男不男、女不女的，正经公司有像这么搞的吗？"

"我们是在开晚会。"王东解释道。

"开晚会！晚会有这么开的吗？这么多人，男男女女挤在一起，把音乐开得天响的是你们吧？你，跟我们走！"胖头鱼指着方宝说。

"你们凭什么非法抓人？"王东激动地说。

"你们传销非法，我们取缔是执法！少废话，带走！"

记者将他的大镜头扫了一遍，一个摄影师给几个男扮女装的推销员咔咔拍照，这些照片第二天就出现在深圳商报上，报道内容则是本市最大的传销被端窝，总经理方宝被警方带走，营救出多名受害者，其中包括五名涉世未深的大学生。第二天早间八点的电视新闻也播发了这条消息。

方宝懵懂地被警察推搡着走下楼，注意到楼下停了好几辆车，工商局、报社、电视台，他们粗暴地把他塞进警车。方宝曾经被联防队员押送着三进宫，所以并不怕，想着到了公安局，跟他们解释清楚就会放人。

路过市政广场时，一大群盛装的人们正聚集在一块巨大的计时牌前，倒数新年钟声，“十、九、八、七……”广场被装扮一新，火红的珊瑚森林和温润的玉盘珍珠交相辉映，满眼的灯光像繁星般闪耀在上空，中庭将近九米的圣诞树闪烁着璀璨夺目的光芒，西广场喷泉边的铜球被映衬得金碧辉煌。整个广场被装扮得亮如白昼，到处闪动着灿烂金、可爱粉、梦幻蓝和晶莹白。“三、二、一！”悠扬的钟声响起，焰火喷薄而出，在夜空绽放璀璨的花朵，随即凋谢，接着又上映千朵银花。人们欢呼起来，整个城市沉浸在新年的喜悦当中。

事情并不像方宝想得那么简单，他们抄没了仓库，拿走了公司的账本，走的时候还拖走了所有的货品。一到派出所，方宝就和他们讲理，他们爱理不理的，就把他关进一个单间牢房里。方宝又急又气，乒乒乓乓地敲着铁门。

一个警察不耐烦地走过来，冲他吼道：“你老实点！”

“放我出去，为什么关我？”方宝扯大嗓门喊。

那个家伙只是狠狠地瞪了他一眼，说：“别嚷嚷，你认栽吧。”

他们走后，牢房里重归寂静，偶尔飞起的焰火打破这死寂的黑夜。

方宝在里面一关就是三天。这三天，外面发生了天翻地覆的变化。因为总部出事，各地的分公司也乱了分寸，经理各怀异心，拉帮结派，员工大多作鸟兽散。当一个组织没有核心凝聚力和齐心协力的团队精神，自然就会完全涣散，死无葬身之地。

与此同时，王新月和方宝、林静、白俊杰他们在努力为赛普正名，寻求解救方宝的途径，要让天下人知道推销和传销是不一样的。他们经过不懈努力，让报纸、电台、电视台都来召开新闻发布会，将非法传销和正规销售的区别向大众解释说明：

1. 公司没有向员工收取一分钱的入门费；

2. 公司的全部利润来自客户的购买行为；

3. 公司销售的货物是正规厂家生产的优质产品。

因此，赛普公司是推销，而不是传销。经过一番努力，媒体终于重新给这场风波定了调子，公安机关也为不了解情况、被匿名举报所误导道了歉。

第三天，胖头鱼打开铁门，手往外一挥，方宝知道他可以出去了。在接待室里，王新月正在忐忑地搓着手，王东站在那里神情焦虑，一见方宝，急忙迎上来。

"方总，还好吧？"接着，王东跟方宝介绍了情况。

方宝气得眉毛竖起来，但是马上恢复了冷静，"这个不对呀，打击传销的风头早已经过去了，再说我们也不是传销，这是怎么回事呢？"

"前一段，有人在网上说我们公司的坏话。我查了一下，那是上海那边的ID，如果没有猜错，是辛未那边搞的鬼，但是网上造谣没有什么效果，就出此下策了。他们很清楚我们晚会的程序，就在热闹的时候让警察进去。自己没做好，不好好带着那帮人做事，居然干这种事。"王东恨得牙痒痒。

"姓方的，你也有今天，这次你算玩完啦！哈哈！"

忽然路边窜出个五大三粗的身影，仔细看时，原来是田长贵。

"还是辛经理有主意，呵呵，总算是为我出气啦！你不是有本事吗？你再开一家公司吧？哈哈！"

原来是他俩混到一起去了，真是蛇鼠一窝！方宝心里骂道，只是嘴上还是客气地问好："哦，是田大哥啊，一向可好？"

"呵呵，我一向都不好，但是现在至少比你好，我就开心了，嘿嘿。"

方宝想一想，当初也只是出于对公司和他个人都有利的方面考虑，请他离开公司的，谁知这么久了还耿耿于怀。人，有些就是这样，自己不爽，于是盼着别人跟他一样倒霉，这样似乎可以改变他的霉运。人的劣根性，难办啊！方宝心里想着，也不再搭理他，头也不回地就走。王新月和王东使劲瞪了幸灾乐祸的田长贵一眼，也跟着离开。

没有不好的市场，只有做不好市场的人

爱一个人，就让他去做 WWI，因为那里是天堂。

恨一个人，也让他去做 WWI，因为那里是地狱。

在 WWI 界，挑战与威胁同行，感恩与背叛并存。师父带徒弟的制度让上下级关系多了一份情谊。有的胜过父子，带徒弟出道的师父对徒弟有再造之恩。

这是一个高挑战、高淘汰的行业。无数新人知难而退，未战先降。这个行业总结起来就是女人当男人用，男人当骡子用。老将折戟沉沙也不在少数，也有媳妇熬成婆的经理、副总自恃业务过硬，连根带叶一齐挖走，另占山头称大王，全不顾老东家的栽培和师父的情谊。一个人也能单干，串街走巷沿路推销，但冷暖自知，晚上收工了面壁自语，独自舔舐伤口。通常单干户都干不长，毕竟组织有温暖，做得好钟声鼓声锣声齐响，做得不好有人在后面鼓劲加油。

不过话说回来，在 WWI 界，公司管理靠人情而非法治，不存在行业限制，不管是人才还是人手都像河水自由流动。大规模撬人，集体解散，公司也无可奈何。当家人只怪自己看走了眼，培养了一个吃里爬外、忘恩负义的白眼狼。快速扩张怕江山不稳，原地踏步又作茧自缚，总之在 WWI 界这是当家人的烦恼。大佬与小弟抢资源、争业务，散兵游勇和正规军狭路相逢时有发生，有点像当年军阀混战的局面。枪杆子里面出政权，业务硬就能建队伍，WWI 模式决定了这种裂变随时都有可能上演。

辛辛苦苦好几年，一夜回到解放前，总部这边也有不少人嚷嚷着要走的，方宝也不强留，嘱咐王新月给他们发了工资，公司账上也就没剩下什么钱了。出此大事，写字楼的物业当然也提前告知了交房期限，逼着搬家。方宝真是欲哭无泪。晚上吃饭时，他数了数，加他和做饭的大姐，总共才七个人，王东，王新月，林静，白俊

杰，还有一个新来没几天的大学生。

满桌饭菜，方宝实在没胃口。

“你就吃点吧，整整一天没吃东西了。”王新月说。

大家低着头不说话，屋子里一片死寂。

“其他人呢？都走了吗？”

“都散了。”王东说。

“有人想搞我，迟早有一天要出事的。我偏不信这个邪，在哪里跌倒就从哪里站起来。你们相信我方某的，就跟着我，在座的你们有七个人，一年我就变出七家公司，两年十四家公司，大家吃饭！”

方宝捧起饭碗，大口大口往嘴里塞，泪水涌出来，落在碗里，从未有过的咸涩。

“我王东跟定方总了！”

“方总，我跟着你！”

“我也是！”林静、白俊杰异口同声。

“我也算一个！”王新月危难时刻见真情。

“方总，我也支持你！”

……

大家端起碗，拿起筷子，大口大口地往嘴里塞米饭，就着泪水一起往肚里咽。方宝看大家有了热情，找个没人注意的机会溜到洗手间，把吃的东西全部吐出去了，他根本吃不下！

方宝知道，作为一个领头人，一定要有坚定的信念，因为信念可以托起一个人的灵魂，如果一个人的信念积极向上，足够坚强，他可以面对任何艰巨的挑战。但是如果一个人没有正向的信念，那么他可能就易于堕落，比如二奶、比如罪犯。

销售锻炼了他最强的信念，他要把这个信念带给大家，让“敌人”知道，困难是打不垮、压不倒我们的。领头人的信念尤为重要，当队员犹豫动摇时，领头人的精神力量会成为在迷雾中指引大家的明灯，会成为整个团队的能量之源！

手头上一下子拮据了很多，公司的内忧外患让方宝无所适从。

卧薪尝胆对方宝来说不是传说，这次唯有破釜沉舟才能翻身。全部的家当就是这间狭小的办公室，没有后路可退，只能硬着头皮向前走，哪怕前面有狼有虎有豹子，也要一条路走到黑！

这次动荡对大家的打击很大，每个人都竭力想做好，无奈心里都憋着一股委屈，业绩并不理想。赛普能否复兴，担子全落在方宝一个人身上。王东，林静，白俊杰原本是经理级别，无须去一线做业务，现在他们不得不重上战场，从头开始，多少有点不情愿。俗话说，由俭入奢易，由奢入俭难，销售业绩大不如前。他不能过多责备，他们留下来已是最大的情分。

一连几天，方宝起得比鸡早，睡得比狗晚，身上总憋着一股气浑身使不出劲儿，但是销量总是上不去。他问自己，难道是产品不对吗？他们卖的是一洗黑的染发膏。

把产品卖出去！方宝绝无他想，越是不顺的时候就越要向不可能挑战，这是方宝的法宝之一，在不顺的时候更要把自己逼上悬崖边。

合理的要求是训练，不合理的要求是磨炼。

他直接杀进深南中路的晶都酒店，五星级，包间装潢得跟皇宫似的。在楼厅间大概看了看楼层分布图，就直奔三楼餐厅，敲开了走廊尽头的一个包房。

屋子里坐了十多个男人，个个穿黑西装、打蓝领带，围坐在一张圆形餐桌旁。方宝一进门，眼前差点一黑——进了魔窟了。十几双眼睛齐齐盯在他身上，目光斜插进他的身体，对穿四十厘米。又碰到黑社会！方宝暗暗叫苦，巡视全屋，觉得唯一坐在沙发上扎马尾的男人应该是头头，这个时候只能沉着应战。他故作镇定走上前，自我介绍后，开始演示产品。

马尾巴面无表情地听他讲完，夺过染发膏，厉声说：“三分钟就能染黑头发，是吗？如果不是，你就别想活着出去！”

方宝有点懵，肩膀被旁边的人重重一拳，差点跌倒在地。

打他的人哈哈大笑：“老大，应该不是咱们道上的人。”

那人左臂上刺着一条巨蟒，方宝感到那巨蟒仿佛在扑扑地朝他吐信子，腰里鼓鼓囊囊，他看清那是一把枪。大脑一片空白！求佛祖、求耶稣、求真主、求神仙姐姐，各路大仙在他脑海里一闪而过：要镇定！死马当活马医，我卖我的染发膏，他们干他们的黑帮生意，井水不犯河水。

方宝壮着胆说："我现在就试验给你们看。"说着将药膏倒进盘子里，用筷子飞快搅拌，越搅越快，药膏慢慢变作黑色。

马尾巴恶狠狠地盯着他，"有没有毒？"

方宝赶紧打包票，"绝对没有任何毒副作用，这东西都能喝下去！"说完他就后悔，这次牛吹大了：真要我喝怎么办，今天碰到的可不是善主儿。

巨蟒文身的男人劈手抢过盘子就往方宝嘴里灌，马尾巴敏捷地探出右手挡住他，左手将盘子放回桌上。方宝惊魂未定，左手被马尾巴钳住，死死地摁到盘子里，顷刻间双手变黑，马尾巴目不转睛地看着。

既来之，则安之，就算黑社会，人心也是肉长的。看着双手染成黑色，方宝反而平静了，"您看，我的手全黑了，它真的很管用。"

巨蟒作势挥舞拳头要揍他，马尾巴抬起手，将一杯茶泼在他身上。

方宝吓了一跳，看到马尾巴的神色缓和下来，大着胆子说："你们黑社会个个都很仗义，一看就知道您是老大，最重兄弟情义，在外面很多人还不如你们呢。"

这番赞美起了作用，马尾巴居然咧嘴一笑，方宝趁热打铁，"你们都是干大事的，肯定不会为难我这种小人物。我家里穷，后爹老打我，家里没钱连高中都没念我就出来打工，给弟弟妹妹挣学费，很不容易的。人心都是肉长的，你说我这样的人，你们为难我，犯得上吗？"博同情、激将法也用出来了。

任何时候都要激发人们的善心，这个世界没人愿意别人把自己当成无恶无作的大坏蛋。马尾巴平常难得听到这样话，突然哈哈大笑，"小兄弟，算你有胆量！"他把手搭在方宝的肩膀上，让旁边的人拉过一把椅子，让他坐下。问过方宝姓名后，扫视全屋，他说，"听好了，方宝以后就是我的小弟，谁敢欺负他，就别想活着见我。”

屋子里的人面面相觑，个个点头说是。

马尾巴说：“方宝，你以后就跟我混，别做这个了。”旁边的手下识相地拿过方宝的背包，马尾巴轻蔑地扫了一眼，“跟我混比干这个强多了，怎么样？”

方宝脱口而出：“很抱歉，推销是我的事业，我不能答应你！”

马尾巴没想到他会这么回答，吃惊地瞪他老半天，“这么多年从来没人敢在我面前说不，我佩服你的胆量，我认定了你这个小弟，走，你跟我去老窝一趟，我介绍给所有的兄弟们！”

方宝赶紧要回背包，本来庆幸自己逃过了一劫，现在却要进狼窝，只好跟着他们走。到了停车场，马尾巴上了一辆奔驰轿车，让方宝坐到他旁边，把背包扔给手下，“这包东西全要了，快给钱！”那些手下你看看我，我看看他，嘴上嘟囔道，“我们要这些东西有什么用？”不情愿地掏出1000块钱，方宝只拿了500块，将另外500块还给他们，说，“这些东西算500块好了。”

马尾巴拍拍方宝的肩膀，“是条汉子！以后有什么摆不平的事就找龙哥！”

方宝直点头，感觉舌头麻麻的，应该有几滴染发膏滴嘴里了，后背凉飕飕的，衣服全湿透了。

从龙哥那儿回到公司，方宝觉得就像做了一场梦，例会上分享了这个故事，他们个个目瞪口呆，这大概是WWI推销史上最传奇的故事。这个故事在后来演绎成很多版本，有人说方宝喝完了一碟子染发膏，有人说他当场给龙哥染发，更离奇的是方宝成了龙哥的左膀右臂。

公司在他们坚持不懈的努力下逐渐恢复生机。方宝想请姚志强来给公司的推销员激励一次，给公司的业务员讲课。姚志强爽快地答应了。他讲到一个业务员的心态对业绩的巨大影响：他的一个小组长左迪带队去江西景德镇打市场，当时是卖洗发水。通常一个团队出去每天不会少于400件的业绩，而他们连续三天，都只做了三四十件，最后一天是47件。姚志强很生气，一个电话拨过去质问：“迪哥啊，你是怎么搞的？”

“师父你不知道，景德镇这个地方，市场太烂了。”

“那你到德兴去吧！”

“德兴更恐怖，两个人去都是个位数的业绩。”

“那乐平怎么样？”

“啊呀，乐平就更不要说了，不毛之地！两个人去都是OK。”OK就是0销量。

“那上饶呢？”

“上饶太远了吧？跑了两个人去，两个人都打OK，还是我寄了路费才回来的。”

“好，我知道了。”

姚志强挂了电话，一分钟之内决定：我要出趟差。

交代完公司的事，直接奔火车站，买了张晚上11点多发车的硬座直奔江西瓷都景德镇，看了一晚上书，凌晨6点到站。姚志强到公司了解情况，看着那11个人眼神迷离，心想当时派出来的可是精兵强将啊，现在怎么这样了？狐狸精把魂儿勾走了？就问：“这里市场好不好啊？”

“好……”他们有气无力地答。

“咱们换个市场好不好啊？”姚志强故意试探。

“好！”这回大家来精神了。

“但是即使走，也要把我们的骨气留下来，拼着命也要做出业绩，再风风光光地走，好不好？”

“好！”大家异口同声地回答。

“出发！”

早会开了5分钟，那天有6个回来领货。那天晚上统计业绩476件。库房还剩1600多件产品。第二天早会姚志强问大家：“我看过我们的单子，还剩1600多支产品，我们已经干掉了将近500支，剩下还有两天半时间就搞定了，我们还要不要换市场？”

“不换了！”

第三天中午，姚志强摆下庆功宴，当时所有人加在一起，只剩下9支残货洗发水。这次培训大大鼓舞了大家的士气。

把货卖进省委大院

如今从事WWI业务的公司遍地开花，长庆树未倒但猢狲已散，赛普的大部分余勇落草江湖，再加上其他有能力之辈另立山头，以长庆、海宝、美星、联达为首的四大巨头，下面还有无数散勇成立的游击队。这种推销模式渐渐为人所常见，也增加了难度，有时候顾客一见到方宝就连连摆手，“你是第四拨啦。”

他想，此路不通，得搞搞创新，另辟蹊径才行——换产品，换一个大家都没做过的。

洗发水是长销货，几乎每家公司都做过，玩具也是明日黄花，剃须刀过了产品周期，必须推出更“新、奇、特”的产品。过滤烟嘴引起了他的注意，恰巧那家工厂产品大量积压，急于出货，可以先供货再结款，出货便宜，这款产品纯利润很高，方宝瞅准了它。

几天下来，销售并没有新、奇、特的表现，士气更低落了。方宝每天能卖30来支，业绩勉强过得去，其他人都差强人意，表现一向突出的王东也是业绩平平。

“你们觉得这个产品不好卖？”方宝问。

“这几天就你卖得不错，我们根本就出不了货。”白俊杰说。

“这款产品能有效过滤香烟里的焦油，这么好一款产品，怎么就不好卖呢？”方宝皱起眉头。

王东说：“这个产品和咱们以前卖的洗发水、剃须刀、连裤袜、玩具、按摩梳不一样，过滤烟嘴是买的人不用，用的人不买，所以顾客并不买账。本来这个产品有卖点，过滤焦油和有害物质，去除口腔烟味。但抽烟的人就冲着那股味才抽的，没了这些还抽什么劲。你不抽烟，不知道烟民的爱好。”

这款产品利润很高，方宝不想放弃，得想办法重振士气，分享成功经验是重点。

“这款产品最好的客户是发廊的小姐。她们喜欢抽烟，但又不能张嘴就有烟臭，牙齿焦黄会吓跑顾客。她们喜欢这个东西。把这个卖给小姑娘、老太太也好使，她们比较关心家人的健康，尤其热恋中的小姑娘，通常拿它当礼物送人。我们的销售对象是女性而非男性，大家要调整一下思路。”

大家恍然大悟。

“这个产品不走功能路线，走礼品路线更好销。”

王东说：“这是小众市场，不像洗发水，男女老少皆宜。”

“观察一下市场反馈，再卖几天。”

目前的走货量实在太慢，方宝决定出差考察外地市场，选定了一个省会城市，专攻单位采购，连走了几家单位都不理想，恰好旁边就是省委大院，方宝照闯不误。和门卫打了招呼，装着急火攻心地说送资料，迟一分钟就要脑袋搬家。这个伎俩以前也用过，屡试不爽，门卫不敢盘问，大手一挥让他进去了。

钻进电梯，正好有一个领导模样的人也进来，方宝朝他打个招呼，“您亲自坐电梯啊？”

他乐了：“我不亲自坐难道请人代坐啊？”

他一笑就有机会，方宝说：“有样好东西，我们正在做广告。”掏出产品送到他面前，他拿起过滤烟嘴左看右看。电梯门开了，他说：“小伙子，跟我来。”

方宝让他点上一支烟，将烟屁股插进烟嘴，放到嘴里吸，让他看烟嘴里渗出焦黄色的液体。

“你看，这就是焦油，它可以将这些过滤掉。”

他拿手指蹭了蹭，又闻了闻，“嗯，这是个好东西。”接着说了一个让方宝吃惊的数字，要50个。

方宝抑制住心跳，看他对钱也不在乎，就游说他买100个：“你一天抽多少支烟？”

“少则五六支，多则一包。”

“那50支管不了多长时间吧？”

“你这是一次性的吗？”他惶惑地问，“我想买来分给办公室的人来用呢。”

真是弄巧成拙，但只好拙下去，“对啊，也不是不可以清洗，但有些麻烦。”方宝不能把话说死。

“好吧，那就100个。”

就他一个顾客就把方宝包里的货清空了，真是天上掉馅饼。

出了门，他在楼道吹着口哨，慢悠悠地走着，在挂着机构简介图的一面墙壁前停下来，有张照片，就是刚才买产品的人，头衔竟然是副省长！天哪，简直不敢相信。他简直要跳起来了。

方宝正准备走进电梯，一个穿着警卫制服的男子走过来，嚷道：“你是做什么的？”拿起对讲机大声说着话，看情形斥责的就是门口的门卫，扭着方宝的胳膊往电梯里推。

走到大院门口，门卫指着方宝的鼻子说：“你不是送资料的吗？”

方宝扬了扬手中的广告DM，“是啊，我是给他们送资料，这不就是吗？”

带方宝下来的男子应该是他的上级，厉声对他吼道：“你是怎么当班的，竟然把这种人放进来，你还想不想干啦？”

可怜的门卫垂着头，吓得一句话也不敢说。

“让这种人进来，你不知道有什么后果吗？”

方宝一看形势不好，赶紧开溜，走出大院。

晚上的例会，方宝一脸兴奋，手脚并用，讲自己勇闯省委大院，说到把100个烟嘴卖给副市长那段，大伙儿个个吊着脖子，仿佛看到超人归来。王东乘机鼓劲加油，士气振奋了不少，算是打了一剂强心针。

第二天晚上业绩统计出来，数字略有上升，但仍然惨淡，方宝心里不是滋味，看来把烟嘴当礼品卖这条路也行不太通。健康虽然是个好东西，但强被夺去心头好，烟民并不买账，爱新鲜玩意儿的大媳妇小姑娘终究顶不起天，难道这次产品选得真有问题？卖给副市长的 100 支烟嘴，真的是天上掉馅饼，不能指望天天走狗屎运。

例会上，大家小心翼翼地，好像个个都是罪人，方宝果断地说："烟嘴再卖几天咱不卖了，我再看看有什么新产品。"

与其瞎子过河摸索，不如偷师学艺。在 WWI 界，赛普不是大公司，但方宝是有名气的，于是借了王东的身份证，到富华公司应聘，负责应聘的经理例行公事，问过基本情况后，扫了一眼身份证，就把他交给一个老队员阿莫。他原本担心自己和身份证照片不符，堂而皇之通过后，心里一阵窃喜，摇身一变成为富华的推销员王东。

富华做的是樱之雪洗护系列，相比之前卖的洗发水，樱之雪的产品齐全，有洗面奶、沐浴露和洗发水三大产品。洗发水质量不错，不像以前经常接到顾客投诉，用过后有头皮屑，另外老莫夸张的销售方法让方宝眼前一亮。

第一天跟着老莫出去，见他逢人就行大礼，标准 90 度鞠躬，"我们是日本樱之雪公司的广告宣传员，你也知道日本鬼子爱搞那套，他们让我们见顾客时要有礼貌，一定要鞠躬。如果不鞠躬的话，我们有督查暗暗查访的，所以请您务必接受我的鞠躬。"樱之雪在包装上注明日本产地，顾客一看他说得煞有介事的，觉得很开心，对产品产生了好奇。

老莫双手递过产品，再微鞠 45 度，不忘打击日本鬼子，"虽说日本鬼子很讨厌，但他们的产品就是好，咱不得不承认！"

顾客不说话，微微点点头。

"他们做事认真着呢，昨天我们有个队员没有给顾客鞠躬，晚上就给开除啦。呵呵，这产品只有我们公司才有得买，大商场您买不到。我们产品刚进入中国，前期做市场铺垫，所以才买一送二，以后市场铺开，这优惠就取消了。”

“我买一套！”

“那给你再鞠一躬！”老莫恭恭敬敬地鞠躬 90 度。

“你们公司真有意思！”顾客拿了产品，同情地看着老莫，“给日本人干活，真难为你了。”

老莫乐呵呵地说：“不难为，不难为，要不您哪能拿这优惠价呢，这可是日本货啊。”

推销还有这么做的！方宝当下呆了，干了这么多年推销，推销手法层出不穷：万能赞美式、博取同情式、死缠烂打式、幽默搞笑式、攀亲认故式、限量限价式、限时供应式、邻居攀比式、威逼恐吓式。有时候这些招式齐发，无论捂得多紧的钱包也松开了，但这招日本鞠躬式倒真没见过，老莫一招鲜，不到半小时光景横扫路边的行人，真是片甲不留。

看了半天，老莫就让方宝上阵推销，“王东，去给人演示一遍！”

方宝对别的行当不精，对推销可是驾轻就熟，但不能在老莫面前表现得太能干，否则就露馅了。他装作怯生生地和顾客打招呼，一筹莫展地望着老莫。

老莫也不生气，“新手都这样，好好干，刚才鞠躬太没诚意了，大方一点！”老莫扶着方宝的腰，用力摁下去，掐得他脊梁骨生疼。也难怪，老莫以前在黑砖窑干过活，好不容易逃出来，在富华干了大半年，就靠这一招每天不打钟就打锣。别的推销员抹不下这个面子，鞠躬那是只对列祖列宗的事，哪能随便给人弯腰？老莫不管这个，吃过黑砖窑的苦，光着身子干活，顶着月亮干到日出。饿了还只能吃开水煮白菜帮子，累了就在泥地上睡觉，半夜被砖头块子硌醒翻个身继续睡。鞠躬算什么，点头哈腰算什么，把顾客哄开心了，掏钱比翻书还快。

方宝跟老莫在富华干了十天，把他那招演绎得出神入化。老莫直夸他，“你那几个师兄还不到你一半呢。”例会上学到一些新的激励方式和小游戏，方宝觉得是时机离开了，再做下去让老莫看出破绽可不好。

一身好本事，不用憋得慌。他找了个借口辞职，迫不及待地回到赛普。

学了绝招就得用，樱之雪的供货商就在深圳，老板许红樱。方宝打听到联系方式，厂家哪有不愿意供货的道理。他亲自督导，教他们卖樱之雪，再加几句日语，如：

空你七哇（你好）！

哦哈有（早上好）！

空帮哇（晚上好）！

阿里嘎多（谢谢）！

撒扬那拉（再见）！

卡马依马桑（没关系）！

死米马桑（对不起）！

神奇效果就出现了。

他们一上街，碰到行人就笑容可掬地来个 90 度弯腰礼，响亮地说上一句，“空你七哇！”对方不是被吓一跳，就是莫名其妙，不过也达到了预期的喜剧效果。他们疑惑之机，一番解释后对方哈哈大笑，他们乘势导入产品，轻轻松松就成交了。

启用樱之雪后，销售额直线上升，苦熬了四个月，赛普终于走出了泥潭。在方宝近乎忘我的狂热带领下，队员们飞速成长，规模扩大到二十多人。王东、林静和白俊杰三个领队表现不俗，下面的推销员也不逊色。王东处处以方宝为榜样，把剃须刀卖给一个瞎子，让一个女孩一次买下两把，让人瞠目结舌的是不知道他用了什么魔法，竟让一个顾客不惜借钱买货。

士气空前高涨，个个豁出去要大干一场，这些成员后来晋升为分公司经理，而王东、林静和白俊杰更是以元老级人物为赛普的发展写了光辉的一页。

方宝信奉狠、快、准，也不跟谁摆架子，和谁都称兄道弟，没有老板的派头，也不故作威严。和大伙一样住宿舍，晚上一起吃公司管的饭菜。他还信奉一点：宁可别人欠我，不可我欠别人，这也是日后赛普能跻身于 WWI 系统五强的重要原因。人心都是肉长的，老板见利忘义，克扣提成，无故短欠工资，这在深圳一些小公司是再常见不过的事。这只会让员工寒心，所以不管多困难，方宝没迟发过一天的工资，承诺的奖金绝不少一毛钱。

羽翼渐丰，方宝就琢磨着开疆辟土了，王东当仁不让成为第一人。八月的第二个星期天他带了两个人挥师东莞。在WWI界，师父带徒弟，师父好，徒弟也不赖。赛普发展稳健，业绩节节高升。

一起把行业做大

不想当将军的士兵不是好士兵，好士兵一定是好将军带出来的。

方宝在公司做到五宗最：起床最早，睡觉最晚，士气最高，业务最强，卖货最多。王东、林静、白俊杰都是老队员，经过这番苦寒，总算迎来了好运。

财务危机一解除，方宝顿时觉得卸下千斤重担，手头仍没有多少余钱，但他还是决定大举招聘，无论如何人才是公司最有价值的资产。

李小白就是这个时候加入。樱之雪正卖得如火如荼，人均一天能卖上百套，这一时期进来的新人成长最迅猛。历尽劫波的几个人都是一等一的高手。新人一进公司，就跟Top sales外出作业，想不拔尖都难。这批人日后成为赛普的中坚力量。

李小白天性开朗，阳光帅气，经方宝面试后，分配给王东带。晚上王东回来，说李小白不想干，受不了给人点头哈腰，打退堂鼓。可半个月后，李小白又带了老乡阿新出现在方宝面前。

方宝问："怎么想通了？"

他指指身边的老乡："我就陪他来的。"

阿新在深圳吃过不少苦，以方宝的经验，像他出身不好，又无一技之长的人，能吃苦，假以时日应该做得不错，他们很多推销员都是这种背景。

十天后，李小白又来公司面试。

“这次又怎么了？”方宝问他。

“我觉得自己挺适合的。”

“你凭什么觉得自己适合呢？”

“我挺能卖东西的。”

“你都没卖过，怎么知道自己能卖？”

他笑而不答，跟着方宝就上岗了。他反应灵敏，丝毫没有一点羞涩，就像老推销员一样。

“我看你不像新手啊？你以前做过推销？”

他只好说了实话，原来阿新木讷敦厚，不善言辞，怕完成不了任务，就找他帮忙，结果他卖得比阿新多，觉得自己还是有销售天赋的，就入了行。

李小白天生适合做销售，他不费什么神就搞定顾客，不刻意、不煽情，说出的话让人服服帖帖。一次例会，他被推上台和另一个队员做销售情景模拟。他的角色是推销员，对方扮演顾客处处刁难。李小白见招拆招，连一个停顿也没有，拆解得异常漂亮，真是手起刀落，痛快利索，在新人里是难得一见。公司现在的业务员虽说都一等一厉害，但像李小白这样才来几天就沉着应战，一笑就能泯疑虑，方宝都自愧不如。

方宝代表的是拼命三郎型，李小白则属于潇洒随意型，各有各的道儿。这场演练博得满堂彩，被视为惊艳之作。好归好，但方宝总觉得李小白欠缺吃苦耐劳的精神，上午做得好，下午他就会找一个地方睡大觉，或者蹿到某个球场踢一场球，本来可以向更好的成绩冲刺，他却提前退场，但也不好说他，毕竟他的业绩完成得还是不错的。

“这个世界上真有天生的推销员吗？”他记得曾经跟师父罗畅探讨过这个问题。

“有，因为我就是！”罗畅当时斩钉截铁地说，“做销售，最重要的是心态，它不像技巧可以培训出来。一个人天生就有好的心态，如乐观、积极、自信、上进，当然也有一些人靠自身努力，一点点克服自身的弱点，但会比较累。”

“我大概属于后者。”

“你很努力，这一点我们有目共睹。一个人的成功，50% 靠基因，40% 靠环境，10% 靠个人努力。环境不利，基因又不好的话，那就要靠加倍的努力了。”方宝记得师父突然笑了起来，“我说的基因比较复杂，它涵盖先天和后天的因素，在推销上我把它归结成心态因素。”

“那这 10% 的人很辛苦啊。”

“是啊，要克服 90% 的不利因素，但是这刚好足够证明你的强大。”他说，“心态好的人很难得，稍加指导，成长很快，所以不用过分强调你的那一套。他不努力，比那些埋头苦干的人更出色。”

遇到李小白，让他回忆起在天堂的师父的这一番话，到现在依然可以指导他的工作，让方宝对人有了新认识。新招的一批人不像以前的推销员刻苦，也不像他这般拼命，但是调整思路，以后要招心态好的人，做到事半功倍。

沿街推销，这份工作有很多人误解，觉得很不体面，这也加剧了招聘的困难。方宝闷闷不乐，回到宿舍，看到李小白正和一个女人推推搡搡，赶紧走上前问情况。

“你是经理？我想让他辞职。”女人穿着考究，戴一副眼镜，全身上下透着一股大家闺秀的优雅。

“姐，我不想走，我干得好好的，干吗让我辞职啊？”

“我想你有点误会……”

她打断方宝说，“误会？就住这里，住这破宿舍，办公室也在破楼里？”

方宝一时无言，宿舍和办公条件对她们这样的富家子弟可能确实算是一般，他不想反驳什么。

“你就别管我了，我喜欢干这个。”

“你真是不争气，做什么不好？要在这整天低三下四求人，你不觉得很贱吗？

你要是怕找不到工作，姐姐帮你，想上学姐给你掏钱。”

她干练利索，动手卷他的被子，“这就搬！”

李小白急了：“姐，你抱走了被子，你带不走我的人。”

她松开手，口气强硬地说：“给你三条路：第一，回老家帮老爸打理公司。第二，我给你找了一份办公室的工作，公司很大，面子上也光彩。第三，继续深造，学费由我承担。”

“哪条我也不愿意。谁说这工作下贱？不偷不抢不蒙不骗，我们付出努力赚钱，每一分钱都来得正大光明。”

她气得没办法，只得铩羽而归。

“谁说这工作下贱？不偷不强不蒙不骗，我们付出努力赚钱，每一分钱都来得正大光明。”方宝拍拍他的肩膀，对这个后生的见地很是认可。

方宝提出让李小白升任领队，王东第一个不赞成，“他做得太顺，没吃过什么苦头，又爱玩，我担心队员都会学他。”

“他有他的优势，我倒不觉得推销一定做得苦大仇深的，蛇有蛇道，鼠有鼠路，每个人成功的方法都不尽相同，销售方法因人而异。”方宝说。

“他做到一半就去看球踢球，这不好吧？”

“他的任务完成了吧？”方宝问。

“完成是完成了，但……”

方宝打断他，“这就行，人都有玩心，不耽误工作的情况下偶尔放松一下，不用太较真，要不晚上例会让他演讲，看他能讲出啥来。”

王东点头同意了。

李小白给大家讲的主题是《推销员对社会的贡献》，本来六七分钟的分享讲到十分钟还不见停，掌声不断。方宝本来在办公室和王东商量东莞公司的成立，也被吸引到会议室。标题很有新意，演讲深入浅出。这家伙不按常规出牌，有自己的套路。方宝暗暗称赞，王东冲他一笑，方宝知道他同意了。

升任领队也不是小事，方宝还是要和他说说态度，队员千好万好有业绩就好，但领队除了业绩还要有带队的能力，得收一收爱玩的野性。

早上，方宝四处找李小白，没有人见过他。方宝在心里不禁骂道，这小子一定玩疯了，见了一定狠剋一顿。中午，李小白没有出现。晚上，他还是没露面。打他手机，关机。这天，李小白没回宿舍，第二天仍然行踪全无。没组织没纪律，看来领队是不能让他干了。一连几天没有他的任何消息，方宝觉得不对劲。现在收容所早取缔了，照说不会关进号子。手机始终关机，方宝有些着急，四处打探。

宿舍楼的保安提供了一条线索，说一辆白色的面包车一直停在楼下，一个外形酷似李小白的人被四个人强行掳上车，带走了。难道他被人绑架啦？方宝在心里大大画了一个问号。如果保安说的属实，那李小白就是被人绑架了。翻查人事档案，李小白没留家人电话。联系不上他的家人，问阿新也是一无所知。方宝如坐针毡，睡觉梦到李小白被人双手反绑，关在一处小黑屋，头上血淋淋的。这件事起先沸沸扬扬，过了一段时间就淡忘了。

三个月后，赛普增员至三十多个人，方宝琢磨着向外扩张。王东不以为然，将在外，军令有所不受，对外面的人没法做到实实在在的监督。方宝拍拍王东，说："咱们都是要做大事的人，怎能因为这点小事就吓破了胆呢？开！一定要开分公司，难道你想一辈子窝在深圳，就靠这一个公司？"

王东欲言又止。

"在 WWI 界，这些事是避免不了的，你穷数年之功建设起来的东西可能在一夜之间就被毁掉，但还是要建设。"

"但是一做大就闹分裂……"

"无论我们怎么做，都有可能被小人击倒，但还是要做。我们做能做的事，尽量让队伍保持纯洁，把所掌握的知识悉数教给他们，把最宝贵的东西贡献出来。虽然避免不了反咬一口，但还是要把这些东西献出来。"

公司每个人的干劲都很足，樱之雪的老板许红樱高兴得亲自开车送货到公司。

见到方宝，塞给他两瓶洋酒、一盒上好的碧螺春。方宝也不能掉以轻心，安排她坐下后，顺口提到赛普的年度规划。

“明年我们将有 20 多家公司作为渠道销售，600 多个推销员一线推销，赛普要成你的大客户了。”

许红樱喜上眉梢，赛普最近才成为她的客户，但销量不断攀升，当她听说公司只有 30 多人，大感意外，像富华旗下三家公司月销量也不过如此。

方宝乘机提出进货降十个百分点，许红樱还价情理之中，方宝一再强调公司优势和发展潜力，周旋再三，原本想着她能应承五个点就鸣金收兵，三寸不烂之舌成功地压下十个点。达成长期供货合同后，他们以茶代酒，庆祝之后“婚姻”美满。这次合作让许红樱的工厂鼎盛一时。送走一步三娉婷的许红樱，方宝替老莫惋惜，富华没把老莫这套方法推广开，真是可惜。

方宝吸取以前不太注重忠诚度的培训，现在每处建立分公司，在筹备期殚精竭虑地向队员灌输一点：公司有一个超级榜样方宝。榜样的力量是无穷的，也只有榜样才能凝聚人心，这是WWI行业特有的公司文化。方宝自认为还算传奇，空手起家，自力更生，身经百战，重建赛普。他们愿意追随他，当他的粉丝。只有这样，他们才会和赛普牢牢抱在一起。

他被老队员们不断神话，以至于觉得有点过头。一次方宝给珠海公司打电话，接电话的是一位新人，一听到他的名字，紧张得不得了，结结巴巴地说：“您……您……真是方总，您……亲自打……打电话……”挂断电话，方宝向王新月学样，她笑得眼泪都流出来了，捂着肚子说：“他们真把你当神了。”

更有趣的是惠州一家公司打着赛普的旗号，跟他们毫无关系，例会上强调公司是由方宝创建的，王新月问他要不要兴师问罪，他笑着说，“那些人这么看得起我，他们给我做活广告又不是什么坏事。”

“可是万一他们要卖个假货，骗人什么的？”

“清者自清，浊者自浊，真有这事，就让他们自个儿查，我们做事问心无愧，于国于民大有裨益。”

“你都上升到国民高度啦？”王新月眼睛瞪得老大。

“你想啊，我们提供就业岗位，让有需求的人便利地拿到产品，这些都是社会贡献啊？”

“有道理！”

“我算了算，一个推销员平均可以养活 7 个人，生产厂商、物流单位、公共交通、餐厅外卖、房屋租赁者等，推进了与推销员相关联的所有产业。”

“现在，上帝的雕塑刀也把你雕琢得差不多了。”王新月歪着头用食指刮着下巴。

“也就是说，可以入你法眼了？”

王新月笑着颇有深意地看着方宝，不说话，方宝突然觉得好像回到从前。不知道是被阿蓉伤得太深，还是他对爱情有了免疫能力，以为自己不会再心动。这期间一直忙前忙后，他们里应外合，十分默契。他心里有个疑问一直没有问她，这次看来时机到了：“公司垮了的时候，谢谢你们的不离不弃。你为什么不跟男朋友走？”

“什么男朋友？不信谣，不传谣，你这都信？我就是想看看上帝会把你塑造成什么样的杰作！”

方宝听见自己的心跳很快，砰砰直响，突然抓住她的手。她大概看到他眼光异样，抽出手红着脸跑开了。

目标提前完成

人生就像一场旅行，不同的阶段就有不同的旅伴，没有人可以陪伴谁一生，就算倾心相爱的人也不行。新的旅程有新的伙伴，就像王东，潜力无限，踏实能干，俨然是方宝的左膀右臂，成为赛普仅次于方宝的第二号人物。王新月这位见证上帝雕塑刀之神力的天使，终于与方宝的生命轨迹合二为一。

正在寻找新产品的方宝无意中看见角落里的收音机，那是多年前邓翔送给公司的自己组装的玩意儿，几经波折都带在身边，此刻这个收音机让方宝眼前一亮！

第一次见邓翔是方宝刚到赛普当上 Top Sales 后，那天他特意拜访罗畅，临走时送给公司一台他亲手组装的收音机。邓翔是江西人，三十五岁，保持着二十岁的年轻体态。十五岁学习无线电，十七岁在老家九江开了无线电修理铺，成天和集成电路和扬声器打交道，十九岁能把各种型号的收音机、电视机拆合自如，安装后不会多出一个零件。他的表弟在广东打工，带回一只剃须刀给他。这个礼物在他手里待了不到十分钟，就被五马分尸成各个零部件，躺在工作台上任人宰割，不过半小时又神奇地回复成剃须刀形状，经过这番研究，邓翔得出结论，“这个东西太简单了，我也能做。”他带着修理无线电的工具箱，还有两年的积蓄，南下开办了一家电子厂。他刻苦钻研的秉性，使他很快就山寨出不同型号的剃须刀，可惜这位学究式的技术狂人只擅长在工作台上跟各种微型小马达、集成电路和晶体管打交道，七八年过去了，他的山寨工厂仍然没能转正，靠批发给一些小商店或是商贸行过活。

方宝想他会答应合作，唯一顾虑的就是剃须刀质量。他找到邓翔，寒暄过后，方宝提了一个条件：“邓哥，说实话你的剃须刀质量并不好，只是价格便宜才好卖。你能不能把剃须刀改良一下，刀片实在又钝又笨，我都用不下去。”

他的脸微微红了一下，干咳了两声说，“你也知道，这种价格我只能供应这样的剃须刀。”这个自学成才的农家子弟，目光最远也不会超过一亩三分地，虽然他早已不是农民。

“把质量搞上去，咱们卖贵一点也不是不可以。你的剃须刀寿命也就一年，这可不行，你好好想想。”方宝耐心地说。

“这东西卖上不价，你以为我不想做好吗？我是搞技术的，对营销一窍不通，人家要什么我就生产什么，只好往低价做。”他实话实说。

“那我们一起合作，你负责技术攻关，把产品质量做上去，我负责销售，你觉得怎么样？”方宝抛出了接任赛普后的第一枝橄榄枝。

邓翔急得憋红了脸说：“这个没问题，但……”

“价格好说，好东西当然贵一点，不过你一定保证质量好才行。你还信不过我吗？我可是在一天之内卖过60个剃须刀的。”方宝拍着胸脯说道。

不久以后邓翔送来改良版剃须刀，外形和功能都让方宝眼睛一亮，成本涨了五块，在他意料之中。他想起了罗畅的那番话，推销不只是卖东西，要站在营销战略高度——设计产品。

王东走进方宝办公室，一眼就看到升级版的剃须刀，拿在手上端详了半天，“这和我们卖的不一样。”

“对，接下来我们就要卖这一款，你觉得如何？”

“外观不错，没那么糙，我先试试。”王东打开开关，发动小马达，剃胡子倒是干净利落，“还不错。”

“这个我们要涨价，涨十五块。”方宝神秘地朝他笑笑。

“涨十五块，顾客能接受吗？”

“这不像NO.1推销员的口气。”

“我的意思是说剃须刀卖了那么久，人人都知道三十五块，现在涨到五十，顾客对价格一敏感，推销就难了。”

“以前剃须刀能用多长时间？”

“像之前的产品质量，也就一年。”

“现在这一款能用上两年，摊下来顾客是花了钱还是省了钱？”

“当然是省下钱了。”

方宝一拍大腿说：“这就对了，你这样对比给顾客，帮他省钱，你觉得他会不会买？我让爱光改了包装，这样显得大气高档。我还有独门秘籍没使出来。”

“什么秘籍？”

“有一项调查表明，经常使用的剃须刀，上面的细菌数有一亿之多，比马桶还多120倍！”

“这数字确实让人咋舌，怎么，我们的剃须刀可以做到无菌？”

“无菌当然做不到，但是我们可以做一个灭菌套装。剃胡须时，细菌如果渗透到皮下脂肪层，会引发蜂窝性组织炎。这种蜂窝性组织炎不像一般的皮肤发炎那样好对付，创伤部位会有灼热感及压痛明显，伴有水肿、红斑的情形，同时也有发烧、畏寒、全身倦怠、头痛或关节痛等症状。血液检查时，血中白细胞会明显上升。若不及时治疗，等到出现淋巴结肿大时，表示细菌已经侵入到血液中，严重的话，甚至会引发败血症而死亡。奥斯卡影帝汤姆·汉克斯几年前就是因为剃须时被细菌感染，患上蜂窝性组织炎，导致淋巴结肿大，为此不得不留起了络腮胡。”

“等等，你哪来的这套歪理论，什么蜂窝，什么皮下脂肪层，剃个胡须还引发败血症，有这么严重？”

“这是有科学调查的，不是我方宝胡诌出来的。”方宝拿出一瓶风油精，把它和剃须刀放在一起。“你看这俩搭配如何？”

“就靠这个灭菌？”王东惊呼起来。

“没错，就靠这个。这瓶风油精不叫风油精，它叫剃须刀灭菌剂，只消轻轻洒上一点，你就知道这个效果有多神奇。”方宝拧开刀头，拿出刀片，把胡子茬扫掉，在刀头滴上半滴风油精，然后把剃刀头安好，风油精清冽的辛香味顿时散发出来。“以往时间一长，刀头上就会长螨虫，脸上就长疙瘩，两星期一次将我们的灭菌剂撒在刀头上，就可以杀死螨虫，注意不要把风油精滴在转动轴上就行了。因为它特殊的气味和有效成分是螨虫的克星，油质的状态不会让刀片生锈，对皮肤也不会造成任何影响，是不是完美搭配？”

“亏你想得出来。”

“你觉得涨十五块钱，多吗？”

“不多。”

“接下来我们要卖的就是这一款爱普剃须刀，赛普独家专售，我让邓翔申请专利，不知道行不行？哈哈！”

“爱普剃须刀，有意思！”王东把玩着剃须刀，眼中闪耀着斗志。

“你赶紧写一份销售计划书，搜集一些市场资料，先写广告词脚本，这款产品要加紧推到市场上去。”

“领命，收到！”王东响亮地答道。

新产品上市，方宝不敢掉以轻心，一方面要看市场对产品的反馈，另一方面新公司的运筹帷幄要储备干部，一切都朝着他计划的方向发展。

开了几家分公司，有了经验，王东提了新建议：与其在一个陌生的城市像瞎猫一样乱闯，还不如考虑竞争对手的据点。既然他们认为不错，何不以此为参考，所以惠州一站他们把办公室定在一处老式的商住楼，在那栋楼里一共有四家公司，海宝、长庆、联达和美星聚齐了。不到一天工夫，所有的事情安排妥当，这样的高效率多亏了王东的点子。宿舍离公司也不远，而且租金便宜，方宝听完白俊杰打来电话筹备工作的进展，兴奋得难以入睡，惠州公司成立，距离上次王东开赴东莞只有一个半月的时间。

珠海和中山几乎同时成立，再加东莞、深圳，赛普在半年内完成了四家公司的布局。这个速度不可谓不神速，领兵的都是有经验的老将，也曾在当地驻守过，基本实现了盈利，最好的数王东分管的东莞公司。公司的钱都用在扩张上，揭阳分公司正在筹措之中，经过一个月的观察考核，陈朗被确定为经理人选。他努力有余，灵活不足，方宝准备和他好好谈谈，

这时李小白闯进来。几个月不见，脸色白了很多，不像被虐待过，也没有从魔窟里逃出来的狼狈，倒像养尊处优了一段时日。

李小白赶紧交代失踪来由：姐姐见他固执己见，一个电话打到老爸那儿，从老家叫了一辆车，带了几个壮汉亲戚把他劫回家。回到老家，手机和钱通通都被没收，关进房间不能外出，他知道自己被软禁了。刚回家他天天嚷嚷着要回深圳，父亲一

脸铁青，母亲好言相劝，他只好来软的，谎称衣服行李没带回来，要回深圳取一趟，父亲识穿了他的小把戏，说那东西也不值钱，没衣服给你买新的。一关就是三个多月，他只得装得乖乖的，瞅准一天父亲大意，忘了给房门落锁，他一路狂奔，找到一个交好的同学借了五百块钱，马不停蹄地回到深圳。谁是真正热爱销售，方宝算见识了，而且惊诧了一回。

王东、林静、白俊杰各自开疆辟土，深圳资格最老的就是陈朗，被称为“东方不败”，认为一切不可能均有可能，越是困难就越要挑战，当然每次都挑战成功，于是就有了这个雅号。

李小白作风松散，陈朗有点看不起他，总觉得他走了狗屎运，就是模样帅一点，笑容甜一点，哄得人开心一点，东西就卖出去了，对他颇有鄙夷之色，好像李小白是靠出卖色相出位似的。其实不光他有这种想法，有时候方宝也想要是自己像他一样高大帅气，推销也不会费太多力气。

李小白听出弦外之音，是可忍孰不可忍，在例会上对掐，下面一干人起哄挑拨，他们约定来一场公平 PK。

方宝替陈朗捏把汗，李小白和陈朗 PK，输了是正常，赢了就名利双收，没有任何损失。李小白痛快答应，逼得陈朗非得应战，陈朗是高领，即将赴任揭阳，和一个小队员决斗（李小白在升任领队前被掳走），输了实在不光彩，但不去应战就太怂了。

这场大象与蚂蚁的较量，成为那天公司最热门的话题，方宝看陈朗一脸无奈，鼓励他说：“没事的，沉着应战，李小白是在西方求败。”所有人伸长脖子看第二天的 PK，这是一场不亚于紫禁城之巅叶孤城和西门吹雪的旷世决斗。

晚上八点，他们同时回到公司，业绩公布，所有人大呼意外，李小白多卖出一套，险胜陈朗，至此“西方求败”的雅号不胫而走。

方宝看陈朗面子挂不住，赶紧打圆场：“一次胜利算不了什么，我比你早出道四五年，你也有超过我的时候，咱们要看长远的成绩。”

第二天，陈朗就急着要求带四个队员去揭阳出差，比原计划提前了两天，方宝也没说什么，只好同意让他披甲上阵。

李小白在公司一举成名，让许多人刮目相看，很有方宝当初的风范。

不到一年，赛普完成了七家公司的布局，方宝在饭桌上掷地有声的大愿提前完成。

在考察了厦门市场之后，方宝决定，要在厦门开分公司！方宝兴奋得辗转反侧，索性坐在床上读书。杜永泽听说方宝要到厦门，深更半夜打来电话，这让方宝有些意外，转念一想也是情理中事，谁说和尚不能探望老朋友呢?

喜雨法师曾向杜永泽承诺日后将衣钵传给他，虽然松峰寺不是名寺，但每年的香火旺盛，一年的收入也不少，交够上面的，全寺僧人也是衣食无忧。信徒登门膜拜，虔诚诵经，不费一吆一喝，顾客自愿上门。要说谁最会做销售，第一当然要数释迦牟尼和耶稣这个层次的高手，两千多年过去了，信者遍布世界，志愿传播思想，不领工资，不计得失，足迹遍及地球的每一个角落。虔诚的信徒们听到这话心里一定不大乐意，但在方宝看来确实如此，杜永泽的确适合当僧人，无怪乎这家伙在出家之前就爱往寺里跑，喜雨法师果然没看走眼，佛渡有缘人，此言不虚。

刚到厦门的第一天上午，身着黄色袈裟的慧泽法师就出现在方宝面前，身形依旧消瘦，但脸色红润很多。见到方宝，慧泽法师双手合十，口念阿弥陀佛。提起前尘往事，方宝和他都唏嘘不已，似有无尽感慨。他说要感谢方宝带他出来见世面，才机会结佛缘，搞得方宝坐也不是，站也不是。

“你到厦门成立分公司，真是替你高兴。”

“看你过得也不错，我也很开心，你好我好，大家好才是真的好。”

“前天李向阳找我了。”

方宝早把杜永泽的去处告诉了李向阳，想不到他现在才去见。方宝问：“你们多年没见面了吧？”

“见到他我吓了一大跳，整个人憔悴得跟鬼似的。”

“上次见他还红光满面的呢。”

“他刚从派出所出来。”

“出了什么事？”

“他没细说，说公司关张了，干娱乐城也没有正经干下去，都倒闭了，你现在混得不错，你就帮他一把呗，他比我行，肯定能干好。”

这个世界上大概只有杜永泽这么天真，方宝笑笑说，“我这庙小，供不起他那尊大佛。”不是方宝不想帮，他知道一山难容二虎。

“都是兄弟一场，我看他挺可怜的，你就帮帮他呗。”慧泽法师一片慈心。

“你今天过来就是为他说情的啊？”

“没有，这么长时间在山上也有点憋得慌，二来看看你，说情不是重点。”

最后的道别仪式很特别，方宝跟他说Bye bye，慧泽法师则是出家人的阿弥陀佛，再加上深深一拜。

春天就这么来了

“各路精英朋友们：我要告诉你一个令人震惊的消息，截止到2013年5月30号，在中国商务部，已经提交申请直销牌照的企业已经高达8216家企业，已经拿到牌照的企业有37家，据内部消息，平均每月会放出一家，今年年底拿牌企业会在45家左右。中国的直销市场大有山雨欲来风满楼之势，各个直销企业都在摩拳擦掌，因为在2015年，中国的直销将全面开放。当你觉得直销还是趋势的时候，已经比别人慢了一拍，因为，这已经不是趋势而是现实，只是你还不知道而已……新一轮万亿财富浪潮机遇已经来临！你是否能够把握？遗憾的是，99%的人依旧在用传统的思维，看不起直销从业人员。他们不知道，直销在逐渐挤占传统行业的零售额；99% 的人只是觉得生意越来越难，却不知有人悄悄进入直销行业干得风生水起，闷声发大财；99% 的人都不知道直销是趋势也是座金矿！ 99% 的人不知道直销赚钱的商机和盈利模式是最简单的！ 99% 的人还不知道直销生意如何操作！ 99% 的人不知道如何快速通过直销整合资源创造人间万种可能！不客气地说，就在不远的将来这些人将成为时代的牺牲品，他们将遭遇直销业巨大的冲击，将会被挡在新一轮财富的分配体系之外！而推销这种面对面销售方式，比直销更直接，更锻炼人，也更能迅速见成效！”

这是方宝在一次大型人才招聘会上演讲的内容，全场群情激奋，摩拳擦掌，都跃跃欲试要迫不及待地要加入这个行业。这次招到了很多善于做销售的精英分子。方宝知道，销售行业的春天，终于来了！在中国，有了政府的支持，事业的发展将突飞猛进，无可限量。果不其然，赛普公司与整个中国销售行业一起迅速进入到一个前所未有的辉煌时代！在 2013 年一年，分公司不仅恢复了元气，而且超越了当年最鼎盛的时代，全国分公司开到了 70 家，员工超过 2 万人。李小白这个销售天才，与王东一起，成长为方宝的左膀右臂和赛普公司的骨干人才，半年后荣升副总，家人也开始改变态度，支持他选择这份事业。

与此同时，方宝与王新月即将结束持续多年曲曲折折的爱情长征，胜利会师。在这个时候，是要时刻记得一些关键的日子，比如王新月的生日，而方宝向来忙于工作，很少顾及这方面的细节，而一个偶然机会，他看见王新月的办公桌上的台历上标记了一些特殊日子，其中一个就是生日：12 月 28 日，是她的生日！方宝两眼一亮：我太粗心了，买生日礼物，可是送什么好呢？

方宝完全没有经验，当然找有经验的人士请教，王东盯着他看了才半天，卖了关子，“礼物符合以下三个原则，绝对让人心花怒放。”

“你赶紧说。”

“第一，要大；第二，对方喜欢；第三，要便宜。”

“这是什么狗屁答案？你能说人话么？”

王东斜睨了方宝一眼，“你不知道她喜欢什么吗？”

方宝一下子来了精神头，“她喜欢什么？”

“她喜欢你。”

方宝才反应过来，这小子是捉弄自己，一拳砸向他的肩头，王东敏捷地跳开，“要不我替你代办，保准她喜欢！”

“好吧。”方宝无可奈何，这种事实在超出他有限的想象力。

定了一块轻乳酪蛋糕，方宝决定给她单独庆生，约在林园商场附近的一家湘菜馆——西湘记，这名听着就暧昧，多少表达了方宝的心情。

他们靠窗选了一个座位，这样清楚地看到进出大门的客人，王东的礼物还没送到，方宝在心里暗暗着急，王东不紧不慢在电话里说，“你放心，误不了你。”

点完菜，王东兴冲冲跑过来，一屁股坐下，偷偷塞给方宝一个用彩纸精心包扎的礼盒。

方宝悄声问：“是什么东西？”

王东神秘一笑，“拆开后我再说。”

方宝拿出礼物递给王新月，“送你的礼物，祝你生日快乐！”

“能看看吗？”

“礼物是你的了，想看就看吧。”

王新月比方宝更想知道里面的内容，她小心翼翼地解开缎带，撕开包装纸，打开盒子，银质手链闪闪发光，在灯光的映照下璀璨夺目。她拣起手链，一边端详，一边快活地说道，“好漂亮的链子哦，我现在可以戴上它吗？”

她调皮地拨弄着手链的搭扣，想戴在手腕上，但手链在手臂上滑来滑去，完全不懂主人的心意。

“我帮你戴。”方宝说。

她伸出细长的手臂，在阳光的映衬下淡蓝色的血管清晰可见，细细的茸毛像蒲公英的小飞蓬一样柔软。无意间碰到她的手臂，方宝一下子慌了，手链掉到桌上，赶紧自我解嘲，“我也不会。”

最后他用食指捉住手链，紧盯手链的搭扣，终于扣上了。

她甩了甩手臂，链子晃了两下，两眼闪闪发亮，“你怎么知道我生日？”

“员工的生日我都记得。”方宝面不改色地说。

王东一脸得意，“你可知道手链有什么寓意？”

方宝赶紧竖起耳朵听。

“送手链给你，再帮你戴上，寓意就是：想牵你的手，一生一世都不放开。”

方宝的脸顿时通红，可这也说出了他的心里话。

王新月撇撇嘴说：“他哪有那么浪漫。”

“过了浪漫的年龄，并不代表没有浪漫的情怀。这串手链镶了一颗红玛瑙，这是你摩羯座的幸运石。”王东转而对方宝耍宝，“这颗是橄榄石，师父你是狮子座吧，这是你的幸运石。”他的眼睛闪闪发亮。

他指指她，又指指方宝，“一个代表你，一个代表你，从此执子之手，与子偕老。”

王新月满脸喜色，“我太喜欢了。”

方宝低低“嗯”了一声，强装淡定地捧起杯子喝茶，没想到看起来工作狂一样的王东，倒还真有浪漫情怀。

“方总送你的这个生日礼物够特别的啊。”王东朝方宝得意地眨眨眼。

“太漂亮了。”王新月扬扬手链，满足地把玩。

餐厅陆续走进客人，邻桌男人比他们早到，正埋头大快朵颐。

“现在趁菜还没上，你的包里还有产品吧，我在这里推销。”

方宝灵机一动，又勾起了工作瘾，餐厅或许是展现实力的地方。他想秀给女朋友看看。

他从王东的包里拿出剃须刀，朝邻桌的男人走去。男人长得五大三粗，手臂足有女人的腿粗，一脸的肥肉不停颤动。他津津有味地吃着回锅肉，嘴上沾满肥油。

方宝和他打过招呼后，在他的对面坐下，“这是一款新出的剃须刀，我们公司特意在这里做广告。”

他的嘴巴突然停住，眼睛愤怒得快要喷出火苗，举着筷子的手停在半空，身子向前一倾，另一只手仿佛随时要扇方宝一巴掌，一脸凶光。方宝有点慌神儿，但是说到一半，总不能停下来，定定神继续说，“您可以先看一下，买不买不要紧的。”

他的脸色舒缓下来，嘴巴又大口大口啜吧食物，正伸手要接方宝递过去的剃须刀。

王新月走过来，“你怎么在这里卖东西啊？”她抢先接过剃须刀，男人困惑地看着她。

方宝又从她手里拿过剃须刀，“这里不碍你的事。”重新把剃须刀放在男人手里。他的手掌很大，剃须刀在手掌中就像摇篮里的婴儿。

王新月从他手中再次拿过剃须刀，气冲冲地回到她的位置上。

方宝从背包里又拿出一把，春风满面地回到壮汉身边，给他介绍。三分钟轻松搞定，拿着钞票乐悠悠地回来。

“这里都是吃饭的人，在这里推销丢不丢人啊？”王新月生气地看着窗外，不搭理他。

“有什么丢人的？你知道我这个人就是工作狂，有人在当然不能放过机会，这就证明了一句话：推销就是无时不在，无处不在的，你说对不对？而且像这样顺利的情况其实并不多见哦，一般推销都是在第四次跟踪时成交的。”

方宝把最近书上新看到的知识讲给大家：“销售不跟踪，万事一场空。给你们讲个例子，有个人去一家公司应聘，他刻意在应聘截止的最后一天向这家公司投简历，因为这样他的简历就能在众多简历的最上面。一周后，他问简历是否有安全送达，这就是第一次跟踪。四天后，他又进行第二次跟踪，问公司是否愿意接受他的推荐信。西方人很重视推荐信，所以回答是肯定的。这还不够，他又进行第三次跟踪，两天后，他问公司传真内容是否清晰。结果呢，这家公司把这份工作给了这个人。因为在众多应聘者中，只有这个人给他们留下了深刻印象，这就是跟踪的作用！”

方宝最后强调：“我们也要在众多销售中留给人独特而深刻的印象，顾客第一次无意购买，我们就跟踪第二次，充分表现我们的诚意，直至顾客满意地掏钱包。”

他说得忘乎所以，才发现王东直给他使眼色，只见王新月撅着嘴，像受了天大的委屈。

“你也是，给人家过生日，卖什么东西嘛。”王东打着圆场，照顾王新月的情绪。

“我们现在就点菜，我再也不推销了，好不好，我的好妹妹？”方宝赶紧哄王新月。

她扑哧一乐，似乎不再计较。方宝顺着她的目光看向窗外，发现刚招来的新人周新宇从停车场一侧走过来，方宝赶紧向他挥手。他也看见了方宝他们，急匆匆地走进西湘记。

“今天你们吃大餐啊，那我有口福了。”周新宇看到他们正在点菜，掩饰不住欢喜。

“你看这里好多人，去向他们推销。”职业病发作，方宝一脸正色道。

“在这里能成交吗？”周新宇面露愕然。

“我刚卖出去一把剃须刀，要相信我们在任何地方都能把东西卖出去。记得有一次，我跟我师父罗畅一起出门，他总认为店铺的人又小气又狡猾，不愿意在临街店铺推销。不巧的是我们被保安赶出大厦，没地方，只好在店铺推销，结果卖得挺好。后来师父总结出一条：永远不要预设没人买东西，或者这个地方东西不好卖。第一次听他说在快餐店推销时，我也不相信，他示范一次后，我就试着卖，发现餐厅其实很好卖，比路边推销更容易。你想啊，一句话说得不对，行人就走掉了，可在餐厅里不一样，他坐在那里吃饭，你有充裕的时间成交！去试试。”

“真能推销？”

“我也卖过，挑战一下自己，我相信你！”王东推周新宇起身。

“那好，我就试试。”周新宇背起包，朝最近的一桌情侣走去。

王新月叹了口气，嗔怪地看了方宝一眼，“庆祝生日还这么心不在焉。”

“呵呵，我这是在工作时间为你庆祝生日呀，平日这个时候我可是在工作。”

王新月也不和他争辩，她本来也是通情达理的人，这么多年也懂得方宝是什么样的人，今天很高兴，就不计较那么多了。

第一道菜湘西大醉鱼上桌，周新宇兴高采烈地回来了。

“搞定啦？”王新月问道。

“嗯。看来食客推销并不难，比我想象的容易。”周新宇就势坐下来，招呼服务员送来餐具。

“这么快就鸣金收兵，下一个顾客在哪呢？”方宝敲打着桌子，努着嘴说道。

“让我吃点东西再说。”周新宇自顾自地倒了一杯茶。“90 后”小孩子，透着一股浑不懔的个性。

“记住，不要和顾客正面相对，身子斜对，也不要离盘子太近，以免唾沫飞溅，另外不要看他吃的食物。”

“为什么？”王新月格格一笑。

“那么好吃的东西，看别人吃你不会流口水啊，傻丫头。”

“先喝口水。”周新宇咕咚喝了一大口茶水。

“光顾所有人后再回来。”

“我算是服了你们，是不是人家上厕所，你们也要卖东西啊？”王新月故作无奈地说。

“那当然，我在厕所门口推销过，不瞒你说，还卖得不错。上个月我去的地方有个公园，在外面跑了一个上午没找着厕所，好不容易在公园找到一个。出来后我发现去厕所的人还挺多，于是就站在门外等他们出来，好家伙，第一个人就买了产品。”王东说。

王新月差点没把嘴里的菜喷出来，“真有你的，这样也能卖？”

“一泡尿憋半天，上完厕所后多爽啊，一身轻松，心情特好，这时候卖东西恰逢其时，顾客心情好就是最佳的推销时机。很多好地方、好时机，你不知道而已。”

菜上齐了，周新宇也回来了，张开右手冲他们晃了晃。

“卖了五套？”

周新宇得意地说：“那可不！”

“战果不错，你今天可是沾了寿星的光。”方宝笑了。

“看来餐厅是个好战场，值得在公司推广。”王东若有所思地说。

“不要给自己设限，不要活在预先的框框里，也不要轻易放弃任何一次尝试的机会。人生有无限的可能，你尝试得越多，就越能发觉其中的可能性，重要的是勇敢去做，用行动去证明它是否正确，万一它是对的，你如果不做不就失去机会了吗？”方宝总结道。

周新宇拼命点点头。

吃完饭，趁王新月不注意，王东附在方宝耳边说：“我知道你开不了口，感谢我吧？”

CHAPTER TEN

尾声　年轻人，干销售去！

有志者，事竟成！心有多大，舞台就有多大！这是一个靠能力获得自由的时代，一个公平竞争、奖勤罚懒的发展平台。任何努力的付出都会获得应有的回报，每一滴汗水都会发光。

厉兵秣马又一年。赛普与海宝、长庆、联达和美星并称 WWI 五强，方宝在 WWI 已是响当当的人物。关于他的故事满天飞，传得神乎其神，不少公司都打着方宝的旗号在外招摇，初步算算，赛普凭空多了十多家公司。

王新月担心他们在外胡作非为，有辱赛普声誉，提出要治理。

方宝淡然一笑："他们开公司也不容易，人单势薄的，拿我当牌子是看得起我，只要他们不坑蒙拐骗，我乐意他们用我这块招牌。说实话，我还想听听人家是怎么说我的呢。"

王新月说，"你想知道啊，咱们楼下就有一家，我带你去。"

方宝装作和王新月应聘推销员，简单自我介绍后，面试的经理认为他们可用，煞有介事地把他的公司大大捧了一番，"赛普目前是 WWI 界实力最强的公司，创始人方宝是推销奇才……"方宝强忍住没笑，愣是听完面试官对自己的一番夸赞，心想这家伙真是大言不惭，方宝就在他面前，竟然有眼无珠认不出。

王新月冲他会心一笑，听经理吹嘘。譬如智斗联防队员、把产品卖给副市长、和黑社会老大结把子兄弟，这些事倒是真发生过，之后说到他被匪徒打伤腿，仍然将包里的货物卖空，练就三十六种原一平的微笑，恨不得把他说成打遍天下无敌手。

他感觉自己练就了一副金刚不坏之躯。接着，面试官说到他让一个瞎子买了五套洗发水，王新月再也忍不住了，扑哧一声笑了。

面试官神色怪异地看着他们，“你们笑啥？这可是真的！”

“你知不知道，坐在你对面的就是……”

等不及王新月说完，方宝忍俊不禁，拉起她的手往外逃。出门后两人捂着肚子大笑，笑得腰都直不起来。方宝不想让那面试官太难堪。

在此之前，方宝还真不知道自己有这么大的名气，小公司都要冒充他的名字。经过那次千人演讲后，找他面授机宜的人接踵而至，加上赛普公司这次传奇般起死回生，慕名而来的公司老总、销售主管甚至普通的业务员越来越多。

一开始，方宝觉得自己文化水平不高，销售也没上过学院派的正经课，担心自己是外行讲不好。但是经验都是在做 WWI 销售积累的，人家可不管这个，卖得好就是卖得好，哪管卖的是洗发水还是蟑螂药，也不管是大师还是草根，卖出东西才是真的！一家做消防预警系统的公司非请他担任销售指导顾问。

他不好推辞，只当是业务交流，试讲了一番。员工反响热烈，公司老板老李大喜过望，非拉着一拨人到赛普参观。回到公司后，老李逢会必讲：“咱们宿舍有空调，办公室在 5A 级写字楼，你们的电话费和交通费公司也给报销。再看看人家那条件，可人家业绩顶天啦，真是人比人，气死人！”有点像参观革命老区，忆苦思甜。

经过此番教育后，老李当月就看到效果，公司销量整整翻了一番，搞得老李逢人就要念叨一番。方宝的名头传到行业外，好多老板慕名找他，重金相邀，只为亲得方宝面授销售秘籍。

人怕出名猪怕壮。方宝还是方宝，但有名气的方宝就不只是赛普的方宝了。认识的、不认识的、八竿子打不着的人都找他请教。他也乐得传道授业解惑，经常出席各种场合，席间推杯换盏，人人恨不得把方宝当孔子一样崇拜。他也有意培养王东、李小白，带着他们见识不同行业、公司。

方宝觉得公司培训机制不够完善，所以和王东、李小白在内部成立商学院，一来作为奖励，激励有功之人；二来作为福利，不定期开课，加强各方面技能培训；第三，可以邀请更多名师，有助于企业文化系统化建设。林静、白俊杰当然都热心地参与进来。

由于积累了丰富的实践经验，他们推出的《365 销售系统新兵营》《365 销售系统特种兵训练营》《365 销售系统特种兵将帅营》等系列课程大受欢迎。

方宝为了进一步提高自己，还上中山大学进修，到其他行业考察，这让他眼界大开，而他的演讲技巧也因此更为娴熟、感人，声名远播。他接到全国各地商学院的邀请，做客座教授，传授销售心理学。

从多年大量的工作实践中获得丰富经验和技巧的方宝，讲起课来跟一根铅笔都没卖过的学院派的老师们截然不同。他主要传授实打实凿的销售实战技巧，而且在三分钟搞定客户的长期实践中磨炼出句句抓人的讲话风格，言语动作眼神配合默契，极具吸引力，所以备受欢迎。经常有不知名的路人扑过来请方宝签名，个个对他的苦难经历咂舌："想不到你们能干出这么大的事来！"

一时间，媒体记者们找上门来，连篇累牍地报道，让方宝成为深圳、珠三角乃至全国销售界响当当的风云人物，WWI 界一年一度的论坛也邀请他出席参加。这多少让他有些意外，两年前他还只是败兵之将，手下员工七人，在 WWI 鱼龙混杂的江湖里，连小虾都算上不。两年时间赛普横空出世，不可谓 WWI 界一大奇迹。而后，方宝上了很多大学的课程，读了很多方面的书，选修心理学、社会学、市场营销等课程，还专门学习英文，方便他不时到美国、加拿大等国考察国际销售业行情，拓展眼界。

之所以能如此顺风顺水，有赖于国际国内大环境。自从中国加入 WTO 以来，国际市场经济的游戏规则已全面导入，规范的直销必将成为中国市场经济的一个有机组成部分。关于这一点，已经具备国际视野的方宝从国外多年的市场经济成熟状态可以看到，当前中国政府也正式遵循国际准则，践履承诺。直销正式进入中国是

1990年。到了1993年，直销公司从数量上讲已经比较多，直销公司的制度也是五花八门。关于这个时期，中国的直销理论研究者们把它称为泛滥无序期。也就是在这个时期，“非法传销”愈演愈烈。随着媒体对打击非法的不断宣传，直销也被蒙上一层暗淡的色彩，难以还原其本来面目。可以说，直销是未来社会发展的趋势，是一种正当的职业。

直销最初产生于美国20世纪50年代，当时由于贫富差距太大，许多穷人没有改变现状的机会，美国哈佛大学的两个研究生发明了直销业，让穷人从事这种职业，让富人消费商品。很快，许多企业滞胀的产品有了销路，萧条的市场有了生机。同时，许多穷人改变了命运，加入到富人的行列中。这种崭新的营销方式很快盛行起来。

关于直销，世界直销协会的定义是这样阐述的：

直销是指在固定零售店铺以外的地方（例如，个人住所、工作地点或其他场所），独立的营销人员以面对面的方式，通过讲解和示范方式将产品和服务直接介绍给消费者，进行消费品的行销。随着电子商务时代的到来，网络直销也日渐流行。据数据统计，传统直销方式目前还是占主导，但已出现下滑的趋势，网络直销出现上升趋势。直销国际化的发展，将带来产品国际化、服务国际化。

WWI属于直销之一种，但是没有普通直销那种网络式层层加价的环节，推销员直接从厂家仓库拿货，以出厂价让利给消费者。直接面对顾客的方式，对推销员有极大的挑战性，全方位提升其自身的素质。为保证这个行业的健康发展，无论是国家还是行业内部也都会选择最好的质量精良的产品，这对提升社会诚信也有积极意义。因此这一销售方式必将所向无敌，在很大层面上引领销售行业未来。政府了解到推销行业对解决就业问题起到巨大作用，一方面规范管理，一方面大力支持。之所以要规范，是因为看到这个行业未来巨大的生机，所以重视它长久的健康发展。

无论是个人，还是这个国家，所有的辉煌，都由漫长的暗中摸索、积累经验逐渐达成，方宝这一批人，在不知不觉中跟着时代的步伐，一步一步从社会的最底层摸爬滚打、吃苦耐劳，没有任何显赫的家世和社会高层的背景，靠着自己的一腔热血和勇敢追梦的精神争取到在这天地之间的一块地盘，可以问心无愧地站立于这个世界上，面对着群山大海高声呼喊：

有志者，事竟成！心有多大，舞台就有多大！这是一个真正靠自己的能力获得自由的时代，这是一个公平竞争、奖勤罚懒的发展平台，任何努力的付出都会获得应有的回报，每一滴汗水都会发光！

所有前人的努力和牺牲，都无形中赋予方宝神圣的使命：让这种拼搏精神传遍天下，造福更多的心怀梦想不懈追求的奋斗者！

这种激情支撑着方博士从漫长的往事中抵达梦想成真的现实。而回忆这些，方宝只是用了一闪念的时间，桌布上，王东写的“干人”的天字水迹淋漓未干。

“各位朋友们，我要告诉大家一件大喜事：赛普公司海外第一家公司已经在纽约成立了，希望大家都去多多了解中国，支持中国货，爱上中国文化！”方宝说着，跟围过来的外国友人一一致意，林静、白俊杰、李小白、陈朗、周新宇也跟他们纷纷碰杯，共襄盛举。

在哈佛的演讲，让更多的留学生看到了希望，他们从端盘子洗杯子的饭店辞工，来到赛普在美国纽约的分公司，雄赳赳气昂昂面对着蓝眼高鼻的外国人推销起“Made in China”的精良产品。甚至有当地的美国大学生因为热爱中国文化，爱屋及乌，对中国的产品也发生浓厚兴趣，也主动投入到赛普公司，兴高采烈地跟他们的同胞叽里呱啦推销起相对而言物美价廉的中国货。其中不少人因此得以访问深圳赛普总部，参加一年一度的赛普优秀员工表彰大会。

在深圳赛普公司总部，总裁办公室，宽大的老板台后面，方宝神采奕奕地坐在松软的椅子里。他背后有一幅占据整面墙壁的世界地图，代表赛普分公司的小红旗插满大部分的陆地和海岛。此刻，他宽敞明亮的办公室，已被电视台的工作人员改造为临时的直播现场。镁光灯照亮每一个角落，转圈沙发上坐满了今年刚刚毕业的一群朝气蓬勃却略感迷茫的大学生，还有慕名而来的社会青年，打工者，还有一些年轻的政府公务员。他们在方宝发表了主题为《实现中国梦，从脚下开始》的即席演讲之后，纷纷举手提问。

年轻人的困惑会带来很多问题。不少学生会提一些对现实的不满情绪，对社会的抱怨，觉得人生很不公平。很多人羡慕富二代官二代的优越生活，对自己的生命充满分裂感。这分裂，一边是不肯平庸的追求梦想的年轻人的生命本质，而另一边是对现实的宿命般的无奈和对世俗社会的消极情绪。

一位扎马尾的女大学生在主持人给予提问机会后，说：

“方博士，我们年轻人从来不缺少梦想的激情，我们的心中从来充满奋斗的渴望。我们在学校积累了很多很多的知识，只是走上社会以后，忽然没有方向感了。我们不知道学习有什么用，文凭越来越不值钱，十几年的学习只是加深我们对这个世界的陌生感。我们很困惑，不知道问题在哪里。几年前，就在我们附近的那家电子厂的年轻员工的十三跳，他们都是‘80后’‘90后’，引发我们的思考，是社会出了问题，还是我们出了问题？您作为一个成功人士，怎么看待目前社会的问题和我们年轻人的出路问题？”

电视台的主持人将话筒举到方宝嘴边问道：“方董，您对心怀梦想而迷失方向的大学生和青年朋友们有什么建议？”

方宝认真而坦诚地说：

“现在的年轻人其实都很不简单，因为你们读书很多，见识广博，观点独立，不随波逐流，所以表达既有个性，也很顺畅，这一点我是很羡慕你们的。我们那时没有条件上学，就是为了活下去，才会跟社会直接碰撞，磨合，没有书本这一关，这是一个缺憾。但是现在看起来，也是一个好处，我们的世界，就是我们每天接触到的世界，我们没有误解这个世界，但是这不意味着我们没有矛盾。你们知道，我也曾经非常痛苦，甚至想过自寻死路，还好我没有绝望，因为我心中有爱，有对这个世界的希望！

“我不相信世界是完全没有希望的，如果那样，人类早就灭亡了！2012过去了，我们并未毁灭，真正的末日，是你对世界丧失了信心！

“年轻人的梦想就像葵花向太阳，是一种天性，如爱情般无法抹去的生命本质。这是你们无比珍贵的人生至宝，你们不会像很多老年人那样被烦琐平庸的生活消磨斗志，遗失梦想。这是人类生存下去的核心动力。世界能够发展，就是靠这种生生不息的伟大力量！在这里，我怀着宗教般神圣的情感，恳请你们，一定要珍惜！

“年轻人在不同时代，因为文化教养的不同，有不同的世界观、人生观和思想观点，但是面对的困惑是一样的，那就是世界永远都不会如我们心中想象的那样完美。我们永远都要面对梦想的丰满与现实的骨感的巨大落差，这一点，从古至今都没有改变过。那么，我们的问题只是，我们究竟如何面对这种亘古不变的困惑？我们是固守自己的理想而拒绝现实，还是为了现实屈就梦想？

“我们大部分人，总是在现实与梦想之间来回摆荡，要么忍辱偷生，忍气吞声，苟延残喘地活着，丧失生气，虽生犹死，如行尸走肉，随波逐流；要么一意孤行，作茧自缚，将自己禁锢在自我的小梦想中孤芳自赏，不肯与现实生活发生过多关联。这两种态度都导致无比可悲的分裂，一部分人变得圆滑世故，一部分人变得愤世嫉俗，这就是我们这个社会的现实！这现实是谁造就的呢？”

方宝停顿了一下，下面的年轻人脸上闪现诧异和惊讶，继而是微妙的动容，似有所悟，忽然有人说：“是我们每一个人！”

“没错！”方宝给予热烈的肯定，继续说，“大部分人都会将社会的一切都归于外界，很少将社会与我们自己相联系。我们总觉得社会上的问题与我无关，我是无辜的，进而丧失活力，不再记得梦想，变得和老年人一样衰老——你们以为老年人是天生的老年人吗？谁没有年轻过呢？可是究竟谁在坚持梦想的时候，想到我们自己就是社会的一分子呢？我们的梦想如果永远都高高在上，那么这个社会为什么要接纳那些不能落地的虚幻梦想呢？圆滑世故的人看似如鱼得水，可是他们一样没有活出自己，他们只是活在一种丧失梦想的世俗生活中！”

学生们一个个坐直了，眼神专注，神情严肃。他们昨晚还在讨论某国产大片真难看，半小时前还在转发“微博”，对揭露的贪官的豪宅艳羡不已，但是，现在他们震惊了。

“将个人的梦想，融入社会的梦想，让这个国家的明天更美好，向更为光明的未来迈进，我们才会真正实现中国梦！中国梦，也是我们每个人自我激励、自我奋斗、自我成长、自我实现的梦！”

方宝已经习惯了掌声雷动的演讲效果，而这次，下面安安静静，只是每一张脸上若有所思。他们没有听过有谁讲过梦想与现实的关系，他们只知道拿到文凭，找个体面、高薪、少加班、多休假的工作。梦想早就不在考虑范围内，他们懒得想那些问题。

“如果有一个机会，可以让你得到全面的锻炼，可以自由自在地向合适的人讲述你伟大的梦想，让你有机会去实现你的梦想，锻炼你的行动力，磨炼你的意志力，训练你的反应能力。它可以是你人生的一项事业，也可以是一座通往梦想的桥梁，那么，请问，你会不会找什么理由拒绝？如果你不愿意面对现实的考验，你还有什么资格抱怨？”

方宝看见下面已经有人摩拳擦掌了。一张张年轻的脸上，表情开始融化，如春风掠过，唤醒了梦想。

“方董，在节目的最后，如果请您给青年人一句话的建议，您会说什么？”主持人接到导演在耳塞里“节目时间到”的指令，于是问了最后一个问题。

方宝态度诚恳又斩钉截铁地回答：“年轻人，干销售去！”

年 轻 人 干 销 售 去

总 策 划：刘志则　　监　　制：庞 涓

营销推广：周莹莹　　产品经理：刘燕妮

责任印制：周莹莹　　内版设计：苏洪涛